À SOMBRA DO SERIAL KILLER

À SOMBRA DO SERIAL KILLER

JOHN DOUGLAS & MARK OLSHAKER

TRADUÇÃO
ISABELLA PACHECO

RIO DE JANEIRO, 2021

Copyright © 2020 by Mindhunters, Inc.
Copyright de tradução © 2021 Harper Collins Brasil
Título original: *The Killer's Shadow*

Todos os direitos desta publicação são reservados a Casa dos Livros Editora LTDA. Nenhuma parte desta obra pode ser apropriada e estocada em sistema de banco de dados ou processo similar, em qualquer forma ou meio, seja eletrônico, de fotocópia, gravação etc., sem a permissão do detentor do copyright.

Diretora editorial: *Raquel Cozer*

Gerente editorial: *Alice Mello*

Editor: *Victor Almeida*

Copidesque: *Bia Seilhe*

Revisão: *Midori Hatai*

Capa: *Guilherme Peres*

Diagramação: *Abreu's System*

Crédito de imagem: *sangue: glock/Depositphotos; escadas: Martin Adams/Unsplash*

Dados Internacionais de Catalogação na Publicação (CIP)
(Câmara Brasileira do Livro, SP, Brasil)

Douglas, John
    À sombra do serial killer / John Douglas e Mark Olshaker ; tradução Isabella Pacheco. – Rio de Janeiro : HarperCollins Brasil, 2021.

    Título original: The killer's shadow
    ISBN 978-65-5511-184-2

    1. Assassinos em série – Estados Unidos – Biografia
2. Assassinos em série – Estados Unidos – Psicologia
– Estudos de caso 3. Crimes de ódio – Estados Unidos
4. Franklin, Joseph Paul 5. Investigação de assassinato
em série – Estados Unidos I. Olshaker, Mark. II. Título.

21-69032   CDD-364.1523

Índices para catálogo sistemático:
1. Assassinos em série : Investigação : Criminologia
    364.1523

Cibele Maria Dias – Bibliotecária – CRB-8/9427

Os pontos de vista desta obra são de responsabilidade de seu autor, não refletindo necessariamente a posição da HarperCollins Brasil, da HarperCollins Publishers ou de sua equipe editorial.

HarperCollins Brasil é uma marca licenciada à Casa dos Livros Editora LTDA.
Todos os direitos reservados à Casa dos Livros Editora LTDA.
Rua da Quitanda, 86, sala 218 — Centro
Rio de Janeiro, RJ — CEP 20091-005
Tel.: (21) 3175-1030
www.harpercollins.com.br

Em memória de

Rebecca Bergstrom
Marion Vera Hastings Bresette
Johnny Brookshire
Dante Evans Brown
Victoria Ann "Vicki" Durian
Theodore Tracy "Ted" Fields
Gerald Gordon
Darrell Lane
Alphonce Manning Jr.
David Lemar Martin III
Mercedes Lyn "Marcy" Masters
Harold McIver
Kathleen Mikula
Johnnie Noyes
Lawrence E. Reese
Nancy Santomero
Toni Lynn Schwenn
Arthur Smothers
William Bryant Tatum
Jesse E. Taylor
Raymond Taylor
Leo Thomas Watkins

Que a memória deles seja uma bênção e um triunfo do amor sobre o ódio.

"O retrato de um *führer* de uma liga de combate chamado Peter Vollmer, um homem pequeno, que se alimenta das próprias ilusões e encontra-se eternamente ávido por grandeza. E, assim como alguns antecessores praticantes do passo de ganso, ele procura por algo para explicar seu ímpeto e para racionalizar por que o mundo passa por ele sem saudá-lo. O que ele procura e encontra está em um esgoto. Em seu próprio léxico deturpado e distorcido, ele chama de fé, força, verdade. Mas, em um instante, Peter Vollmer vai exercer suas atividades em outro tipo de esquina, um cruzamento estranho numa terra de sombras chamado... quinta dimensão."

— Rod Serling, monólogo de abertura de "Ele está vivo",
Além da imaginação, exibido em 24 de janeiro de 1963

PRÓLOGO 11

I À CAÇA DE UM SERIAL KILLER 17

Capítulo 1 19

Capítulo 2 35

Capítulo 3 42

Capítulo 4 48

Capítulo 5 65

Capítulo 6 76

Capítulo 7 83

Capítulo 8 89

Capítulo 9 97

Capítulo 10 108

II DENTRO DA MENTE DE UM MONSTRO 121

Capítulo 11   123
Capítulo 12   133
Capítulo 13   148
Capítulo 14   163
Capítulo 15   171
Capítulo 16   177
Capítulo 17   182
Capítulo 18   204
Capítulo 19   214
Capítulo 20   221
Capítulo 21   236

Epílogo   243
Agradecimentos   251
Sobre os autores   253

PRÓLOGO

O atirador foi meticuloso. Tinha examinado os alvos em potencial pela cidade e feito vigília no terreno ao redor da vítima que selecionara no dia anterior.

A Congregação Israelita Brith Sholom Kneseth ficava localizada na Linden Avenue, no bairro nobre de Richmond Heights, em St. Louis. Era perto das estradas interestaduais 64 e 170 — portanto, a fuga seria rápida e eficiente. Do outro lado da rua, havia um outeiro com arbustos, grama alta e uma cabine telefônica, que seria um bom disfarce e daria um ângulo preciso do estacionamento da sinagoga. Ficava a cerca de noventa metros de distância — problema algum para seu rifle de caça Remington 700 .30-06 semiautomático, ação por ferrolho e visão telescópica. Ele levara a arma para a posição escolhida com antecedência, escondida numa capa preta de violão debaixo dos arbustos. Já tivera a precaução de riscar o número de série, para que não pudessem rastreá-la — ele tentava não usar a mesma arma duas vezes, era parte de seu planejamento de rotina. Chegou de bicicleta para que seu veículo não pudesse ser identificado e nenhuma marca de pneu pudesse ser comparada a um tipo específico. Deixou seu carro no estacionamento de um shopping, a certa distância.

Era dia 8 de outubro de 1977, um sábado fresco e ensolarado, o outono começando a se fazer presente.

Ele havia martelado dois pregos de 25 centímetros à cabine telefônica quando visitara o local na sexta-feira e esticado uma meia entre eles, para servir de apoio ao rifle.

E, então, ele esperou.

Tinha pesquisado o horário do culto e sabia que terminava por volta de uma hora, a tempo de as pessoas almoçarem.

Foi alguns minutos depois disso que as portas se abriram e os congregados começaram a sair. Dois homens pararam para conversar no estacionamento, ao norte do prédio. Havia uma menina ao lado de um deles e uma mulher com duas outras garotinhas por perto — esposa e filhas, provavelmente. O primeiro homem estava prestes a entrar em seu carro.

O atirador firmou a mão no rifle, concentrou-se em seu batimento cardíaco e controlou sua respiração para estabelecer uma cadência consciente e consistente. Olhou no visor e gentilmente disparou dois tiros rápidos na direção dos dois homens. Houve um barulho alto, que deve ter soado como bombinhas explodindo para todos que estavam saindo da sinagoga, mas ele sentiu, mais do que ouviu, o baque dos tiros erguer o cano e dar o coice em seu ombro. Um segundo depois, viu um dos homens — o que estava com a menina ao lado — levar as mãos ao peito e cair no chão. O outro homem pareceu recuar, mas o atirador não conseguiu ver se o tinha acertado ou não. As pessoas ao redor instintivamente se agacharam ou se jogaram no chão. O segundo homem puxou rápido a filha do amigo, que estava gritando, apavorada, e esquivou-se para se proteger entre os carros estacionados. O inferno se instalou quando a mulher com as duas garotinhas correu até o marido caído e se deitou sobre ele. Ela se levantou aos berros, com sangue em toda a frente de seu vestido.

Após o início do tiroteio, de acordo com inúmeros relatos, muitas crianças correram de volta para a sinagoga, onde a maioria dos congregados estava, vociferando: "Estão atirando nas pessoas! Estão matando as pessoas!"

Aproveitando a confusão, o atirador reposicionou seu rifle no ombro, mirou novamente em seu alvo e disparou mais três vezes na direção da sinagoga. O barulho só aumentou o pânico. Pode ter acertado mais um homem — não tinha certeza. Mas agora era hora de fugir.

Rapidamente, limpou o rifle de possíveis impressões digitais, guardou-o dentro da capa, esfregou-a também e a lançou nos arbustos. Subiu na bicicleta e pedalou depressa até o estacionamento do shopping ali perto. Destrancou o carro e entrou. Girou a chave na ignição, pisou no acelerador e foi embora.

O HOMEM ATINGIDO SE CHAMAVA GERALD "GERRY" GORDON, DE 42 ANOS. JUNTO COM SUA MULHER, Sheila, e suas três filhas, ele era um dos cerca de duzentos convidados do bar mitzvah de Ricky Kalina, filho de Maxine e Merwyn Kalina, dois de seus melhores amigos. Ele tinha acabado de dar os parabéns e se despedir de Ricky do lado de fora da sinagoga antes de seguir para o carro com Sheila e as meninas. Gerry tinha a reputação de ser um cara brincalhão, então quando caiu no chão com a mão no peito após os estouros, as pessoas acharam que ele estava fingindo. Steven Goldman, o amigo com quem conversava no estacionamento, também pensou que Gerry estava brincando, até olhar para baixo e ver o sangue se espalhando por seu peito. Foi quando puxou a filha de Gerry, para protegê-la do que quer que estivesse acontecendo.

Ricky correu de volta para o prédio para encontrar seus pais e um telefone para pedir ajuda. A ambulância chegou em minutos e levou Gerry para o St. Louis County Hospital, onde ele foi encaminhado rapidamente para a cirurgia. A bala havia penetrado no braço esquerdo e se alojado no peito. Ele morreu na mesa de operação por volta das três da tarde, por causa da perda de sangue e de complicações no pulmão, no estômago e em outros órgãos. Era vendedor da Ropak Corporation, uma distribuidora de produtos de papel. Suas três filhas se chamavam Hope, Michele e Traci.

A polícia também chegou rápido ao local, isolou imediatamente a área e começou a pegar o testemunho das pessoas e a procurar evidências físicas.

Assim que Gordon foi atingido, Steven sentiu algo parecido com uma picada de mosquito no ombro esquerdo, mas logo esqueceu no meio do caos, após seu amigo ter sido baleado. Minutos depois, enquanto dava um depoimento minucioso à polícia, o policial viu um buraco de bala no casaco de Goldman. Steven de repente se deu conta do quão perto estivera do mesmo destino do amigo.

Outro homem, William Lee Ash, de trinta anos, levou um dos últimos três tiros, e percebera que havia sido atingido. Foi levado para o mesmo hospital e perdeu o dedo mindinho da mão esquerda quando a bala atingiu primeiro sua mão e depois se cravou em seu quadril. Sua mulher, Susan, era prima de Maxine Kalina.

A polícia concordou que foram disparados cinco tiros no total, o que os investigadores concluíram ter sido "um ataque altamente pre-meditado". Eles encontraram o rifle Remington dentro de uma capa de violão preta não muito longe da cabine telefônica onde dois pregos haviam sido fixados. A meia ainda estava presa, úmida da chuva da noite anterior, indicando que o atirador estivera ali antes. Um pente de cinco balas foi encontrado vazio dentro do rifle e cinco cartuchos usados foram recuperados ali perto. Nenhuma impressão digital foi identificada.

O piloto de um helicóptero da polícia de St. Louis avistou um homem correndo em uma passarela próxima à congregação e acreditava que pudesse ser o atirador. Os investigadores recuperaram uma bala no radiador de um dos carros estacionados na sinagoga e outra alojada na parede de uma casa do outro lado da Linden Avenue, e especularam que uma bicicleta encontrada a cerca de um quarteirão dali podia ter sido usada pelo agressor.

Testemunhas relataram que um homem carregando uma capa de violão preta estivera na vizinhança cerca de uma hora antes do tiro-teio. Elas o descreveram como um homem de estatura média, cerca de 1,78 metro, cabelo cacheado comprido, pele clara e cicatrizes de acne. Estimavam que tivesse entre 19 e 25 anos. Outras pessoas viram um homem correndo no estacionamento de um shopping perto da sinagoga após o tiroteio, olhando por cima do ombro, como se temesse ser perseguido.

O ataque causou uma comoção na região. Apesar das declarações dos líderes judeus do bairro na edição de segunda-feira do *St. Louis Post-Dispatch* desconsiderarem o antissemitismo como motivação, a maioria das sinagogas contratou guardas e seguranças. "A cidade inteira parece ter entrado em pânico depois do incidente com o atirador", dizia um policial na mesma reportagem.

O delegado da polícia de St. Louis, Thomas H. Boulch, da Divisão de Operações Especiais, foi designado para liderar a investigação e montou uma equipe com mais de vinte detetives, trabalhando em parceria com oficiais da polícia de Richmond Heights. Boulch foi citado no jornal dizendo que havia diversas motivações para o ataque: "Não queremos fechar nenhuma porta. Estamos atrás dos doidos, dos grupos radicais, dos grupos antissemitas, de todo mundo." A Divisão estudava a possibilidade de o atirador estar atrás de um indivíduo específico.

O rabino de Brith Sholom, Benson Skeff, não conseguia pensar por que sua sinagoga seria alvo de um ataque. Norman A. Stack, diretor-executivo do Conselho Judeu de Relações Comunitárias de St. Louis, concordou, declarando ao *Post-Dispatch*: "Nada que tenha acontecido recentemente indica qualquer problema com a comunidade judaica de St. Louis. Isso poderia ter ocorrido com qualquer um, em qualquer lugar."

Ainda naquela semana, a Agência de Identificação do departamento de polícia de St. Louis aplicou, com êxito, um tratamento químico para descobrir o número de série da arma do crime. Com a assistência da Agência de Álcool, Tabaco, Armas de Fogo e Explosivos (ATF), em Washington, D.C., o rifle foi rastreado até seu proprietário anterior, em Irving, Texas. Ele contou que vendera a arma cerca de quatro semanas antes por duzentos dólares e forneceu uma descrição do comprador para o retratista da polícia. Testemunhas concordaram que o retrato falado era igual ao homem que viram correndo no estacionamento do shopping, embora os investigadores estivessem relutantes em descartar a possibilidade de que dois indivíduos estivessem envolvidos no ataque.

Quem quer que tenha sido, tinha conseguido fugir.

I

À CAÇA DE UM SERIAL KILLER

1
10 DE OUTUBRO DE 1980

E u estava no meu escritório em Quantico quando recebi a ligação. Naquela época, a Unidade de Ciência Comportamental do FBI ficava em uma parte do porão grande e sujo, debaixo da biblioteca, com nossas salas individuais separadas por baias de 1,80 metro. Sempre que um de nós estava ao telefone, todo o resto do escritório ouvia a conversa, querendo ou não. Normalmente, éramos oito trabalhando lá embaixo juntos, instrutores em psicologia criminal, sociologia, problemas policiais e outros assuntos relacionados. Àquela altura, eu era o único investigador de perfis comportamentais que operava em tempo integral, apesar de ainda assim dedicar algum tempo às aulas de Psi Criminal (oficialmente chamadas de "Psicologia Criminal") que estávamos tentando tornar mais úteis à aplicação direta da lei.

Tive a ideia de entrevistar assassinos em série e predadores violentos encarcerados quando meu colega instrutor, o agente especial Robert "Bob" Ressler, e eu estávamos dando nossas "aulas itinerantes" nos departamentos de polícia locais e agências de aplicação da lei alguns anos antes. Essas aulas eram como uma versão dos principais tópicos das disciplinas que ensinávamos em Quantico para novos agentes, oficiais seniores e investigadores escolhidos para ingressar na Academia do FBI.

O objetivo inicial dessas entrevistas era aprender e entender o que os criminosos diziam que se passava em suas mentes antes, durante e depois de um crime — junto com o comportamento manifestado enquanto cometiam o crime —, para que pudéssemos correlacioná-los com as evidências encontradas nas cenas dos crimes e nos locais de desova dos corpos. E, embora as entrevistas com homens como o "Assassino de Colegiais" Edmund Kemper (de Santa Cruz, Califórnia), David Berkowitz, o "Filho de Sam" (de Nova York), o fetichista de sapatos e estrangulador Jerome Brudos (do Óregon), e o "Helter Skelter", mestre de assassinatos Charles Manson (de Los Angeles) tenham se tornado a base do programa de análise de perfil comportamental do FBI, a real motivação era nos tornarmos instrutores melhores e não parecermos idiotas na frente daqueles investigadores e delegados do programa da Academia Nacional do FBI, que normalmente tinham mais experiência e informações sobre os crimes do que nós.

Ao aplicarmos o conhecimento adquirido em nossas entrevistas, estávamos tentando transformar a Psicologia Criminal numa ferramenta investigativa real. Como estava se tornando uma disciplina popular, policiais e delegados começaram a levar ocorrências de suas cidades para revisarmos. Em 1979, recebemos cerca de sessenta casos e começamos a nos afastar do ensino em tempo integral. No ano seguinte, a quantidade mais do que dobrou. Por isso, em janeiro de 1980, eu abri mão da minha função de professor e me tornei gerente do programa de análise de perfis criminosos e "palestrante convidado" na Academia.

O telefonema que recebi naquela manhã era de um cara que eu conhecia bem: Dave Kohl, chefe de uma unidade subordinada a Joseph P. Schulte Jr., responsável pela Divisão de Direitos Civis na sede do FBI em Washington, D.C. Eu conhecia Dave desde meus dias de policial em Milwaukee, quando eu era da equipe de campo da SWAT, e ele, líder da equipe e supervisor do esquadrão de combate — a equipe que trabalha nos casos de sequestro, extorsão e crimes conexos. Ex-oficial da Marinha e campeão de luta na faculdade, Dave fora meu "mentor" no FBI.

—John, você soube de Joseph Paul Franklin?

—Ah, sim — respondi, tentando associar rapidamente o nome ao caso. — Não é o cara que acham que atirou naqueles dois rapazes negros em Salt Lake City?

—Esse mesmo. E ele também pode ser responsável pelo assassinato de negros em Ohio, Indiana, Pensilvânia e talvez outros lugares.

—Ele não foi preso e fugiu da delegacia ou algo assim?

—Isso. Em Florence, Kentucky, não muito longe de Cincinnati. Simplesmente pulou pela janela durante um intervalo do interrogatório. É por isso que estou ligando. É provável que você receba um pedido formal da sede, mas já vou adiantando. Acha que poderia fazer algum tipo de análise psicológica que pudesse nos ajudar a encontrá-lo?

—Bem, acho que, por pesquisa e experiência, tenho alguma noção de como as mentes criminosas funcionam, embora esse arranjo seja bastante incomum. Normalmente, lidamos com sujeitos *desconhecidos*, *unknown subjects*, que chamamos de UNSUB, e tentamos descrever suas características através das evidências da cena do crime, relatórios policiais e vitimologia. Nesse caso, você sabe *quem* é o cara, só não sabe onde encontrá-lo ou o que ele vai fazer a seguir. Mas os elementos de uma análise são os mesmos. Não posso garantir nada, mas vou dar meu melhor chute. Você vai me enviar algum material?

—Há tanta coisa que acho melhor você vir até aqui, dar uma olhada e escolher o que quer. Quanto tempo acha que vai levar?

—Que tal uns dois dias? — sugeri.

—Pode ser nas próximas 24 horas? — retrucou Dave.

Um instante de silêncio.

—Está bem — concordei. — Chegarei aí hoje à tarde.

—Vejo você depois, então. E, John, tem outra coisa que precisa saber. Esse talvez seja o cara que atirou em Vernon Jordan, e sabemos que ele ia mandar uma carta ameaçadora para o presidente Carter na época de sua candidatura, devido à posição dele a favor dos direitos civis. Com o presidente viajando país afora, fazendo campanha para reeleição, o Serviço Secreto está levando isso muito a sério.

Em maio, Jordan, líder dos direitos civis, fora baleado e quase morto em Fort Wayne, Indiana, e isso tinha trazido de volta todo o trauma do movimento dos direitos civis dos anos 1950 e 1960 em uma escala nacional.

De acordo com a cultura do FBI, ao receber uma ligação da sede, você para o que estiver fazendo e começa a executar o que lhe solicitaram. Tecnicamente, a Academia faz parte da sede, mas, naquela época, para a Unidade de Ciência Comportamental, a solicitação de alguém do alto escalão já era uma situação atípica. Eles nos ignoravam, o que eu não via como problema, pois tentávamos desenvolver nosso programa. Até aquele ponto, nosso trabalho vinha de agências locais de aplicação de leis que solicitavam uma consultoria e enviavam todos os materiais relevantes do caso: fotos da cena do crime, relatórios dos investigadores e depoimentos das testemunhas, protocolos de autópsia, análises de laboratório de evidências físicas, esse tipo de coisa. Com essas informações, montávamos um perfil do agressor que eles deveriam procurar, para ajudar a focar a investigação. Dependendo das circunstâncias e da natureza do caso, também podíamos criar estratégias para ajudar a desvendá-lo (e quase sempre era um sujeito do sexo masculino) ou a impulsioná-lo a fazer algum movimento.

Daquela vez era diferente. Não só tínhamos um nome em vista, como eram os figurões do FBI que estavam solicitando nosso envolvimento. Diferente dos pedidos das agências locais, esse era o primeiro caso que vinha da sede da agência, importante o suficiente para que eles dessem um voto de confiança à nossa abordagem ainda experimental. Era o tipo de solicitação que daria credibilidade à Unidade de Ciência Comportamental, se obtivéssemos sucesso. E era um desafio pessoal para mim ver se conseguiríamos reverter a lógica de nosso processo analítico para prender o homem; depois, com a captura dele, se teríamos provas suficientes para processá-lo e levá-lo à justiça.

* * *

EU LIGUEI PARA A OFICINA DA ACADEMIA E PERGUNTEI SE EU PODERIA USAR UM CARRO DURANTE a tarde — caso contrário, eu precisaria dirigir o meu próprio e pedir reembolso por quilometragem. Com todas as minhas viagens, eu tinha que preencher tantos relatórios de despesas que não queria mais um. Havia um carro disponível, um dos Ford sedan da sede. Eu o retirei, dirigi pela estrada deserta que atravessa a base da Marinha, proprietária do terreno, e peguei a 95-Norte. Naqueles dias, nos anos 1980, ainda não havia o trânsito de hoje, e era possível ir de Quantico ao centro de Washington em menos de uma hora.

Enquanto dirigia, eu pensava no desafio. Se Franklin acabasse sendo culpado por todos ou pela maior parte dos crimes dos quais era suspeito, o caso teria uma magnitude diferente de tudo em que já tínhamos trabalhado até então, tanto em termos de participação quanto de perigo para a sociedade. Franklin atirava a distância contra indivíduos com quem não tinha nenhuma relação, pessoas desconhecidas para ele. Ele não era emocionalmente envolvido nem pessoalmente dedicado às vítimas, fatores que normalmente eram pistas importantes para nós. E ele estava sempre em movimento — poderia estar em qualquer lugar.

Embora Dave tenha me passado poucos detalhes do caso, eu sabia o que estava em jogo para nossa unidade. Como nosso programa de análise de perfis comportamentais era novo e ainda relativamente não comprovado, isso poderia seguir por alguns caminhos diferentes — a maioria ruim. Apesar de eu ser analista de perfis em tempo integral desde janeiro, a Unidade de Ciência Comportamental ainda não tinha um histórico considerável no FBI. Casos de grande importância, como os infanticídios de Atlanta, o Assassino da Linha do Trem em São Francisco e o assassinato brutal no Bronx da professora de educação inclusiva Francine Elveson, entrariam em nossa órbita no ano seguinte, mas, no outono de 1980, o programa ainda estava em desenvolvimento, em busca de validação sujeita a muitas comprovações conceituais dentro do FBI.

Nós tivemos resultados positivos com as ocorrências enviadas pelos departamentos de polícia locais ou pelas delegacias onde trabalhamos.

Além disso, dois casos de sucesso que analisamos ganharam a atenção das agências de aplicação da lei no que chamamos de classificação 62-D: Cooperação Policial Doméstica. Significa que, embora o FBI não tivesse jurisdição principal sobre o caso, podíamos ter alguma ferramenta ou teste investigativo útil a algum departamento de polícia local. Tais demandas seriam administradas pelo escritório mais próximo e, teoricamente, distribuídas através da sede. Na prática, era mais comum que o agente especial responsável pelo caso (chamado de SAC) dissesse algo como: "Que se dane a sede. Quero falar com você." Os SACs pertencem à alta hierarquia do FBI, portanto fazem as coisas do jeito que querem. De vez em quando, cada escritório designava um coordenador de análise de perfil comportamental, mas isso ainda não tinha acontecido.

Em dezembro de 1979, recebi uma ligação do agente especial Robert Leary, da divisão regional de Rome, na Geórgia. As divisões regionais são repartições menores do FBI em áreas que não são grandes o suficiente para ter um escritório completo. Elas trabalham em conjunto com o escritório mais próximo. Alguns dias antes, uma garotinha de doze anos, bonita e extrovertida, chamada Mary Frances Stoner, líder da banda marcial da escola, desapareceu logo após saltar do ônibus escolar no fim da rua, que ficava a uns noventa metros de sua casa, na cidade de Adairsville, no noroeste do estado. Seu corpo foi encontrado no meio do mato, a cerca de quinze quilômetros de distância, bem na divisa do condado, por um casal jovem que percebeu um casaco amarelo estirado no chão e foi até lá averiguar. Quando viram o que havia debaixo do casaco, eles ligaram para a polícia, que chegou imediatamente e registrou o crime. O médico-legista encontrou evidências de estupro, estrangulamento e pancada forte na cabeça. Havia uma pedra com manchas de sangue perto do corpo, que foi recolhida como prova.

Após revisar o arquivo do caso, as fotografias da cena do crime e os protocolos de autópsia, e estudar a vitimologia, achei que tinha uma boa ideia do que havia acontecido.

Dei à polícia minha análise de perfil do UNSUB pelo telefone: faixa etária de 25 a 30 anos; faz parte da classe trabalhadora, talvez eletricista ou encanador; ex-militar, suspenso por dispensa médica ou por desonra; inteligência média ou acima da média, mas sem ensino superior; estupros anteriores, mas é provável que nenhum assassinato; provavelmente casado, pois se considera um garanhão, mas ou o casamento é disfuncional ou terminou em separação ou divórcio; dirige um carro preto ou azul-escuro (eu havia observado que pessoas ordenadas e compulsivas tendem a dirigir carros escuros); e possui comportamento arrogante e confiante. Como ele precisava estar pelos arredores do local do sequestro por tempo suficiente para reparar em Mary Frances, acreditei que era provável a polícia já tê-lo interrogado como testemunha.

Quando terminei minha análise, eles revelaram que eu acabara de descrever um indivíduo que havia sido interrogado e liberado, chamado Darrell Gene Devier, um homem branco de 24 anos que também era um forte suspeito de ter estuprado uma garota de treze anos, mas que nunca fora condenado. Tinha largado a escola após o oitavo ano, apesar do QI avaliado em 100-110. Já havia sido casado e divorciado duas vezes e agora morava com a primeira ex-mulher. Alistou-se no Exército após o primeiro divórcio, mas desertou e foi dispensado com desonra após sete meses. Dirigia um Ford Pinto preto, bem-cuidado, com três anos de uso. Trabalhava como jardineiro e fora interrogado como uma possível testemunha porque estava cortando algumas árvores a serviço da companhia de iluminação nos arredores da cena do crime, cerca de duas semanas antes de Mary Frances ser sequestrada. A polícia suspeitou tanto dele que havia marcado um teste do polígrafo para aquele dia.

Eu disse a eles que não achava uma boa ideia. Pela minha experiência com as entrevistas na prisão, concluí que as pessoas sem consciência, que conseguem racionalizar o que fizeram despersonalizando suas vítimas, não têm as mesmas reações emocionais e físicas ao detector de mentiras que homens e mulheres comuns. Eles ligaram no dia seguinte informando que o teste do polígrafo de Devier havia sido inconclusivo, o que só reforçava a habilidade dele de lidar com o estresse de um interrogatório.

Agora que ele sabia que podia vencer o sistema, só havia um jeito de pegá-lo. Falei para eles como preparar o local do interrogatório, com a pedra manchada de sangue em seu campo de visão, mas posicionada de forma que ele tivesse que virar a cabeça para vê-la. Se ele fosse mesmo o assassino, comentei, não conseguiria ignorá-la. Como Mary Frances fora atingida muitas vezes na cabeça, havia uma grande chance de ele ter ficado sujo com o sangue dela, então poderíamos usar esse fato para deixá-lo inseguro. Com isso, a equipe formada por policiais e agentes do FBI conseguiu que ele confessasse, apesar de a Geórgia ser um estado com pena de morte. Essa cena foi retratada na primeira temporada de *Mindhunter* na Netflix, e a lição que fica é: *Todo mundo tem uma "pedra".* Você só precisa descobrir qual é.

Vários meses depois, na primavera de 1980, recebi uma ligação do chefe de polícia John Reeder, de Logan Township, Pensilvânia, que era formado na Academia Nacional do FBI. Ele e o promotor de Blair County, Oliver E. Mattas Jr., foram indicados pelo agente especial Dale Frye, da divisão regional do FBI de Johnstown. Cerca de um ano antes, uma mulher de 22 anos chamada Betty Jean Shade estava voltando a pé para casa por volta das 22h15 de um trabalho como babá quando desapareceu. Quatro dias depois, um homem que caminhava na floresta se deparou com o corpo mutilado da mulher numa caçamba de lixo ilegal em Wopsononock Mountain, perto de Altoona. Ela não só fora estuprada, como o delegado local disse se tratar da morte "mais horripilante" que ele já tinha testemunhado.

Pelas lesões graves na cabeça, ficou evidente para mim que aquele UNSUB conhecia bem a vítima. Mas, diferente de alguns casos que vi antes, não se tratava de morte por tortura sádica; a maior parte das lesões fora infligida após a morte. Outros indicativos de comportamento sugeriam um homem solitário e introvertido, entre 17 e 25 anos, com um passado disfuncional, uma família problemática e uma mãe dominadora. Eu tinha quase certeza de que ele morava entre a casa de Betty Jean e o local de desova do corpo.

Em nossos estudos, vimos que crimes premeditados que mostravam um alto grau de controle e planejamento eram indicativos de um tipo de agressor: organizado. Em oposição, crimes aparentemente cometidos de forma espontânea, em que a vítima era mais uma questão de situação e circunstância do que um alvo pessoal, com cenas desordenadas e muitas provas aparentes, eram trabalho de um sujeito mais desorganizado. O nível de organização ou desorganização era um dos critérios-chave da personalidade do criminoso. A cena onde Betty Jean fora encontrada era o que chamamos de uma apresentação criminal organizada-desorganizada, que pode significar muitas coisas, mas nesse caso sugeria que estávamos em busca de mais de um agressor.

A polícia tinha dois suspeitos em mente. Um era o namorado da vítima, Charles F. Soult Jr., conhecido como Butch. O outro era o homem que encontrou o corpo, que morava a quatro quarteirões da casa de Betty Jean e tinha tentado assediá-la em diversas ocasiões, sem sucesso. Ele tinha um histórico de comportamento antissocial e seu álibi não podia ser comprovado. Mas era casado, tinha dois filhos, e a mutilação pós--morte não combinava com seu perfil. Butch Soult se encaixava melhor nos elementos do perfil traçado, incluindo uma mãe dominadora e uma reputação de inaptidão com as mulheres. Suas declarações de amor por Betty Jean me pareceram exageradas. Considerei a possibilidade de que eles tivessem brigado — ela ameaçou deixá-lo e a situação se agravou a partir daí. Quando descobri que o irmão de Soult, Mike, era catador de lixo e compartilhara da mesma infância que Butch, fiquei ainda mais intrigado. Achei que pudéssemos chegar à verdade através de Mike, quando o acusamos de ter feito sexo com Betty Jean, porque Butch não conseguiu, e de tê-lo ajudado a desovar o corpo. No fim, Butch foi condenado por homicídio doloso qualificado, e Mike, após confessar a culpa e fazer um acordo, foi enviado para uma instituição de saúde mental. Estou convencido de que esses dois teriam matado de novo se não tivessem sido presos.

Essa era a parte mais gratificante do trabalho: ajudar a trazer justiça para as vítimas e suas famílias. Como essas aberrações despersonalizavam suas presas, como fez Darrell Gene Devier, ou aplicavam seu desejo depravado de puni-las violentamente, como Butch Soult, meus colegas e eu optávamos pela abordagem oposta. Nós personalizávamos e glorificávamos as vítimas. Fomos treinados para visualizar e sentir na pele o que sofreram nos piores momentos de suas vidas, muitas vezes curtas demais. Acho que esse foi um dos legados mais duradouros que estabelecemos. Muitos dos perfis traçados pelos analistas do FBI expressam a importância de se colocar dentro da mente do assassino, o que nós tínhamos que conseguir fazer. Mas entrar na mente e na pele da vítima é igualmente importante. Não só nos ajudou a contextualizar toda a atmosfera física e psicológica do crime — o modo como a reação da vítima afetou a atitude, o comportamento e as ações do agressor enquanto o crime ocorria —, como também nos deu mais motivação para trabalhar para a vítima, que não podia mais responder por si mesma.

O chefe Reeder, que foi treinado em nossos métodos, declarou publicamente que fomos instrumentais ao direcionar a investigação do assassinato de Betty Jean Shade, montando estratégias de interrogatório e descobrindo como obter declarações dos algozes.

Esse era o tipo de publicidade positiva que estávamos começando a receber no programa de análise de perfil comportamental. Assim como John Reeder, um número considerável de chefes de polícia e delegados por todo o país telefonou ou escreveu para o FBI dizendo que nós tínhamos ajudado a diminuir a lista de suspeitos, canalizando a investigação, e/ou ajudado na prisão e na estratégia de interrogatório. Atendíamos ligações de SACs que precisavam dar entrevistas para a mídia sobre um caso específico e perguntavam o que deveriam dizer de informativo e proativo, sem revelar detalhes que mais tarde seriam necessários para qualificar ou desqualificar suspeitos. Mas, assim como Stoner e Shade, todos eram casos locais que só geravam repercussão na comunidade em que aconteceram. Não tínhamos nos envolvido em um caso que chamasse atenção da mídia nacional, e "serial killer" ainda não era uma expressão conhecida.

Não posso afirmar que eu já tinha ideia do que se tornariam a análise de perfil e nossa abordagem de análise investigativa criminal comportamental, mas sabia que tínhamos algo a construir. Nos meus sonhos mais loucos, eu imaginava um "esquadrão voador" com o próprio avião equipado com um laboratório, que poderia ser enviado a qualquer momento até as principais cenas de crime, com uma equipe composta de um técnico, um cientista forense, um patologista e um ou dois analistas de perfil comportamental, mas eu sabia que era surreal. Já havia uma tensão antiga entre a sede e Quantico, ao qual os agentes importantes se referiam como "o Country Club" — devido a nossa localização rural e por passarmos muito tempo sentados, contemplando. Nós, por outro lado, nos referíamos aos integrantes do Edifício Hoover como um monte de administradores e burocratas que não tinham ideia do que os agentes operacionais que atuavam nos casos realmente faziam.

Portanto, se Franklin poderia nos dar credibilidade dentro dos muros do FBI, ele também nos impunha um alto risco. Os agentes antigos e radicais — que seguiam a ferro e fogo a abordagem do falecido diretor e fundador do FBI, J. Edgar Hoover, de que a resolução de crimes "são só os fatos", e calculavam o sucesso somente pelo número de prisões — consideravam a análise de perfil comportamental e as estratégias proativas delicadas demais e ficariam felizes em ver toda a nossa ideia jogada fora, assim como nosso retorno às ruas. Eu sonhava com um momento em que teríamos outros agentes fazendo o que eu fazia, mas o fracasso num estágio maior e mais importante poderia dar fim a todo aquele esforço.

Claro, a maior preocupação — muito mais do que minha carreira ou até do que o futuro da unidade em si — girava em torno do fato de esse caso ser uma bomba-relógio. Um possível serial killer estava solto e ameaçava o presidente. Pelo bem de todas as vítimas em potencial espalhadas pelo país, não podíamos fracassar.

O EDIFÍCIO J. EDGAR HOOVER, QUE ABRIGA A SEDE NACIONAL DO FBI, É UMA ESTRUTURA IMENSA de concreto que recebeu de críticos de arquitetura a designação de "estilo bruto". Ele ocupa o principal quarteirão do centro de Washington, D.C., entre Pennsylvania Avenue, E Street, Ninth Street e Tenth Street, a uma quadra ao sul de onde o presidente Lincoln foi assassinado. Havia sido inaugurado quase cinco anos antes, em setembro de 1975, e naquela época ganhou a reputação de um dos prédios mais feios da capital do país, se não o mais feio. Sem dúvida, é um dos mais hostis, quase um convite para você se virar e caminhar na direção oposta. Muitos diziam que refletia com precisão a personalidade da figura icônica que o nomeava.

Estacionei na garagem subterrânea, apresentei minha credencial e peguei o elevador até o andar executivo. Naqueles dias, você ainda podia ver e sentir a fumaça de cigarro saindo de algumas salas. Não me surpreenderia se um número considerável de mesas tivesse garrafas com bebida alcoólica escondidas na última gaveta.

O governo federal tinha se envolvido nos direitos civis em meados dos anos 1960, quando era quase impossível condenar brancos no Sul acusados de matar afro-americanos ou aqueles que apoiavam a luta pela igualdade de direitos. Os assassinatos de James Chaney, Andrew Goodman e Michael Schwerner — três jovens que trabalhavam tentando registrar afro-americanos para votar no Mississippi durante o "Verão da Liberdade" de 1964 — por membros da Ku Klux Klan e oficiais da delegacia de Neshoba County e do departamento de polícia da Filadélfia, no Mississippi, chocaram grande parte do país. Mas o estado se recusou a levá-los a julgamento. No mesmo ano, os júris compostos somente por brancos não condenaram duas vezes Byron De La Beckwith pelo assassinato de Megdar Evers, ativista de direitos humanos e secretário da Associação Nacional para o Progresso de Pessoas de Cor (NAACP), enquanto ele tirava o carro da garagem de sua casa. Os dois julgamentos foram suspensos.

No ano anterior, o Alabama se recusou a realizar o julgamento de quatro membros da KKK indiciados pelo FBI por bombardear a Igreja Batista da 16th Street, em Birmingham, matando quatro meninas com idades entre onze e catorze anos.

Por esses e muitos outros lapsos que aconteceram durante as décadas de 1950 e 1960 no Sul do país, coube ao Departamento de Justiça julgar esses assassinatos estaduais como violações de direito civil federal. O diretor Hoover relutou em participar, equiparando a luta por igualdade racial com a infiltração comunista no *american way of life*. (Ele associava muitas coisas à infiltração comunista no *american way of life*.) Mas o procurador-geral Robert F. Kennedy, os presidentes John F. Kennedy e Lyndon B. Johnson e o Ato de Direitos Civis de 1964 pressionaram o FBI a exercer um papel mais ativo no julgamento das violações de direitos civis, especialmente quando o estado não se manifestava.

No momento em que Joe Schulte e Dave Kohl se envolveram na Divisão de Direitos Civis, a dinâmica evoluiu um pouco e até os estados sulistas começaram a tomar uma posição mais ativa (embora Byron De La Beckwith, por exemplo, não tenha sido condenado no tribunal estadual até 1994; e o caso dos três mártires do Verão da Liberdade não tenha sido reaberto até 2005). Em 1980, a decisão de dar continuidade a um julgamento em esfera estadual ou federal em casos de motivação racial que poderiam ser legalmente considerados violações de direitos civis era uma questão estratégica.

Quando cheguei lá em cima, caminhei pelo corredor até a sala de Dave Kohl. Bati de leve à porta entreaberta. Ele ergueu os olhos e me deu um sorriso irônico.

—Espero que esteja preparado para isso, John — disse ele. — Porque, você sabe, se der tudo errado, o diretor Webster já tem assinada sua transferência para Butte, Montana. Só precisaremos protocolar.

Naquela época, Butte era o buraco do inferno do FBI, para onde Hoover enviava agentes que condenava ao purgatório.

—Fico feliz que poderei trabalhar sem pressão — respondi.

Como sempre, o tom de Dave foi afável e amigável, mas o assunto era grave, nós dois sabíamos.

Dave havia reunido todo o material do caso e estava com tudo arrumado para mim em quatro ou cinco pastas — isso foi antes dos arquivos digitais. Nós nos sentamos para trocar ideias sobre aquele desafio.

— Nunca tivemos um suspeito que se deslocasse tanto quanto esse — informou ele. — Especialmente na área de direitos civis. A maioria desses caras é preso logo de primeira. Franklin nunca ficou num mesmo lugar por tempo suficiente para ser capturado.

Embora ainda não fosse parte do léxico cultural, àquela altura nós já usávamos internamente a expressão "serial killer" para nos referir a predadores que tinham matado três ou mais pessoas em ocasiões e locais diferentes, com um intervalo após cada morte. Contudo, os casos que tínhamos visto e ouvido falar nos Estados Unidos e na Europa tinham uma tendência a serem motivados por gratificação sexual perversa — o ato da fantasia primordial do agressor. O tipo de fantasia desse cara era diferente, tinha a ver com livrar o país de pessoas que ele considerava indesejáveis apenas em função da raça.[*] Ele era engenhoso, tomava precauções e na maioria das vezes parecia planejar com antecedência. Nem Dave nem eu ficaríamos surpresos em saber que ele observava seus alvos potenciais durante dias ou semanas antes de cada ataque. Seria inútil tentar capturá-lo pelos métodos usados com homens como Devier e Soult.

A Divisão de Direitos Civis estava interessada, segundo Dave, na possibilidade de prever para onde Franklin iria, ou até mesmo passaria de modo breve, sabendo que agora ele era um fugitivo de grande importância.

— E então, o que você acha? — perguntou Dave. — Isso está dentro da sua alçada?

---

[*] O conceito de raça foi historicamente "justificado" pela ciência por meio da eugenia, de Galton, que determinava a existência de uma hierarquia racial. Hoje compreende-se o conceito como uma invenção de estratégia de poder e um catalisador do racismo. O termo foi mantido na tradução conforme escolha do autor, embora não tenha sido empregado por ele de forma pejorativa. [N. da T.]

— Bem... — Eu queria soar confiante e dar a resposta mais direta possível ao mesmo tempo. — Às vezes, quando os policiais locais pedem um perfil comportamental, é como se achassem que vou conseguir dar a eles o nome e o endereço do UNSUB. Dessa vez, nós temos o nome do cara, e isso já é uma vantagem. Podemos trabalhar com a biografia real, em vez de especulações.

— E nós temos agentes procurando membros da família — acrescentou Dave.

— Isso será útil. O problema é que as vítimas preferidas dele são uma categoria muito abrangente. Mas sabemos que ele deve estar estressado por estar fugindo. Portanto, precisamos pressioná-lo, aumentar essa tensão. Vamos tentar focar nos pontos fortes e fracos de Franklin e descobrir se ele tem alguma zona de conforto. Terei uma ideia melhor depois de olhar todo o material.

A pressão seria feita em Franklin, mas em nós também. Os jornais e os canais de televisão de Missouri, Utah, Indiana, Pensilvânia e Kentucky já estavam relatando tudo sobre o caso, e a mídia nacional embarcou na onda. Os órgãos de aplicação da lei têm uma relação complicada com a imprensa. Quando queremos divulgar uma informação à qual o público pode corresponder, como mostrar o contexto em que alguém possa ter visto, ouvido ou sabido de algo, ou se estamos tentando que um UNSUB reaja a uma tática ou estratégia proativa específica, então os repórteres são nossos amigos e nós cooperamos muito. Quando eles divulgam detalhes que preferíamos ter mantido em sigilo ou que instigam a pressão popular em um caso que devia seguir de forma mais discreta, então podem ser um pé no saco. Tanto nós quanto eles entendemos a tensão — ambos temos que fazer nosso trabalho. Precisamos uns dos outros, mas às vezes as exigências dos nossos trabalhos não combinam.

Esse caso era um exemplo perfeito da natureza capciosa da cobertura da imprensa. Divulgar a descrição do UNSUB poderia ser essencial no sentido de gerar pistas de seu paradeiro. Ao mesmo tempo, a preocupação do FBI era que, se não o capturássemos rápido, as notícias crescentes sobre um serial killer engenhoso que já tinha escapado da polícia seriam nada além de uma distração e de um possível constrangimento. E uma das regras principais da cultura do FBI, uma herança dos dias de mão de ferro de Hoover, era: "Nunca constranja o FBI!"

Se eu não conseguisse pensar em nada útil — ou, pior, se minha avaliação direcionasse a polícia e os recursos para a direção errada; se esse exercício não desse certo de alguma maneira —, Dave não poderia me proteger. Isso poderia até prejudicá-lo, já que era ele que estava recomendando que a sede confiasse na ciência comportamental (ou CC, como eles chamavam).

—Boa sorte, John — disse Dave quando eu estava saindo da sala.

Boa sorte para todos nós, pensei.

2

Levei os arquivos até o carro e voltei para Quantico. Em vez de sentar em minha sala sem janela ouvindo as conversas ao redor, fui para meu lugar favorito para analisar casos e me concentrar: o último andar da biblioteca, vários andares acima. Por um único motivo: a luz natural entrava pelas janelas enormes e eu podia olhar a paisagem verde do interior da Virgínia, que de alguma maneira neutralizava o material sombrio em que eu sempre estava trabalhando. E ali não havia telefones nem outras distrações, e eu podia me concentrar pelo tempo que quisesse.

Sentei sozinho na mesa para oito ou dez e espalhei os documentos do caso na minha frente, para começar a conectar os acontecimentos e estabelecer relações dentro da minha cabeça.

Comecei com os fatos básicos — eu queria entender o máximo que pudesse do senso de indivíduo antes de mergulhar nos arquivos do caso de fato. Data de nascimento: 13 de abril de 1950, embora algum outro documento de identificação registrasse 9 de fevereiro de 1950 — provavelmente uma maneira de afastar qualquer um que tentasse conhecê-lo melhor, assim como o uso de tantos codinomes. De qualquer forma, ele tinha trinta anos. Local de nascimento: Mobile, Alabama — surpresa alguma ele ser do Sul e ter crescido numa época de tensões raciais intensas. Cabelo: castanho. Olhos: azuis. Tatuagem de águia no antebraço esquerdo. Tatuagem do anjo da morte no antebraço direito.

O último endereço fixo havia sido em Mobile, 1977, e em sua ocupação constava guarda de segurança. Seus pais eram James Clayton Vaughn e Helen Rau. Era afiliado ao Partido Nazista Americano no Texas e à Igreja Universal do Reino de Deus na Califórnia.

Li mais dos primeiros arquivos datilografados, datados de 2 de outubro de 1980. Naquela época, os boletins gerais — chamados de APBs — eram enviados por teletipo, o mesmo sistema que as agências de notícias, como a Associated Press (AP) e a United Press International (UPI), usavam para enviar suas matérias aos jornais. Era uma caixa escura de metal grande e quadrada que ficava em cima de uma mesa. O papel saía da parte de cima de um rolo e, quando terminava de imprimir a mensagem, você o rasgava. Quando uma mensagem importante chegava, um bipe era acionado, alertando a pessoa que recebia: "Puxe e leia!" A quantidade de bipes emitidos indicava a importância da comunicação. Você ficava condicionado a reagir àquele barulho. Diferente das impressoras a laser de hoje em dia, quando o teletipo imprimia uma mensagem, você ouvia o clac-clac-clac do fim do corredor. Mensagens e relatórios menos urgentes eram enviados por *airtel*, um correio de primeira classe que você redigia e enviava no mesmo dia. Em meio a outros fatos listados no teletipo, li: "Vaughn trocou de nome voluntariamente em Upper Marlboro, Maryland, para Joseph Paul Franklin, e declarou que estava mudando de nome para ir à Rodésia matar pessoas negras." Mas não havia nenhuma evidência de que ele fora para a África algum dia.

O que me intrigou enquanto eu lia o teletipo estava na seção das "Características Físicas". Além de usar perucas como disfarce, o que sabíamos ao reunir os relatórios de testemunhas oculares, ele era quase cego do olho direito. Os motivos variavam entre um machucado causado por acidente de bicicleta ou por brincar com seu irmão Gordon com uma arma de chumbinho. Será que sua pontaria precisa era uma maneira de compensar essa deficiência, essa aparente inadequação? Frequentemente me perguntam se existe um acontecimento específico no passado de um criminoso violento que desencadeia seu caminho no futuro. Será que esse incidente lastimável se tornou um gatilho para a vida de crime de

Franklin? É improvável, embora possa ter influenciado o método que ele utilizava para cometer seus crimes violentos.

O arquivo listava as primeiras infrações de Franklin, alguns ainda jovem: conduta desordeira, posse ilegal de armas e outras violações pelas quais o sistema não o levou a juízo. Uma que parecia relevante ocorrera alguns meses antes de ele mudar de nome. No dia 8 de setembro de 1976, ele foi preso, acusado de violentar fisicamente um casal inter-racial que seguira de carro desde as proximidades de Kennedy Center, em Washington, onde eles tinham ido a um concerto, até cerca de quinze quilômetros em Montgomery County, Maryland. Franklin os encurralou numa rua sem saída, abriu a janela e lançou um jato de spray de pimenta. O homem, Aaron Keith Miles, anotou a placa do carro do agressor e foi à polícia. Os policiais de Montgomery County prenderam Franklin. Ele faltou à audiência em dezembro e perdeu o direito à fiança. Foi expedido um mandado de prisão em seu nome. Até onde entendi, esse pareceu ser seu primeiro crime violento e, se eu não soubesse mais nada sobre ele, ainda assim teria previsto uma escalada de sua natureza violenta. Dali em diante, a lista de casos migrava direto para os acontecimentos mais recentes — começando no nordeste de Kentucky, pouco mais de duas semanas antes de eu receber a ligação de Dave Kohl.

ÀS 2H10 DA MADRUGADA DE QUINTA-FEIRA, DIA 25 DE SETEMBRO DE 1980, A POLÍCIA DE FLORENCE, Kentucky — do outro lado do rio Ohio, em Cincinnati, e considerada parte da região metropolitana de lá —, recebeu um relato de um assalto na delegacia de Boron, na State Route 18 com a Interestadual 75. O atendente registrou o veículo de fuga como um Chrysler 1975 marrom e prata, com placa de Indiana.

A polícia encontrou o carro do outro lado da estrada, no Scottish Inn de Florence, e diversos agentes foram até o hotel. Estava registrado em nome do hóspede do quarto 137, um rapaz de dezenove anos chamado Gary R. Kirk, de Dillsboro, Indiana. O policial Dennis Collins bateu à porta e prendeu Kirk sob suspeita de roubo.

No quarto 138, logo ao lado, Joseph Paul Franklin não estava feliz com todo aquele barulho e comoção no meio da noite. Ele ligou para a recepção para reclamar. Chegou até a ameaçar ir embora se o barulho continuasse. E se arriscou mais um pouco. Ligou para o departamento de polícia de Florence e reclamou com o atendente, acrescentando que o Chrysler no estacionamento estava bloqueando seu carro. Depois de um tempo, como Chrysler ainda não havia sido removido, ele voltou a ligar para a polícia. Deve ter ligado umas cinco vezes, até incitar o chefe do departamento a atender e explicar que eles estavam investigando um roubo, que não tinha nada a ver com ele.

Quando o policial Collins estava pronto para ir embora, o funcionário do hotel lhe contou que o vizinho de Kirk estava reclamando do Chrysler bloqueando seu carro e queria saber quando a polícia ia embora.

"Fui até lá e conversei com ele [Franklin], e ele disse que estava interessado porque Kirk estacionara o carro atrás do seu Camaro", contou Collins depois a um repórter da imprensa internacional.

Collins voltou ao estacionamento para olhar o Camaro e viu um revólver no banco da frente. Ele solicitou o registro da placa para alguém na delegacia e descobriu uma informação importante: o carro se encaixava na descrição de um veículo ligado a um duplo homicídio em Salt Lake City, e o indivíduo que a polícia procurava — um homem magro, caucasiano, com sotaque sulista — correspondia ao homem com quem o policial havia falado no quarto 138. Uma equipe da polícia voltou ao quarto de Franklin para prendê-lo. Ele não resistiu. Os oficiais confiscaram dois rifles e uma pistola.

Como eu veria em casos posteriores, não é incomum que um assassino involuntariamente provoque a própria captura, às vezes reclamando às autoridades e, por consequência, colocando-se no radar da polícia. A prisão de Franklin proveniente de uma reclamação de barulho se parece com a de Dennis Nilsen, o serial killer necrófilo escocês, conhecido como o "Assassino de Muswell Hill". Alguns anos após a prisão de Franklin, quase no fim de janeiro de 1983, Nilsen, um veterano do Exército britânico, cozinheiro, vigia noturno e, durante um curto período, guarda da polícia, estrangulou o último de uma série de homens jovens que ele havia aliciado para seus vários apartamentos em Londres. Em Melrose Avenue, na zona norte da cidade, ele havia enterrado suas vítimas debaixo das tábuas do chão e, em algum momento, retirara os corpos e os incinerara. Após se mudar para Cranley Gardens, na renomada vizinhança de Kensington, ele passou a dissecar e ferver a cabeça, mãos e pés de cada uma de suas vítimas para que não fossem identificadas. Então jogou os restos mortais no vaso sanitário e deu descarga.

No dia 4 de fevereiro, Nilsen escreveu um bilhete para o síndico, representando todos os moradores do prédio, reclamando que os canos estavam obstruídos e a água, voltando. Quatro dias depois, a pedido do síndico, a empresa de serviços hidráulicos Dyno-Rod enviou um funcionário para resolver o problema. Ao abrir a drenagem na lateral do prédio, o encanador Michael Cattran descobriu um monte de pedaços de carne e pequenos ossos que entupiam os canos. O supervisor de Cattran foi até lá dar uma olhada e, na manhã seguinte, ao retornarem, os dois encanadores, desconfiados, contataram a polícia metropolitana de Londres. Quando o delegado Peter Jay e dois policiais entraram no apartamento de Nilsen para interrogá-lo, sentiram o cheiro de carne podre. Não demorou muito até Nilsen confessar os "doze ou treze" assassinatos. Ele foi julgado e condenado a 25 anos de prisão perpétua. Nilsen morreu no dia 12 de maio de 2018 de complicações de uma cirurgia abdominal.

A similaridade entre os dois casos é que o agressor causou a própria prisão por uma simples reclamação, quando, se fossem espertos, teriam ficado quietos. A diferença é que, quando Nilsen foi interrogado pelos policiais sobre por que havia cometido os assassinatos, ele retrucou: "Eu espero que vocês me respondam isso." Além disso, comentou que "venerava a arte e o ato da morte". Como ficaria claro mais tarde, Joseph Paul Franklin não perguntava a si mesmo por que havia feito aquilo.

Do seu quarto no Scottish Inn, Franklin foi levado para a delegacia de Florence, onde foi interrogado pelo investigador Jesse Baker, da Divisão de Homicídios. Embora sua carteira de motorista estivesse em nome de Joseph Paul Franklin, ele tinha o que a polícia descreveu como uma "multiplicidade" de documentos de identidade com outros nomes.

Ao seguir lendo a transcrição do interrogatório, identifiquei um suspeito bem falante, mas pouco colaborativo. Mesmo após Baker avisar repetidas vezes que seria melhor que Franklin se mantivesse calado do que mentisse, ele seguiu falando, levantando perguntas que não sabia responder ou se contradizendo. Por fim, admitiu que seu carro sequer estava declarado ou registrado em seu nome. Baker informou que o veículo constava no sistema como roubado. Nada do que Franklin dizia ajudava.

Aos trinta anos, Franklin dirigia para lá e para cá a cada duas semanas, ou às vezes alguns dias, não sabia dizer o que fazia em cada lugar além de "perambular por aí" nem explicar como se sustentava, além de ter empregos esporádicos cujas especificidades não conseguia se lembrar. Também não esclareceu como arranjara dinheiro para comprar o carro que dirigia ou por que ele fora identificado em um duplo homicídio em Salt Lake City. Ele negou ter estado lá nos últimos cinco ou seis anos, motivando Baker a afirmar: "Se eu pegar você mentindo, não vou mais acreditar em você nem em nada do que tenha dito."

Depois de um tempo, Franklin confessou que "talvez tivesse ido de carro até lá" e depois se lembrou de que "talvez tivesse passado alguns dias na cidade". Ele não sabia explicar a "coincidência" das armas encontradas em seu carro serem os modelos usados nos homicídios nem por que seu carro havia sido identificado nos assassinatos de Salt Lake City, mas parecia preocupado que a polícia o estivesse investigando por ter mantido relações sexuais com garotas menores de idade, que, segundo ele, pareciam mais velhas do que eram de fato.

Franklin não sabia ao certo quando estivera em Salt Lake nem onde havia dormido. Apenas respondera "aqui e ali".

"A maioria das pessoas não sabe aonde está indo, mas sabe onde esteve", observou Baker com irritação. "Parece que você não sabe nem uma coisa nem outra." O endereço da casa que Franklin dera em Elsmere, Kentucky, também era falso.

O investigador conduziu um interrogatório tranquilo e profissional, lembrando ao suspeito que estava tentando provar, de um jeito ou de outro, se Franklin estava falando a verdade. Baker enfatizou que estava em contato com outras delegacias de polícia que logo poderiam corroborar ou negar o que Franklin lhe contara. Também informou que o departamento de polícia de Florence estava atrás de um mandado de busca e apreensão para o carro de Franklin.

Em certo momento, Baker saiu da sala de interrogatório, deixando Franklin com o policial Jim Riley. Pouco depois, houve uma batida à porta. Riley a abriu, e outro policial avisou que o mandado de busca e apreensão fora concedido. Em seguida, Baker retornou e estava conversando com Riley quando os dois ouviram um barulho e viram Franklin pulando a janela. Eles o perseguiram, mas o homem fugiu. Cães treinados conseguiram farejar seu cheiro por alguns quarteirões, mas depois o perderam.

Investigadores rastrearam a área onde ele estava hospedado e checaram cada local possível, mas Joseph Paul Franklin havia desaparecido.

3

Não demorou muito para os investigadores de Florence entrarem em contato com o departamento de polícia de Salt Lake City a fim de saber mais sobre o crime que identificara o carro de Franklin e resultara em sua apreensão. A delegacia já tinha designado três investigadores para encontrar Franklin. Ao mesmo tempo, policiais por todos os cantos do rio Ohio, em Cincinnati, também queriam interrogá-lo sobre os assassinatos de dois adolescentes afro-americanos no dia 8 de junho.

Segundo o relatório da polícia da cidade, por volta das nove horas da noite do dia 20 de agosto, uma quarta-feira, Theodore Tracy "Ted" Fields ligou para os amigos e para a ex-namorada, Karma Ingersol, para perguntar se gostariam de correr com ele no Liberty Park. Karma estava com sua amiga Terry Elrod e perguntou se ela poderia ir junto. Ted buscou as duas de carro. Seu amigo David Lemar Martin III estava com ele. Ted, de vinte anos, e David, de dezoito, eram afro-americanos. Karma e Terry tinham quinze anos e eram brancas. Eles estacionaram o carro na casa de David e começaram a correr na direção do Liberty Park.

Mais ou menos nesse horário, um morador da vizinhança chamado Sefo Manu percebeu um Chevrolet Camaro marrom dirigindo para o norte em alta velocidade no circuito oeste do parque. Manu reparou detalhes do carro, incluindo as linhas vermelhas finas, spoiler traseiro, cano de descarga duplo, rodas de liga leve e pneus com letras brancas em alto relevo, pois ele próprio tivera um Camaro antigo. Contou que o motorista, com cabelo na altura do ombro, tinha ultrapassado um sinal vermelho, feito um retorno e invadido um gramado.

Dentro do parque, os quatro amigos corriam na direção sul pelo circuito oeste. Quando chegaram à área das quadras de tênis, as meninas pararam para descansar. Os dois rapazes deram meia-volta para se juntarem a elas e os quatro recomeçaram a correr. Por volta das 22h15, enquanto atravessavam a rua na faixa de pedestres, ouviram um barulho alto, que Karma descreveu como o estouro de uma bombinha. Terry sentiu uma dor repentina em seu braço, olhou para baixo e viu sangue. Então houve um segundo tiro, e depois mais dois, e David caiu nos braços de Ted. Ele murmurou algo como: "Meu Deus, Ted, eles me pegaram!"

Desesperados, os outros puxaram David para a calçada e Ted gritou para as meninas correrem. Enquanto Ted tentava tirar o amigo do meio da rua, mais dois tiros foram disparados e ele desabou na calçada.

No fim, havia muitas testemunhas de vários aspectos do crime. Gary Snow e Mary Biddlecomb estavam do lado de fora do prédio onde moravam quando viram os quatro jovens correndo. Snow estava tirando o carro da garagem quando ouviu o primeiro tiro. Ele contou à polícia que ouviu seis tiros no total. Saiu do carro e voltou correndo para seu apartamento a fim de chamar a polícia.

Michelle Spicer, de doze anos, e sua amiga Carrie Beauchaine estavam olhando pela janela da cozinha quando Carrie viu um homem de joelhos num gramado se levantar com um rifle na mão.

Clarence Albert Levinston Jr. estava dirigindo quando viu David Martin cair no chão. Assim que ouviu o tiro seguinte, ele entendeu de onde vinham os disparos e parou o carro atravessado na faixa de pedestres na frente dos jovens para protegê-los.

Gary Spicer saiu de casa ao ouvir os tiros e viu um homem disparando um rifle e depois se agachando e correndo na direção de um Camaro marrom estacionado ali perto. O homem abriu o porta-mala e jogou a arma lá dentro antes de dar partida. Ele descreveu à polícia o chapéu de aba grande do atirador e um casaco que ia até a cintura.

Marilyn Diane Wilson estava numa loja de conveniência quando ouviu os tiros e correu para a rua, quando Levinston já tinha saído do carro para ajudar os dois rapazes. Ela virou as vítimas, deitando-as de barriga para cima, e constatou que ainda tinham pulsação. Mas, nos poucos minutos que a ambulância demorou para chegar à cena, Ted morreu. David ainda estava vivo, mas morreu no hospital algumas horas depois.

Na manhã seguinte ao tiroteio, uma equipe retornou à cena do crime, isolada com fita, e conduziu uma busca cuidadosa. Eles fotografaram, mediram marcas de pneu e recuperaram seis cartuchos .30-30. Resgataram as balas que atingiram as vítimas e as enviaram, junto com os cartuchos, ao laboratório da ATF em São Francisco, onde o especialista em balística Ed Peterson concluiu que todos os tiros foram disparados do mesmo rifle, possivelmente Marlin ou Glenfield. Investigadores vasculharam as lojas locais de venda de armas e anúncios de ofertas recentes nos classificados. Eles testaram cada arma que conseguiram localizar, mas a balística não correspondia a nenhuma.

Não só a arma do crime estava indefinida, como não havia motivo aparente para o tiroteio. O investigador Donald Bell falou com Terry no hospital em que estava tratando suas escoriações e checou o histórico das quatro vítimas. Não encontrou nada. Nenhum deles havia cometido uma infração nem estava associado a pessoas suspeitas. Todos eram jovens exemplares. O pai de Ted era pastor. Terry fora estuprada alguns meses antes, e havia especulações de que talvez ela fosse o alvo, para evitar que identificasse o agressor e testemunhasse contra ele. Mas nada se concluiu por essa abordagem.

Será que a motivação era racial? Ou o fato de duas vítimas assassinadas serem negras não era significativo? A polícia logo soube que o pai de Karma, Lee Ingersol, que fora de carro com seu irmão Mel até a cena do crime assim que a filha ligou, não apoiara o namoro dela com um rapaz afro-americano, mas disse que não era contra os negros — apenas achava

que o estigma social tornaria as coisas mais difíceis para ela. Ele se ofereceu para fazer o teste do polígrafo e a polícia concluiu que ele não tinha
relação com o crime nem com o atirador. O pai de Terry, Ralph Elrod,
também foi considerado suspeito por ser membro de uma gangue de
ciclistas e um suposto simpatizante da Klu Klux Klan, mas acabou gos-
tando de Ted e declarou que não tinha problema algum com o fato de a
filha namorar rapazes afro-americanos. Ele também passou no polígrafo.

Os afro-americanos da área não estavam convencidos de que o ataque
não tivesse motivação racial. A igreja dos mórmons era a força dominante
na sociedade e na cultura de Utah e havia um longo histórico de antipatia
e exclusão dos negros pelas classes mais altas da igreja. Fazia apenas dois
anos desde que homens afro-americanos tiveram permissão para serem
treinados para o sacerdócio. Além disso, houve um episódio da KKK
em Salt Lake City na época. O chefe de polícia Elbert "Bud" Willoughby
tentou garantir à população que os crimes não tinham relação com a cor.
Ele e o prefeito Ted L. Wilson se encontraram com James Dooley, presidente da NAACP de Utah, para discutir a linha investigativa que excluía
a motivação racial. Em retrospecto, tirar o foco da cor só desperdiçou
tempo e recursos.

Conexões com drogas e vingança de traficantes também foram ex-
ploradas — não que as vítimas tivessem se envolvido pessoalmente com
os criminosos. Um amigo próximo de Ted revelou que os dois tinham
namorado duas prostitutas de dezenove anos e tentado convencê-las a
abandonar a profissão — David podia ter se tornado alvo por se parecer
com o amigo de Ted. A polícia interrogou as mulheres e seus cafetões,
mas não conseguiu pista alguma.

Quando todas as outras linhas de investigação foram exauridas, a
polícia retomou a motivação racial. O Departamento de Justiça dos
Estados Unidos designou o procurador-geral adjunto Steve Snarr para
acompanhar a investigação em busca de uma possível violação dos
direitos civis federais, que Snarr não sabia se havia ocorrido. O FBI
entrou no caso pelo escritório local de Salt Lake City, sob supervisão do
agente especial Curtis Jensen. A essa altura, tanto o FBI quanto a polícia

haviam concluído que o atirador não estava por perto. Então, no dia 2 de outubro, a agência enviou um aviso de teletipo para o país inteiro com todos os detalhes do caso. No mesmo dia, o escritório do diretor respondeu a mensagem com a listagem dos locais e datas de todos os crimes dos quais Franklin era suspeito, que eu havia lido no arquivo.

Uma possível pista chamou a atenção do investigador Bell. Uma estudante universitária chamada Micky McHenry estava tentando ganhar um dinheiro trabalhando algumas noites por semana como prostituta. Na noite do domingo anterior ao tiroteio, ela estava sentada numa mureta, em seu ponto de sempre, na South State Street, quando um homem em um Camaro marrom encostou o carro e perguntou se ela queria ir com ele. Ela informou a ele o preço do programa e entrou no carro. Ele disse que seu nome era Joe Hagman. Eles deram uma volta de carro, pararam para comer um sanduíche e depois foram até um quarto de motel. Numa das conversas que tiveram, ele contou que odiava pessoas negras e perguntou se ela já tinha dormido com um negro. Falou que desaprovava mulheres brancas sequer falarem com homens negros. Acrescentou que era membro da Ku Klux Klan e, de acordo com uma denúncia apresentada mais tarde pelo FBI, a pedido da Divisão de Direitos Civis do Departamento de Justiça, e citada pela Associated Press, Hagman deu a entender que havia matado negros no passado e pediu que Micky lhe fizesse uma lista dos cafetões negros daquela área, para que pudesse matá-los.

O que chamou a atenção de Bell foi que, enquanto eles dirigiam pelo Liberty Park e Hagman perguntou a ela quem costumava passar por ali, a moça respondeu que a parte leste do parque era quase toda de brancos, a parte oeste, praticamente de hispânicos e o meio era onde negros e cafetões se encontravam.

Hagman mostrou as duas pistolas que tinha no carro. Nesse momento, ela ficou bastante nervosa e disse que não queria que ele matasse ninguém. Quando eles voltaram ao quarto do motel, Micky reparou nos dois rifles encostados contra a parede, num canto. Ao se despirem para transar, ela percebeu que ele tinha duas tatuagens: uma de águia e outra do anjo da morte.

Quando terminaram, Hagman levou a prostituta até o apartamento dela, onde ela o apresentou à sua colega de quarto, Cindy Taylor. Os três conversaram por um tempo e então ele foi embora.

Bell perguntou a Micky se ela poderia identificar os rifles em uma série de fotos de armas, mas ela não conseguiu. Ajudou a polícia a compor um retrato falado de Hagman. Diversas mulheres que falaram com um homem dirigindo um Camaro marrom em Salt Lake City, apresentando--se alternadamente como Joe e Herb, também reconheceram o retrato falado. Todas se lembravam do discurso enraivecido com relação a afro-americanos. Uma delas mencionou que era salva-vidas na piscina pública do Liberty Park. Ele respondeu que não frequentava a piscina porque pessoas negras nadavam ali. Duas outras andarilhas a quem ele deu carona na noite do tiroteio se lembraram de que ele dizia odiar ver meninas brancas com homens negros "porque isso não era certo" e ficaram apavoradas.

Se todos esses encontros foram com o mesmo homem, pensou Bell, então os assassinatos tiveram motivação racial, e aquele cara era de fato um indivíduo muito perigoso.

4

Em Cincinnati, o tiroteio do dia 8 de junho que matou dois jovens afro--americanos deixou o investigador de homicídios Thomas Gardner obcecado durante meses. Quando Franklin foi identificado como um atirador suspeito do outro lado do rio, em Florence, Kentucky, Gardner achou que talvez tivesse encontrado a brecha que estava procurando.

Os primos Darrell Lane, de catorze anos, e Dante Evans Brown, de treze, foram atingidos por tiros de um rifle de caça de alta potência, disparados de um cavalete do trilho do trem de Bond Hill, enquanto caminhavam pela Reading Road em uma noite quente de domingo.

"A arma foi identificada como uma Magnum carabina calibre .44", relatava o arquivo. Isso parecia estar de acordo com o *modus operandi* (M.O.) de Franklin, que tinha os elementos necessários para cometer o crime: um meio de invadir uma casa, levar uma arma para um roubo ou o jeito que um agressor conduz a vítima a seu controle. O M.O. pode se desenvolver conforme o criminoso se torna mais experiente e aprende o que funciona melhor. Junto com o M.O., levamos em consideração o que chamamos de "assinatura" do agressor, que descreve os elementos do crime que o satisfazem ou o fazem se sentir completo emocionalmente. Isso pode significar levar troféus, torturar a vítima de uma maneira específica ou até criar um roteiro para ser seguido durante o estupro. Diferente do M.O., a assinatura não costuma mudar, embora possa se tornar mais elaborada com o tempo. No caso de Franklin, seu M.O. seria atirar de longe com um rifle de alta potência, enquanto sua assinatura seria matar afro-americanos.

Os dois jovens de Cincinnati, Darrell e Dante, tinham acabado de sair da casa da avó para comprar balas. A irmã de Darrell ouviu os tiros e correu para a rua. Quando ela chegou até eles, socorristas os estavam atendendo. O pai, que era paramédico, estava na equipe de primeiros socorros.

Mas seu filho morrera na hora. Dante foi levado para o hospital entre a vida e a morte. Sua mãe, Abbie Evans, foi ao funeral de Darrell alguns dias depois e recebeu a mensagem para voltar imediatamente ao hospital para ver seu amado filho vivo pela última vez.

"Foi devastador. Fica um vazio. Você nunca se recupera", disse ela a um repórter do *USA Today* mais de trinta anos depois.

Na época em que os dois garotos foram assassinados, minha esposa, Pam, e eu tínhamos duas filhas: Erika tinha cinco anos e Lauren, apenas seis meses. Pam tinha acabado de voltar da licença-maternidade e trabalhava como professora especialista em leitura no sistema público de educação de Spotsylvania County, na Virgínia. Sempre tentei me colocar mental e emocionalmente dentro da cabeça da vítima, assim como na do assassino. Mas a ideia de duas crianças inocentes, a caminho da loja de balas, serem arrancadas de suas vidas sem motivo algum estava me dilacerando. E, assim como eu, muitos policiais têm dificuldade em conceder a liberdade e a independência necessárias para o crescimento dos filhos por assistirmos a toda essa violência de perto.

Da mesma forma, o investigador Gardner não conseguia aceitar por que um homem ficaria esperando de longe para matar dois garotos adolescentes que provavelmente nunca havia visto antes. Talvez fosse para sentir uma adrenalina doentia, mas o detetive não descartaria a possibilidade de ser um crime de ódio racial.

Depois de ver os teletipos do escritório de Salt Lake City e do diretor, Gardner entrou em contato com o sargento da delegacia de Salt Lake

City, Robert Nievaard, e os dois concordaram que havia nos dois casos elementos semelhantes o suficiente para uma avaliação, além de outras possíveis conexões sugeridas pelos dois teletipos.

Por fim, essa era a primeira de diversas conexões que surgiram do teletipo de Salt Lake City. Os dois casos pareciam se enquadrar no M.O. de um atirador nos ataques a um casal inter-racial em Oklahoma City em outubro passado, a um afro-americano de dezenove anos num shopping de Indianápolis em janeiro e a outro casal inter-racial em Johnstown, Pensilvânia, em junho. Se todos estivessem conectados, estão estaríamos lidando com um serial killer eficiente e fatal, que transitava com facilidade entre estados e nunca se aproximava o suficiente das vítimas para deixar evidências comportamentais ou físicas além dos cartuchos de balas.

Se observássemos com cuidado, todos esses incidentes descreviam uma onda de assassinatos que, no mínimo, já ocorria havia um ano, provavelmente mais tempo.

O primeiro caso a ser considerado uma possível conexão aconteceu na madrugada de domingo, dia 21 de outubro de 1979. Conforme descrito no relatório do FBI em um encontro de inteligência entre vários escritórios no dia 16 de outubro de 1980, Jesse Eugene Taylor, de 42 anos, tinha acabado de sair de um supermercado em Oklahoma City. Ele caminhava pelo estacionamento carregando as sacolas, na direção de seu Ford branco, no qual sua mulher, Marion Vera Bresette, de 31 anos, e seus três filhos do casamento anterior, de nove, dez e doze anos, esperavam. Taylor era negro e Marion, branca. Eles trabalhavam juntos em uma casa de repouso na cidade.

Quando se aproximou do carro, Taylor foi atingido por três tiros, aparentemente disparados de um parque de diversões vazio do outro lado da rua, a uns sessenta metros de distância. Ele caiu no chão e Marion correu e se ajoelhou sobre ele, sendo em seguida atingida no peito. As crianças gritaram. Os dois adultos morreram na hora.

Havia várias testemunhas no local, incluindo um funcionário do supermercado, Charles Hopkins, de dezesseis anos, e um cliente, Vince Allen. A polícia chegou em poucos minutos, isolou a cena horripilante, interrogou as testemunhas e cuidou das crianças, que também foram interrogadas da forma mais delicada possível. Nenhuma pista foi encontrada com base nos depoimentos. As balas recuperadas no estacionamento eram de um rifle de alta potência e correspondiam aos cartuchos descartados num canteiro de árvores do outro lado da rua.

Os incidentes em Indiana vieram em seguida. No dia 12 de janeiro de 1980, Lawrence Reese, morador de Indianápolis, foi atingido e morto por um tiro disparado através da janela de vidro laminado do restaurante de uma igreja onde trabalhava, logo após o estabelecimento fechar. Estima--se que a bala tenha saído de um rifle com mira telescópica, a uns 140 metros de distância.

Quarenta e oito horas depois, na noite de 14 de janeiro, um homem negro de dezenove anos chamado Leo Thomas Watkins foi baleado e morto com um tiro que atravessou uma janela de vidro laminado, dentro de um supermercado Qwic Pic Market de um shopping de Indianápolis. Leo e seu pai, Thomas Watkins, estavam prestes a iniciar um serviço de dedetização.

Para mostrar o quanto nós ainda não sabíamos, tendo apenas supo-sições, o teletipo dizia: "As vítimas dos dois incidentes acima não eram relacionadas." O fato de Reese e Watkins não terem uma conexão identi-ficada estava fazendo com que os investigadores do FBI duvidassem que o UNSUB pudesse ser o mesmo. Mas eles pareciam bem semelhantes para mim.

O teletipo seguia: "A polícia especula que foi utilizada uma Marlin 336 com ação de alavanca." E, quando eu estava criando minha teoria de fuga, testes de balística confirmaram que as balas dos dois assassinatos haviam sido disparadas pelo mesmo rifle Marlin calibre .30.

O caso que constava no arquivo do FBI, e que havia gerado a maior atenção do público, era um tiroteio em Indiana que felizmente não resul-tou em nenhuma morte. Foi o evento que Dave Kohl havia mencionado e que estava marcado como "caso aberto do FBI".

No dia 28 de maio de 1980, o advogado, ativista de direitos civis e presidente da National Urban League, Vernon E. Jordan, de 44 anos, chegou a Fort Wayne para dar uma palestra em um jantar beneficente e em uma cerimônia de premiação da liga local. Hospedou-se no Hotel Marriott, onde o evento aconteceria. Jordan conhecia bem o estado. Havia frequentado a Universidade DePauw, em Greencastle, e foi um dos poucos estudantes negros da instituição, antes de conquistar seu diploma de direito na Howard University, em Washington.

Após um discurso para uma plateia de quase quatrocentas pessoas, Jordan acompanhou sua esposa, Shirley, até o quarto e depois foi ao bar do hotel para cumprimentar e socializar um pouco com alguns dos participantes do jantar. Ficou conversando com uma mulher branca de 36 anos chamada Martha Coleman.

Quando as atividades do bar foram encerradas, Jordan deu a entender que ainda gostaria de tomar um café. Coleman o convidou para ir até sua casa, no centro-sul de Fort Wayne. Eles tomaram café e conversaram por cerca de meia hora, e Coleman o levou de volta ao hotel. Quando pararam o carro no sinal vermelho, a uns três quilômetros do Marriott, três adolescentes brancos gritaram ofensas raciais para eles e aceleraram quando o semáforo abriu. Coleman embicou seu Pontiac Grand Prix vermelho no estacionamento do hotel um pouco antes das duas da madrugada e dirigiu até a entrada lateral, mais perto do quarto de Jordan.

Eles conversaram por mais três a cinco minutos e, quando Jordan estava saindo do carro, foi atingido por um tiro que, a princípio, desviou levemente quando bateu na corrente de uma cerca ao redor do estacionamento. A bala entrou pelas costas, na parte de trás de seu casaco, e saiu pelo peito. O impacto o lançou na direção do porta-mala. Pelo espelho retrovisor, Coleman viu Jordan cair na calçada. Ela saiu imediatamente do carro e correu para dentro do hotel para reportar o tiro e pedir que os funcionários chamassem a polícia. Enquanto ele estava no chão, sem perder a consciência, relatou que a dor era intensa e que ele sabia que o sangue escorria por baixo do seu corpo.

Não houve testemunhas. Coleman reparara que os adolescentes que tinham importunado os dois no sinal haviam parado no estacionamento

À SOMBRA DO SERIAL KILLER

de um fast-food, e os agentes do FBI que investigaram o caso não acreditavam que eles teriam tido tempo para chegar ao hotel e planejar o tiro.

Os paramédicos informaram que a saída da bala pelo peito era do tamanho de um punho fechado. Os cirurgiões no Hospital Parkview que o operaram cinco vezes durante o dia seguinte relataram que o fragmento da bala não atingiu sua coluna vertebral por cerca de meio centímetro e poderia tê-lo matado por lesão intestinal ou perda de sangue. Do jeito que foi, ele quase morreu no hospital alguns dias depois de falência dos rins e pneumonia.

Duas semanas após o incidente, quando a saúde de Jordan tinha se estabilizado, o presidente Jimmy Carter enviou um avião de evacuação médica da Força Aérea para transportá-lo para Nova York.

Com o apoio de Carter, o diretor do FBI William Webster declarou que o caso era uma violação dos direitos civis e uma possível conspiração, e envolveu o FBI diretamente no caso. A investigação determinou que o tiro viera do gramado alto abandonado do outro lado da rodovia interestadual, a cerca de cinquenta metros de distância, de onde o atirador disparou de uma posição inclinada. Um cartucho ejetado calibre .30-06 correspondia aos fragmentos da bala retirados do corpo de Jordan nas cirurgias e poderiam ter vindo de dez marcas diferentes de rifles com o mesmo calibre.

Isso parecia combinar com o suposto M.O. de Franklin, o que significava que ele não tinha medo de assassinar pessoas bem-sucedidas. Eu conseguia entender por que o Serviço Secreto estava nervoso e queria Franklin fora de circulação.

O resumo do FBI relatava que: "Jordan foi baleado na madrugada de 28 para 29 de maio de 1980, de um outeiro de grama alta em uma rodovia interestadual, enquanto saía de um veículo no estacionamento de um hotel." As palavras "outeiro de grama" chamaram minha atenção, devido à associação com a teoria da conspiração do segundo atirador no assassinato de John F. Kennedy, e me lembrou de que estávamos à procura de outro potencial assassino de presidentes. Os três componentes de um crime bem-sucedido são meio, motivação e oportunidade. Franklin já tinha os dois primeiros. Se estivesse atrás do presidente Carter, precisávamos detê-lo antes que ele conseguisse o terceiro componente.

A lista de casos possivelmente conectados só crescia. No dia 15 de junho de 1980, o afro-americano de 22 anos Arthur D. Smothers e sua namorada branca de dezesseis anos Kathleen Mikula estavam atravessando a ponte Washington Street em Johnstown, Pensilvânia, quando foram baleados a distância. Smothers foi atingido primeiro e caiu da calçada direto na vala. As balas penetraram nas costas e na virilha. Mikula começou a gritar para os carros que passavam, pedindo ajuda. Outro tiro foi disparado, mas não a atingiu e estilhaçou um bloco de concreto da ponte. Sem saber para onde ir, ela ficou parada por um momento, o que deu ao atirador tempo para mirar nela de novo, dessa vez atingindo-a no peito. Ele disparou mais duas vezes, e uma das balas entrou pelo ombro, desceu pelo torso e se alojou na bacia. Smothers e Mikula foram levados às pressas para o Lee Hospital, perto dali. Mikula morreu durante a cirurgia de emergência. Smothers morreu duas horas depois. Nenhuma das pessoas que passavam de carro soube dizer à polícia de que direção os tiros haviam sido disparados. Acreditava-se que as balas teriam saído de um rifle calibre .35.

Os dois estavam juntos havia cerca de três anos e eram populares dentro de um grande grupo de amigos negros e brancos, apesar da preocupação da mãe dele, Mary Frances Smothers, de que Johnstown talvez ainda não estivesse pronta para lidar com um casal inter-racial. Kathy era uma artista talentosa e Art, um atleta dedicado que queria abrir a própria empresa de reformas de casa. Ele correu na Maratona de Boston de 1978 e a concluiu em menos de três horas. Eram comprometidos um com o outro. Em certo momento, Kathy disse a sra. Smothers que não queria viver sem Art.

E, mais uma vez, o assassino escapara com a mesma eficiência com que tinha matado suas vítimas.

* * *

ANALISANDO ESSES CRIMES POSSIVELMENTE CONECTADOS, O QUE ME IMPRESSIONAVA ERA O GRAU de cooperação entre as agências de aplicação da lei. Não é sempre que isso acontece. Nós da Academia, que dávamos aula para novos agentes e colegas da polícia, brincávamos que, se você fosse um assassino que quisesse ferrar com a investigação, a melhor coisa que podia fazer era carregar o corpo para outro condado ou atravessar a fronteira do estado. Felizmente, os investigadores sabiam colaborar, eram bem mais sofisticados.

Como os investigadores de estados diferentes estavam preparando o terreno para os próprios casos, o departamento de polícia de Salt Lake City continuou a busca por pistas locais. Seguindo o depoimento de Micky McHenry, o investigador Don Bell encontrou o registro de Joseph R. Hagman no hotel em que ela estava hospedada. Esse indivíduo não constava na base de dados do FBI, o que confirmava a teoria de Bell de que o nome era falso. O laboratório do FBI também procurou impressões digitais escondidas, mas não achou nada. O cara tinha sido cuidadoso.

Os investigadores de Salt Lake City visitaram todos os hotéis num raio de cinquenta quilômetros e examinaram os registros de todos os hóspedes. Identificaram oito que pareciam ter uma caligrafia similar à de Hagman, embora todos tivessem nomes diferentes. Um registro do Hotel Scenic batia com a data do tiroteio. O Scenic ficava a apenas nove quarteirões do Liberty Park.

Em outro hotel, a polícia soube que um homem com a descrição do UNSUB saiu pisando duro da recepção quando viu que o estabelecimento contratava afro-americanos.

Já no Sandman, os investigadores encontraram um registro, num intervalo ideal de tempo, de um Camaro marrom-escuro. O curioso é que havia duas placas registradas. O primeiro número foi o hóspede que anotou. Mas o proprietário do hotel, um senhor idoso — e cauteloso —, tinha o hábito de caminhar pelo estacionamento quando o dia estava amanhecendo para conferir as placas que os hóspedes registraram. A placa que constava no carro era, na realidade, de Kentucky: BDC678.

Dois investigadores de Salt Lake City conseguiram rastrear o histórico do carro até um antigo proprietário em Lexington, Kentucky, e contataram a polícia de lá. Embora o nome do comprador constasse como Ed Garland, o retratista da polícia de Lexington conseguiu fazer um bom retrato falado dele com a descrição do vendedor. Os investigadores de Cincinnati e de Salt Lake City tinham, então, a placa do veículo e diversos retratos falados que correspondiam ao UNSUB.

No dia 15 de setembro, investigadores dos departamentos de polícia de Oklahoma City, Indianápolis, Johnstown, Cincinnati e Salt Lake City se reuniram na sala do delegado de Hamilton County, em Cincinnati, apresentaram as evidências que coletaram e compararam seus casos. Eles concordaram que não havia provas suficientes para concluir que todos os casos envolviam o mesmo indivíduo — por exemplo, rifles similares foram usados em todos eles, mas testes balísticos revelaram que as balas dos tiroteios de Indianápolis e de Salt Lake City tinham vindo de armas diferentes —, mas as descrições do veículo eram convincentes e os retratos falados eram parecidos, o que sugeria que talvez o UNSUB pudesse ser o mesmo.

Dez dias depois dessa conferência, quando Franklin foi reconhecido, interrogado e escapou da custódia da polícia em Florence, Kentucky, os investigadores tiveram certeza de que haviam identificado o assassino que procuravam.

Mencionei todos esses detalhes aparentemente mundanos e o trabalho minucioso da polícia para desvendá-los porque é assim que se desdobra uma investigação criminal verdadeira e responsável. Não é com um investigador fodão conseguindo uma confissão de maneira muito inteligente. Também não é com um analista de perfil comportamental como eu olhando para fotos da cena de um crime e protocolos de autópsia que vai apontar o bairro e o quarteirão onde o UNSUB mora. É a análise meticulosa de cada evidência e de cada pista possível, para então trabalhar minuciosamente a fim de ver como as peças do quebra-cabeça se encaixam ou como os pontos se ligam. E, se pessoas como eu e minha antiga unidade da Academia do FBI em Quantico pudermos contribuir com esses esforços e ajudar os investigadores locais a afunilar a lista de suspeitos ou a refinar suas estratégias proativas, podemos dizer que fizemos nossa parte do trabalho.

Investigadores federais também entraram na busca. Depois de a polícia encontrar as armas no carro de Franklin estacionado no hotel em Florence e de ele fugir da custódia, o agente especial Frank Rapier, da Agência de Álcool, Tabaco, Armas de Fogo e Explosivos (ATF), começou a montar um quadro com os lugares em que Franklin tinha sido reconhecido ou identificado, incluindo hotéis, restaurantes e locais onde seu carro foi visto. O quadro incluía paradas em Florence, Atlanta, Birmingham e Panama City, na Flórida. Como resultado, a ATF e o FBI conseguiram três mandados de prisão para Franklin: por transporte interestadual de armas de fogo roubadas; por compra de armas de fogo fora do estado, sob nome falso; e por posse ilegal de Quaalude (metaqualona), um sedativo vendido com prescrição médica que foi classificado no Grupo I de substâncias controladas, por uso abusivo e popularidade como droga recreativa.

O major da equipe de homicídios de Cincinnati, Donald Byrd, relatou ao *Cincinnati Enquirer* que o fugitivo era considerado um importante suspeito dos assassinatos de Lane e Brown. Uma descrição de Franklin — 1,80 metro de altura, 93 quilos, cabelo castanho comprido, óculos de aros grossos e uma tatuagem de águia no braço direito — aparecia na reportagem. E a essa altura, o delegado de Salt Lake City, E. L. "Bud" Willoughby, que inicialmente havia descartado a hipótese dos tiroteios em sua comunidade serem de motivação racial, estava pronto para dizer aos repórteres do *Enquirer* que, embora Franklin fosse um homem educado e de boas maneiras, "ele tinha explosões de raiva" ao ouvir qualquer coisa sobre pessoas negras.

O trabalho que o grupo dos departamentos de polícia locais tinha feito, estabelecendo conexões entre os crimes, fora essencial à resposta do FBI que estava em andamento. Nos anos seguintes, determinar as ligações entre crimes se tornaria uma das nossas ferramentas de avaliação na Unidade de Apoio Investigativo. Embora não seja definitiva isoladamente, fazíamos a pergunta: quais são as chances de mais de um assassino estar operando numa determinada área (que poderia ser grande parte dos Estados Unidos ou até o país inteiro) com um M.O. semelhante e motivações e assinaturas aparentemente parecidas (os alvos afro-americanos, por exemplo)? Quanto mais específicos o M.O. e a assinatura, menos provável era que todos esses casos fossem desconectados, meras coincidências.

Uma coisa que todo investigador criminal sempre precisa ter cuidado é com o elo cego entre os crimes. Às vezes, você não enxerga os indicadores de que dois ou três casos estão relacionados porque eles ocorreram em jurisdições diferentes e as delegacias não reportaram o caso a outras. Ou porque o M.O. não era similar o suficiente ou o perfil da vítima era diferente ou inúmeras outras razões. O elo cego pode acontecer na direção oposta também. Você relaciona casos que na realidade não foram cometidos pelo mesmo agressor porque a motivação ou o perfil da vítima são parecidos ou porque até as armas usadas são similares.

A ideia de elo cego e M.O. se tornou importante enquanto eu revisava o arquivo de Franklin. Junto com os crimes que pareciam conectados e a colaboração entre as agências de polícia locais — Salt Lake City, Cincinnati, Oklahoma City, Indianápolis e Johnstown, Pensilvânia —, havia uma investigação em curso que fora incluída no mesmo arquivo. Estava mencionada como um possível crime de Franklin por ter um viés racial, mas ainda assim era bastante incomum.

O caso envolvia o assassinato de quatro afro-americanos nas imediações de Buffalo, Nova York. Três semanas antes, no dia 22 de setembro de 1980, um garoto de catorze anos chamado Glenn Dunn foi baleado dentro de um carro, no estacionamento de um supermercado em Buffalo. No dia seguinte, Harold Green, de 32 anos, engenheiro-assistente de uma fábrica local, foi morto no estacionamento de um Burger King no nordeste da área nobre de Cheektowaga. Na mesma noite, Emmanuel Thomas, de trinta anos, foi assassinado enquanto atravessava a rua na frente de casa, não muito longe de onde Dunn fora atingido. E, em 24 de setembro, Joseph McCoy, de 43 anos, estava caminhando em uma rua de Niagara Falls quando, de repente, foi atacado e assassinado com dois tiros.

Todas as quatro vítimas foram atingidas com um rifle de calibre .22, o que levou a mídia a apelidar o UNSUB de "Assassino do Calibre .22". Todas eram afro-americanas.

Embora não pudéssemos descartar a possibilidade, com base nesses detalhes, eu estava cético quanto a Joseph Paul Franklin ser o Assassino do Calibre .22. Apesar de a motivação ser semelhante, Franklin não permanecia num mesmo local após realizar um assassinato, enquanto o assassino de Buffalo rondava a área. As mortes que tentavam ser atribuídas a Franklin resultavam de tiros de longa distância, com armas de maior calibre, que normalmente eram descartadas após cada crime. O planejamento de Franklin fora metódico o suficiente para que ele conseguisse fugir despercebido. O Assassino do Calibre .22 era mais impulsivo.

De maneira geral, os detalhes dos assassinatos de Buffalo não pareciam se assemelhar ao que conhecíamos do perfil de Franklin. Mas, como Franklin e o Assassino do Calibre .22 tinham como alvo afro-americanos e utilizavam rifles, os investigadores não estavam prontos para descartar a conexão. Ainda assim, eu tinha minhas dúvidas.

Como coincidência do destino, cerca de uma semana depois de ser apresentado ao caso de Franklin, fui chamado pela polícia de Buffalo para traçar um perfil do Assassino do Calibre .22, que parecia ter voltado a matar. No dia 8 de outubro, dois dias antes de Dave Kohl me ligar para falar sobre Franklin, Parler Edwards, um taxista de 71 anos, foi encontrado no porta-mala do próprio táxi com marcas de pancadas fortes na cabeça e o coração arrancado do corpo. No dia seguinte, 9 de outubro, o corpo de outro taxista, Ernest Jones, de quarenta anos, foi descoberto em um banco às margens do rio Niagara, com a garganta cortada e também sem o coração. Seu táxi, coberto de sangue, foi encontrado nos limites da cidade de Buffalo. E, em 10 de outubro, um homem que possivelmente correspondia à descrição do Assassino do Calibre .22 entrou no Erie County Medical Center, onde Collin Cole, de 37 anos, trabalhava. Ele gritou um epíteto racial e avançou no pescoço de Cole com um fio cirúrgico. A chegada oportuna de uma enfermeira espantou o intruso, deixando Cole com ferimentos no pescoço. Edwards, Jones e Cole eram afro-americanos.

"Foi a primeira vez que tivemos uma coisa nesse nível", afirmou o porta-voz do FBI, o agente especial Otis Cox. "Estamos procurando uma pessoa ou um grupo de pessoas com as mesmas ideias na cabeça."

Thomas Atkins, conselheiro geral da NAACP, falou ao *Washington Post* que queria saber "se há algum grupo organizado e secreto sendo formado para fomentar conflitos raciais".

"A onda de assassinatos se espalhou como fogo em um emaranhado de batalhas raciais entre escolas, queimas de cruz e outros atritos nas cidades, de Boston aos bairros de elite de Portland, no Óregon, e de Miami a Richmond, na Califórnia", reportou o *Post*.

O diretor do FBI, William Webster, com quem já tive algumas desavenças, declarou aos repórteres em Atlanta, que começaram a perceber crianças negras desaparecendo e sendo encontradas mortas no início do ano anterior: "Acho que é uma tendência natural, nascida de um medo legítimo, de que uma conspiração nacional se aproxima." Mas também disse que não achava que as evidências contribuíam para isso. Eu esperava que não, mas esse grupo de assassinos aparentemente motivado pelo preconceito racial era perigoso.

A comunidade de Buffalo vivia uma comoção compreensível quando Richard Bretzing, o SAC da área, pediu que eu fosse até lá traçar um perfil para ver o que podíamos descobrir sobre o Assassino do Calibre .22. A primeira coisa que queria saber era se aquele era o mesmo UNSUB que tinha matado os dois taxistas, apesar do M.O. diferente.

Era evidente para mim que os quatro homicídios de setembro foram realizados pelo mesmo assassino. Foram planejados e seguiam um padrão, no qual o criminoso não tinha relação com as vítimas, mas demonstrava um ódio patológico aos afro-americanos. Dentro de seu próprio sistema preconceituoso e ilusório, esse era um indivíduo organizado que gostava de armas de fogo. Eu podia vê-lo se alistando no Exército, mas logo percebendo que sua missão não se encaixava com sua personalidade e tendo problemas em se adequar à disciplina militar. Testes balísticos confirmaram que todas as vítimas eram atingidas com balas da mesma arma.

Porém, os ataques com faca em Edwards e Jones mostravam um envolvimento mais pessoal. Eles necessitavam de mais tempo e o assassino não poderia fugir rapidamente. Apesar de todos os crimes parecerem motivados por ódio racial e medo, se tivessem sido executados pelo mesmo indivíduo com M.O.s tão diferentes, pensei, isso indicaria uma psicose muito severa, uma vez que os assassinatos realizados com tiros a distância representavam um risco muito menor ao atirador, enquanto os crimes com remoção de órgãos eram de alto risco e refletiam raiva, exagero e desorganização.

Enquanto permanecia ainda incerto se o Assassino do Calibre .22 estava por trás dos homicídios por esfaqueamento de Edwards e Jones, no momento em que eu terminei de traçar o perfil, percebi que nada correspondia ao padrão de Franklin, por isso fiquei ainda mais convencido de que ele não estava relacionado com aqueles crimes.

Apesar de não termos essa confirmação até alguns meses depois, Joseph Paul Franklin não era o Assassino do Calibre .22. Em janeiro de 1981, um homem de 25 anos chamado Joseph Gerard Christopher, que havia ingressado no Exército no mês anterior, foi preso em Fort Benning, Geórgia, após esfaquear um soldado negro com uma faca de cozinha, em um ataque sem qualquer provocação. Uma busca na antiga casa de Christopher, próxima a Buffalo, encontrou um rifle e uma caixa grande de munição calibre .22. Ele foi acusado pelos crimes de Buffalo e por alguns esfaqueamentos por motivação racial em Midtown Manhattan em dezembro de 1980, quando estava de licença do Exército, o que deu ao assassino o título de "Esfaqueador de Midtown". Duas outras pessoas negras escaparam por pouco de serem assassinadas. Por incrível que pareça, o capitão do Exército Matthew Levine, psiquiatra que examinou Christopher para uma possível defesa por insanidade — e para quem Christopher confessou que "tinha que matar os negros" —, disse que ficou impressionado com o quanto o suspeito se encaixava no perfil do Assassino do Calibre. 22 que eu havia criado.

Condenado pelos ataques do "Midtown Slasher" e pelos crimes do Assassino do Calibre .22, Christopher recebeu penas consecutivas, que excederam seu tempo de vida. Por fim, ele cumpriu menos de treze anos na prisão, ao sucumbir a um câncer aos 37 anos enquanto estava encarcerado na Prisão Estadual de Attica, em Nova York. Ele permanece um interessante caso de estudo psicológico para nós, pois, embora tivesse uma motivação similar em todos os seus crimes, a alternância do M.O. entre arma e faca é incomum. Até hoje, não se sabe ao certo se ele cometeu o assassinato e a evisceração de Parler Edwards e Ernest Jones.

ENQUANTO EU ANALISAVA O ARQUIVO DE FRANKLIN NA BIBLIOTECA DE QUANTICO, A RESOLUÇÃO DO caso do Calibre. 22 ainda estava a anos de acontecer. Mas, como eu acreditava que Franklin não estava por trás dos crimes de Buffalo, percebi algo perturbador: em um período de tempo muito curto, estávamos diante de dois assassinos em série motivados não por luxúria nem por algum tipo de perversão sexual, mas por puro ódio aos negros.

A essa altura, eu já lidava com crimes de violência interpessoal todos os dias. Mas eles eram, em sua maioria, resultado do narcisismo de alguns indivíduos monstruosos. Embora víssemos imitadores e serial killers influenciados por outros serial killers, não havia perigo de esses crimes se espalharem para um grupo maior de pessoas suscetíveis; assim como agora os videogames violentos podem estimular indivíduos propensos à violência, eles não transformarão em assassinos, estupradores ou assaltantes de carro crianças, adolescentes ou jovens que costumam jogar.

Por mais terríveis que sejam os atiradores urbanos como David Berkowitz, os estupradores assassinos como Ed Kemper e Richard Speck, e os assassinos e torturadores sádicos como Lawrence Bittaker, Roy Norris, Leonard Lake e Charles Ng, não há chance de que esses traços perversos e psiques distorcidas atinjam uma esfera social maior e motivem outras pessoas. Podemos até ter certo fascínio por eles e pelo que os leva a cometer tais crimes, mas essa fascinação se mistura a repulsa.

À SOMBRA DO SERIAL KILLER

Só que, com Joseph Paul Franklin ou com o Assassino do Calibre .22, suas ideias venenosas e o número crescente de vítimas não apenas representam perigos iminentes, como também personificam uma filosofia que pode conduzir e inspirar outros homens fracos e marginalizados.

Acho que é principalmente por isso que Charles Manson manteve por tanto tempo um lugar tão proeminente no universo dos monstros norte-americanos — ele permaneceu sendo uma fixação mórbida no imaginário popular. Apesar de provavelmente ter atirado no traficante de drogas Bernard Crowe e acreditar tê-lo matado (mais tarde, Crowe testemunhou contra ele no julgamento), Manson nunca matou ninguém com as próprias mãos. O que era aterrorizante nele era sua habilidade de atrair seguidores de classe média que pareciam pessoas normais e inspirá-los a realizar suas sugestões assassinas sem nenhum peso na consciência ou remorso. Esse é um poder que vai além da capacidade de matar. Mesmo após o julgamento e a sua prisão, ele inspirou uma de suas seguidoras, Lynette Alice "Squeaky" Fromme, de 26 anos, a tentar assassinar o presidente Gerald R. Ford em 1975. Dezessete anos depois, Sara Jane Moore, de 45 anos, também tentou assassinar o presidente Ford. Elas foram as únicas mulheres que ameaçaram a vida de presidentes na história dos Estados Unidos.

Quando Bob Ressler e eu entrevistamos Manson em San Quentin, as coisas que ele falava, suas reclamações e seus delírios contra a sociedade, não faziam muito sentido. Apesar disso, pudemos ver seu domínio carismático e a forma como ele conseguia exercer controle sobre pessoas evidentemente inteligentes mas impressionáveis, que buscavam alguma direção e significado em suas vidas, além de uma espécie de guru para definir o caminho para elas.

Quando eu estava sentado na biblioteca, olhando para os arquivos espalhados na mesa a minha frente, era isso o que mais me perturbava em Joseph Paul Franklin. Embora ele não tivesse o carisma soturno nem as habilidades comunicativas naturais de Charles Manson, seus crimes poderiam ser tão influentes e perigosos quanto os do outro — mesmo que somente em círculos de supremacistas brancos.

Cresci durante as lutas por direitos civis e rebeliões nos centros urbanos dos anos 1960 e vi o quanto podem dividir o país. Se estivéssemos a ponto de descobrir uma nova categoria de serial killer, com a energia motivacional sendo o ódio a um grupo de pessoas que começava a conquistar, tardiamente, seu lugar justo na sociedade, eu temia pelo que nós, oficiais responsáveis pelo cumprimento da lei, e a população em geral poderíamos ter que enfrentar. Violento e cruel como Franklin era, ele representava algo muito maior e mais perigoso do que sua própria existência desprezível.

5

Franklin passou a ser um homem muito procurado. Os profissionais que trabalhavam com a aplicação de leis em todo o país queriam capturá-lo. Outro teletipo chegou do escritório de Louisville, no Kentucky, para a Divisão de Direitos Civis na sede e nos escritórios instalados em áreas por onde suspeitava-se que Franklin tinha passado. O documento descrevia como ele fora identificado nos dias 10 e 27 de agosto e 16 de setembro, e ao comprar perucas em Johnstown, na Pensilvânia. Portanto, sabíamos que ele estava tomando precauções além de usar diversos documentos falsos de identidade. Com a experiência prévia e o rastreio de dados, sabíamos também que ele podia estar em qualquer lugar.

No início de outubro, o FBI emitiu um mandado federal que acusava Franklin de fuga ilegal para evitar processo. Um teletipo enviado do escritório do diretor informava seu nome de batismo, James Clayton Vaughn Jr., e todos os seus codinomes conhecidos: James Cooper, Joseph R. Hagman, William R. Jackson, Joseph R. Hart, Joseph H. Hart, Joseph Hart, Charles Pitts, Ed Garland e B. Bradley.

Com uma descrição física e um aviso de que ele usava disfarces, que era cego do olho direito, quem eram seus parentes conhecidos e sua afiliação ao Partido Nazista Americano no Texas e à Igreja Universal de Deus na Califórnia, o comunicado listava diversos crimes não solucionados que, segundo achavam, poderiam estar associados a Franklin. Entre eles estavam os incidentes em Oklahoma City e Johnstown, e os três tiroteios em Indiana, incluindo a tentativa de assassinato de Vernon Jordan em Fort Wayne, no dia 29 de maio de 1980.

A última frase das muitas páginas de teletipo era objetiva: ARMADO E PERIGOSO.

O magistrado Daniel Alsup emitiu um mandado federal em Salt Lake City que decretava a prisão de Franklin pelo ataque em Liberty Park.

A caçada se tornou uma prioridade nacional dos agentes de aplicação da lei, e oficiais dos escritórios do FBI no Sul estavam trabalhando para expandir nossas informações sobre Franklin através de entrevistas com seus parentes. O arquivo seguinte com que tive que trabalhar era um relatório da Divisão de Direitos Civis do escritório de Mobile, Alabama, que detalhava o depoimento de Carolyn Helen Luster, de Prattville, em 2 de outubro. Luster era a irmã mais velha de Franklin. Ele também tinha uma irmã mais nova, Marilyn — seu sobrenome de casada era Garzan —, e um irmão mais novo, Gordon Vaughn, que, na época da entrevista com Luster, tinha acabado de sair da Prisão Estadual da Flórida após cumprir pena por roubo. Gordon tinha visitado Carolyn em 1973, quando ela morava em Mobile, e foi embora com seu dinheiro e suas joias.

Infelizmente, não é incomum que irmãos sejam criados no mesmo ambiente abusivo e disfuncional e acabem em circunstâncias similares — ou seja, cometendo crimes e atos antissociais. Por outro lado, vemos mais casos de irmãos criados sob as mesmas circunstâncias ruins tomarem rumos opostos. Por exemplo, Gary Mark Gilmore, a primeira pessoa a cometer assassinato após a Suprema Corte restabelecer a pena de morte em 1976, tinha um irmão mais novo chamado Mikal que se tornou crítico musical e um escritor excepcional.

Outra situação comum — embora eu não a considere uma generalidade — é ter uma mãe dominadora e autoritária e um pai fraco e distante, ou ausente. Como veremos na família Vaughn, os filhos herdaram o pior dos dois mundos.

Normalmente nos perguntam por que, nessas famílias abusivas e disfuncionais, é muito mais frequente que os garotos acabem se tornando criminosos violentos do que as garotas. Uma resposta é que simplesmente acontece. Homens são mais combativos do que mulheres, têm mais dificuldade para controlar a raiva e se envolvem mais em confrontos. Pode ser que a natureza tenha criado a testosterona como um hormônio mais agressivo lá na pré-história, quando caçar animais maiores e mais fortes era uma questão de sobrevivência. Outra resposta é que pais brutos descontam a própria agressão e fúria de maneira mais severa nos filhos do que nas filhas. E também descobrimos que mulheres que foram violentadas ou sexualmente molestadas quando crianças tendem a ser autoabusivas e autodestrutivas, em vez de descontar em outras pessoas, como os homens fazem. Isso poderia se manifestar como baixa autoestima, vício em drogas, prostituição ou numa busca inconsciente por homens brutos ou impróprios como seus pais, em uma espécie de repetição de sua infância.

Carolyn Luster declarou que, durante o tempo em que ela e Jimmy — como ela o chamava — moravam juntos em Mobile, ele se envolvera com a Ku Klux Klan. Ele tinha uns dezessete ou dezoito anos e era um membro ativo. A última vez que ela o vira fora sete anos antes, em 1973, quando ele voltou em casa para uma visita e descobriu que a mãe deles havia falecido no ano anterior. Carolyn lembrou que ele ficou triste quando soube da morte dela. Crianças abusadas que odeiam os pais têm sentimentos conflitantes quando o objeto de sua mágoa, fúria e ressentimento não está mais vivo para levar a culpa. Carolyn também contou que ele ficou irritado ao saber que ela tinha uma empregada afro-americana. A briga entre os dois obrigou-a a chamar a polícia para fazê-lo ir embora. Ela disse aos agentes que não sabia por onde Gordon andava e que sua irmã, Marilyn, devia ter mais informações.

Agentes especiais do escritório de Mobile entraram em contato com Marilyn Garzan no mesmo dia. Ela traçou as residências de James em Arlington, Virgínia, passando por Hyattsville, Maryland, até Birmingham, Alabama. Falou que ele tinha ido embora de Birmingham cerca de dois anos e meio ou três anos antes e que ela o tinha visto pela última vez por volta dessa época, quando, por acaso, cruzara com ele no shopping Eastdale Mall, em Montgomery. Ela não sabia dos últimos acontecimentos da vida do irmão.

A história que Marilyn contou da infância dos quatro irmãos Vaughn mostrou ainda mais pontos em comum entre o histórico de vida de Franklin e de outros serial killers que estudei. O pai deles, James Clayton Vaughn Sr., era açougueiro, nascido e criado em Mobile, e voltara da Segunda Guerra com uma deficiência. Ele sofreu uma lesão na cabeça por fogo inimigo em Iwo Jima que lhe causou convulsões, dificuldade de fala e necessidade de uma bengala para caminhar. Sua mulher, Helen, nove anos mais velha que ele, era filha de imigrantes alemães apoiadores dos nazistas. A família vivia em condições precárias e os pais brigavam com frequência. James batia em Helen e, em certo momento, lhe provocou um aborto. Jimmy nasceu em um projeto domiciliar social para famílias de baixa renda, em frente a uma boate para negros. Os Vaughn se mudaram para Dayton, Ohio, e depois para Nova Orleans, e o pai saiu de casa quando Jimmy tinha oito anos, retornando esporadicamente. Quando ele voltava, estava bêbado e abusava fisicamente dos filhos. Às vezes, fazia isso usando sua bengala. Carolyn disse que ele foi detido e preso inúmeras vezes por estar bêbado em público.

As crianças tinham essa referência de ambos os pais, o que é bastante incomum. Carolyn contou que Helen batia em Jimmy muitas vezes e que ele e Gordon estavam "sempre encrencados". Segundo sua memória, os quatro irmãos recebiam castigos severos com regularidade, muitas vezes por coisas bobas. Carolyn se lembrou de ter sido espancada com um cinto de couro. Por consequência, Jimmy e Gordon sentiam prazer e satisfação em torturar gatos, pendurando-os pelo rabo no varal de roupa. A crueldade com animais é um dos sinais de que, sem uma intervenção séria, é provável que a criança se torne um adulto antissocial e criminoso.

Ashbel White, investigador da polícia de Mobile, concluiu que os dois irmãos tinham sido criados mais pelas duas irmãs do que pelos pais. Embora fosse grande para sua idade e aparentemente forte, James nunca fez parte de nenhum time esportivo na escola e era considerado um garoto solitário. Nenhum de seus professores parecia se lembrar dele.

Segundo Carolyn, Jimmy desenvolveu ódio pela mãe. Ele tinha sete anos quando sofreu o acidente em que perdeu quase toda a visão do olho direito.

Marilyn disse que o melhor amigo dele no ensino médio o encorajou a entrar no Partido Nazista. "Ele estava à procura de algo", acrescentou Carolyn. "Antes do Partido Nazista, ele tinha frequentado quase todas as igrejas de Mobile para ouvir os pastores. Era fascinado por religião, buscava o significado de cada coisa." Ele assinou diversas revistas de direita e de supremacia branca, e começou a usar uma braçadeira com suástica. Abandonou a escola aos dezessete anos e, em duas semanas, conheceu e se casou com uma menina de dezesseis anos chamada Bobbie Louise Dorman. Com o apoio de Bobbie, ele costumava ficar de pé, rígido, na frente de um espelho, batendo os pés no chão e praticando a saudação nazista.

Dez meses depois, eles se divorciaram em meio a relatos de que ele batia nela, reproduzindo a violência doméstica de seu pai. Ela denunciou crueldade física como a principal queixa e disse às autoridades que temia por sua vida. Nós acreditamos que isso é mais do que um "comportamento aprendido" da parte do abusador. É um comportamento compensatório. Representa a necessidade psicológica de alguém que foi fraco demais para se defender de um abuso físico e agora é forte o suficiente para praticá-lo em outra pessoa. Nesse caso, sua mulher de dezesseis anos.

Após se divorciarem, ele se mudou para Arlington, Virgínia, sede do Partido Nazista Americano de George Lincoln Rockwell, ao qual se associou.

O resumo do FBI com o qual eu estava trabalhando dizia que Franklin havia se mudado para Arlington em 1965, o que não parecia correto, uma vez que ele tinha quinze anos de idade na época. Pesquisas mais aprofundadas em sua biografia, realizadas pelo Departamento de Psicologia da Universidade de Radford, na Virgínia, assim como outras fontes, reconheceram a mudança dele em 1968, após ter abandonado o colégio e se casado com Bobbie. Nesse caso, ele não teria conhecido Rockwell, que foi assassinado com um tiro em 1967 enquanto entrava em seu carro na frente de uma lavanderia de um shopping center próximo de sua casa em Arlington, por John Patler, ex-membro do partido que Rockwell havia expulsado pelo que ele chamava de "tendências bolcheviques". A organização, cujo nome Rockwell havia mudado oficialmente em dezembro de 1966 para Partido Nacional Socialista de Pessoas Brancas, apesar de continuar sendo comumente chamada de Partido Nazista, foi assumida por Matthias Koehl Jr. Em seu auge, estimava-se que o partido tivesse cerca de quinhentos membros. Na época do assassinato de Rockwell, é provável que esse número tenha se reduzido a duzentos.

Em 1969, depois dos assassinatos da atriz Sharon Tate, que estava grávida, e de mais seis pessoas, executados pela família Manson em Los Angeles, Franklin tornou-se obcecado pelo plano de uma guerra racial nos Estados Unidos professado por Manson. Ele ficou impressionado que um líder com um pequeno número de seguidores leais tivesse conseguido realizar tamanha ação decisiva na sociedade. Uma confirmação do porquê Franklin me assustava e me causava repulsa tanto quanto Manson.

Embora tenham crescido no segregado e preconceituoso Sul de Jim Crow, Carolyn afirmou que nunca percebeu que Jimmy sentia ódio das minorias até ele se mudar para a Virgínia e se associar ao Partido Nazista Americano. Àquela altura, Adolf Hitler havia se tornado seu herói e ele carregava uma cópia das suas memórias, *Minha luta*. Isso deve ter sido quando o Sul lentamente começava a se reintegrar, pois Jimmy teve pouco contato com afro-americanos na adolescência, até chegar ao ensino médio. Imaginei se foi quando seu ódio obsessivo começou. Percebi que ele tinha quinze anos quando roubou uma cópia do livro de memórias de Hitler da Biblioteca Pública de Mobile e o leu pela primeira vez, fascinado pela força do discurso e pela visão de pureza racial do *führer* — prova de que as palavras têm tanto poder quanto consequências. O fato de ele jamais ter conhecido um judeu parecia não importar. Os nazistas estavam comprometidos a exterminá-los antes que eles pudessem colocar seu plano de dominação em ação.

Em certo momento, James se mudou para Marietta, Geórgia, e obteve seu diploma de ensino médio em um supletivo, em dezembro de 1974. Em março do ano seguinte, ele se inscreveu na Faculdade Comunitária de Dekalb, em Clarkston, também na Geórgia, um local só para brancos. Nessa época, também se associou ao Partido de Direitos dos Estados Nacionais de Atlanta, um partido de extrema-direita antissemita e de supremacia branca. Era liderado por Jesse Benjamin "J.B." Stoner Jr., um advogado racista fanático e segregacionista que participou da defesa de James Earl Ray no assassinato do dr. Martin Luther King Jr., em 1968. Um dos tenentes-chefes de Stoner era o irmão de Ray, Jerry.

Stoner era negacionista do Holocausto — e ao mesmo tempo lamentava que ele não tivesse acontecido. Era a favor da volta dos instrumentos de controle e morte que os nazistas haviam utilizado. Em 1980, no mesmo ano em que estávamos em busca de Joseph Paul Franklin, Stoner foi processado e considerado culpado por seu papel no bombardeio da Igreja Batista Bethel de Birmingham, em 1958, pelo qual ele cumpriria de três anos e meio a dez anos de prisão. Ele morreu em 2005, aos 81 anos, sem nunca ter renunciado a sua filosofia do ódio. Embora Stoner se lembrasse vagamente de Franklin quando fora interrogado, dizendo que ele usava óculos de hastes grossas, ele era o tipo de líder que atiçava a imaginação do jovem James.

Para alguns desses jovens tratados com violência na infância e com pouco acesso à educação, grupos de ódio como a KKK e os nazistas podem ser atrativos. Eles proporcionam um senso de propósito e missão — embora errôneos — para uma vida sem grandes objetivos. Sugerem força em um grupo de pessoas com pensamentos semelhantes, supostamente lutando por uma causa em comum. Oferecem uma explicação palatável do porquê esses fracassados não estão conseguindo crescer na vida e quais forças injustas os estão impedindo de progredir. Talvez o mais importante, e vinculado a todo o resto, seja a mensagem de que existem pessoas hereditariamente inferiores. Negros, judeus, imigrantes, muçulmanos e, para alguns, as mulheres são os alvos favoritos, mas pode ser simplesmente qualquer "outro".

James disse que queria se alistar na Marinha, mas foi dispensado do serviço militar durante a Guerra do Vietnã devido a seu problema no olho, e suspeitei que sua obsessão por armas fosse uma maneira de compensar esse incidente. Durante um curto período, ele fez parte da Guarda Nacional do Alabama, em 1967, certamente com a intenção de se sentir mais homem e melhorar suas habilidades com as armas. Mas o que consta em seu histórico é que ele foi dispensado após quatro meses por ter faltado aos treinos e por um processo de posse de arma cujo número de série fora apagado. Aquilo não me surpreendeu. Ele participou de outras organizações paramilitares, como o Partido Nazista Americano, que sem dúvida lhe deu uma sensação de poder e de pertencimento, dois elementos extremamente escassos em sua vida. Embora nunca encostasse em suas vítimas, eu não duvidava que ele ficasse excitado sexualmente com o poder, assim como o assassino David Berkowitz, conhecido como "Filho de Sam". Com Franklin, a gratificação de realizar uma missão seria sua fonte principal de excitação.

Havia duas outras informações no resumo da biografia de Franklin que me chamaram atenção de imediato. A primeira era o fato de ele ter mudado de nome. Havia um motivo prático, é claro, pois assim burlaria sua ficha criminal e poderia se associar ao Exército rodesiano ou alguma outra força militar ou paramilitar. Mas, como ele tinha o mesmo nome do pai, que era violento, e odiava a mãe, não foi uma surpresa ele querer se dissociar de sua identidade. Mas o que era significativo para mim foi o novo nome escolhido. "Joseph Paul", segundo algumas fontes, se inspirava em Paul Joseph Goebbels, o poderoso ministro da propaganda nazista que cometeu suicídio com sua mulher, Magda, após envenenar os seis filhos um dia após a morte de Hitler e Eva Braun no bunker do *führer*, enquanto o Exército Vermelho invadia Berlim. O último nome vinha de Benjamin Franklin, um dos Pais Fundadores mais proeminentes dos Estados Unidos.

Para mim, essas escolhas de nomes significavam que ele era um jovem confuso, que associava valores de um inventor e patriota norte-americano a um estrategista-chave da campanha de ódio, mentiras, crueldade e assassinato em massa nazistas. Enquanto Joseph Goebbels e Benjamin Franklin eram mestres da mídia de suas épocas, o que chamava atenção era que os dois eram homens famosos, "importantes" e influentes — novamente algo que James Clayton Vaughn Jr. não era. Isso reforçava que não importavam quais crimes da lista Franklin havia cometido, ele estava tentando superar um sentimento sufocante de insignificância e inadequação. Achei que, se conseguíssemos falar com ele, descobriríamos que seus heróis eram todos assassinos — pessoas como Lee Harvey Oswald e James Earl Ray.

Marilyn Garzan também contou ao FBI que seu irmão havia se associado ao Partido dos Direitos de Estados Nacionais após se desligar do Partido Nazista Americano porque alguém neste partido "estava conspirando contra ele". Homens que se associam a esse tipo de organização já tendem a ser ligeiramente paranoicos. Mas, quando começam a suspeitar que seus colegas de partido estão conspirando contra eles, então é provável que sejam seriamente paranoicos. Isso se encaixa com o que sabemos sobre uma típica personalidade assassina. Ajudou a explicar todos os codinomes e a desconfiança hostil de todo mundo que era diferente dele, como se todos quisessem dominá-lo ou diminuí-lo de alguma forma. Isso significava que ele estaria sempre atento, mas também que agora conhecíamos seus gatilhos emocionais, que poderiam ser explorados de algum jeito.

Garzan falou que visitou o irmão em 1976 em Washington, D.C., na área nobre de Hyattsville, Maryland, onde ele trabalhava como zelador em um complexo de edifícios que abrigava vários escritórios de advocacia. Ele morava num quarto em um dos prédios, junto com inúmeras armas. Segundo ela, Franklin parecia calmo na época e tinha saído da KKK e do Partido dos Direitos de Estados Nacionais. Ele contou que havia deixado a KKK devido ao "abuso do FBI". Como a agência estava tentando se infiltrar e espionar os grupos extremistas, eu não sabia dizer se isso era a paranoia instintiva dele ou se ele achava que já tinha estado em contato com um informante do FBI de fato. Mas, durante o tempo em que foi membro, ele teve acesso à literatura que circulava livremente sobre como explodir igrejas e fazer coquetel Molotov, assim como a treinamentos de como usar armas complexas.

Em algum momento, ele voltou para o Sul, para Birmingham, Alabama, e foi morar em uma pensão. Quando o viu no shopping em 1977, Garzan disse não ter entendido por que ele estava trabalhando ali, pois tinha economizado bastante em Maryland. Achei difícil de acreditar, em função do emprego que ele tinha. Se tinha dinheiro, o que aparentemente era verdade, creio que deve tê-lo conseguido por meios não legais. As duas possibilidades mais lógicas eram furto ou roubo.

No shopping, Franklin disse à irmã que havia se associado a uma organização radical de direita, mas ela não tinha certeza se era a KKK ou não. Ele expressara interesse em retornar à KKK, mas ela não sabia se isso tinha realmente acontecido.

E então ele contou algo que a assustou. Relatou que estava sentado em seu carro no estacionamento de um complexo de apartamentos e atirou em um homem negro, bem no peito. Falou que a polícia fizera um bloqueio nas ruas, mas que ele tinha conseguido fugir. Não contou a ela onde nem quando aquilo tinha acontecido, e ela não sabia se era verdade ou não, mas confirmou aos agentes especiais que achava que o irmão era capaz de matar alguém. Ela tinha mais medo do irmão naquele momento porque se casara com um homem descendente de hispânicos e não sabia se Franklin consideraria seu marido um homem branco. Na época em que o encontrara no shopping, ele a havia pressionado: "Você ainda namora chicanos?" Ela contou que ele se recusava a comer em restaurantes que empregavam afro-americanos e que sempre que via um casal inter-racial andando em público, não tinha pudor algum em abordar as pessoas e dizer a elas como era nojento o fato de estarem juntas.

Embora eu estivesse surpreso que ele não tivesse se metido em mais problemas com a lei com esse tratamento ofensivo descarado, isso se enquadrava na ideia geral que estava se formando. Ao observar o histórico familiar dos assassinatos dos quais ele estava sendo acusado, eu via um indivíduo que era como uma panela de pressão. Os ataques verbais — e o ataque com um bastão ao casal inter-racial em Maryland — foram somente aquecimentos para os assassinatos. Quando se safou deles — lembrando que, embora tenha sido preso por agressão usando um bastão, ele não apareceu no julgamento e, portanto, nunca foi condenado —, Franklin se sentiu encorajado a escalonar suas ações para alcançar seu objetivo. Como já se encontrava imbuído do senso de realização que estava intrinsecamente vinculado à sua identidade e à sua dignidade, quando ele experimentou um evento desencadeador — seu primeiro assassinato — e percebeu que tinha conseguido escapar dele também, quaisquer inibições prévias que poderia ter tido evaporaram. Após cometer aquele primeiro assassinato e experimentar a adrenalina de sentir o poder supremo sobre a vida e a morte de suas vítimas, o assassino que existia dentro dele foi libertado e a fantasia de longa data, satisfeita. Mas, assim como acontece com alguns serial killers, essa satisfação não dura muito, e a fantasia precisa ser alimentada de novo.

A princípio, seus crimes eram circunstanciais, mas, conforme se transformava em um criminoso violento, Franklin passou a ficar mais sofisticado e organizado, diminuindo seu próprio risco e se tornando ainda mais perigoso. Ele continuaria matando até ser preso.

6

Após ler todos os arquivos do caso, o memorando do FBI, reportagens de jornais (que eram muito mais difíceis de encontrar nos dias pré--internet) e todas as fontes adicionais que consegui acessar, passei o dia montando o perfil do fugitivo.

No dia seguinte, enviei o documento para a sede, junto com uma cópia para Roger Depue, chefe da Unidade de Ciência Comportamental. Roger havia substituído o chefe anterior, que fora um instrutor excepcional na área de problemas práticos policiais, mas não gostava da ideia de tornar a análise de perfil criminal uma etapa no processo de resolução de casos e um componente operacional da UCC. Mesmo assim, ele não podia negar que o feedback positivo que recebíamos — tanto dos departamentos de polícia quanto dos agentes em todo o país — com a análise de perfis como ferramenta de investigação para crimes violentos estava fazendo com que toda a UCC, assim como a própria Academia, fosse bem-vista.

Mas, quando Roger assumiu, tudo mudou. Ele tinha muita experiência como ex-chefe de polícia em Michigan e corroborava nosso trabalho. Ele apoiou pessoalmente no Congresso a necessidade de obtermos mais recursos para lutar contra o aumento de crimes violentos e, como resultado, acabamos recebendo mais funcionários. É um homem espiritualizado, tinha até passado um tempo em um retiro, e também foi o fundador do serviço de consultoria do Academy Group, Inc., após se aposentar do FBI.

Achei importante contextualizar o desenvolvimento psíquico e a motivação de Franklin tanto para aqueles que o estavam procurando quanto para quem teria que lidar com ele quando fosse capturado. Embora fosse diferente dos criminosos violentos que eu havia estudado antes, achei que podíamos usar as mesmas técnicas para avaliá-lo e classificá-lo. O que julguei mais importante era tentar prever para onde ele poderia ir, ou seja, definir sua zona de conforto. Será que a publicidade e a caçada nacional o colocariam sob um maior estresse e o levariam a ficar mais descuidado e cometer erros, ou será que satisfariam sua sensação de importância? Nós estávamos esperançosos que o "fator cu na mão" funcionaria. Eu achava que isso o deixaria mais cauteloso e errático. Por exemplo, se ele estivesse vivendo do dinheiro de roubo a bancos, poderia ficar mais cuidadoso, sabendo o quanto esses locais são vigiados. No entanto, havia certas coisas que ele teria que fazer, como encontrar um local para dormir e conseguir dinheiro, e era aí que eu esperava que seu raciocínio ficasse mais confuso. Afinal de contas, ele havia fugido da delegacia de Florence sem nada, tinha abandonado seu carro e todos os seus pertences em um quarto de hotel. Portanto, ele estava essencialmente começando do zero. Nessas circunstâncias, achei provável ele agir como um pombo-correio, voltando para os locais onde tinha mais familiaridade. Essa era minha maior aposta, e é óbvio que eu esperava estar certo.

Meu memorando para Roger, acompanhando o documento, detalhava a meta:

A avaliação de personalidade tentará formar uma ideia mais completa para os policiais sobre quem Franklin é, assim como para os agentes responsáveis por interrogá-lo. Além disso, essa avaliação tem como objetivo demonstrar os pontos fracos e fortes de sua personalidade e tornar a futura prisão do criminoso mais segura para ele e principalmente para os nossos agentes especiais descritos nessa avaliação.

Após a revisão do histórico e da infância dele, a avaliação explicava:

Franklin é parte de um ciclo que continua ainda agora, enquanto adulto. Ele sentiu que suas necessidades, seus desejos e suas emoções nunca foram levados em consideração; que nunca foram ouvidos nem considerados válidos e importantes. Consequentemente, ele se sentiu inútil e muitas vezes desvalorizado. Nunca teve muitas alegrias nem prazeres na vida, tampouco uma expectativa real de que as pessoas seriam boas com ele. Começou a enxergar o sucesso somente como forma de evitar o castigo, a crítica e o escárnio. Quando adolescente, no ensino médio, ele era delinquente e problemático. Nunca se formou no colégio, apesar de ter uma inteligência um pouco acima da média. O que aconteceu durante seu desenvolvimento psicológico e físico foi catastrófico para ele. Ele não só foi abusado física e psicologicamente, mas um acidente em sua tenra infância o deixou cego do olho direito. Essa deficiência pode ter feito com que quisesse compensar esse problema tornando-se obcecado por armas, assim como em aprender a usá-las com precisão superior às outras pessoas — mesmo com uma deficiência visual. Os efeitos de suas experiências anteriores, como demonstrado acima, criaram um indivíduo com baixa autoestima, depressão crônica de baixo grau, falta de esperança e de confiança. Franklin acredita que deve tentar resolver seus problemas sozinho, em vez de dividi-los com outras pessoas. Ele não confia em ninguém.

Qualquer pessoa sensata e empática que lesse superficialmente essa descrição sentiria grande compaixão por esse indivíduo, e comigo não foi diferente. Quando eu examino a infância e a adolescência de muitas das pessoas que estudei e persegui — o abuso psicológico e sexual, a negligência, os acidentes e os castigos que sofreram —, não posso evitar sentir pena delas e ficar eternamente grato por ter tido uma mãe, um pai e uma irmã que me amavam incondicionalmente, mesmo quando eu fazia um monte de besteira — o que não era algo nem um pouco raro.

Mas, apesar de isso explicar como eles se tornaram cruéis, nada serve como desculpa para a maneira com que esses criminosos violentos escolheram expressar suas frustrações, raiva, cicatrizes psíquicas. Porque, como fica bem evidente com tudo o que escrevemos, a não ser que um indivíduo seja tão doente mentalmente que se torne delirante, ele sempre pode escolher suas ações. Portanto, por pior que eu me sentisse pelo que James Clayton Vaughn Jr. passou e sofreu, e apesar de até entender por que ele se associara à Ku Klux Klan, ao Partido Nazista Americano e ao Partido dos Direitos de Estados Nacionais em busca de um sentimento de força, propósito e pertencimento, meu único objetivo naquele momento era ajudar a colocá-lo permanentemente atrás das grades.

Continuei descrevendo uma transformação significativa que ocorrera com Franklin. Ele havia, por fim, deixado o partido nazista e a KKK, não só porque achava que os dois grupos foram infiltrados por agentes do FBI, mas também porque ele os via como grupos de bêbados que só queriam reclamar de negros e judeus dominando o país e encontrar camaradagem nos ressentimentos mútuos. Franklin, por outro lado, queria ação. Ele queria *entrar em ação*.

"O que aconteceu com Franklin desde que saiu da escola", escrevi, "foi uma transformação de um seguidor de grupos com uma necessidade forte de pertencimento para sua atual necessidade: ser o líder do próprio grupo — ainda que este grupo seja formado somente por ele mesmo".

Para alguém como Franklin, com um histórico de abuso, negligência e falta de uma educação adequada e privilegiada, violência era um dos poucos caminhos em que ele conseguia expressar seu ressentimento e separar a si próprio de todos os outros infelizes das várias organizações de que fazia parte. Ao juntar isso com sua paranoia, ficava evidente que se transformar em um assassino-herói, corajoso e pronto para encarar todos os desafios era sua expressão máxima da autorrealização.

Esse sentimento de querer ser um líder e estar no controle, unido à sua sensação de inadequação, era demonstrado em seus relacionamentos com mulheres. Além de se casar brevemente aos dezoito anos com Bobbie Dorman — quando ela tinha dezesseis —, ele voltara a se casar em 1979, aos 29 anos. Mais uma vez, sua noiva, Anita Carden, tinha dezesseis anos. Eles se conheceram numa sorveteria Dairy Deelite em Montgomery, Alabama, em 1978, e Anita deu à luz uma menina no dia 25 de agosto de 1979. No momento em que identificamos Franklin como um fugitivo da lei, no outono de 1980, eles já estavam separados.

Quando adulto, você não se casa com uma adolescente, a não ser que tenha necessidade de controlar a pessoa e/ou não se sinta confortável em relacionamentos com outros adultos. Em outras palavras, em termos de relações interpessoais e psicossexuais, Franklin não havia progredido além da própria adolescência. Nós também tínhamos evidências de que, nos anos entre seus dois casamentos, ele tinha namorado um grande número de mulheres muito mais jovens do que ele.

Franklin não só se sentia ameaçado por mulheres da sua idade, como tinha abusado sexualmente de uma idosa inválida. Esse era um sinal claro de inadequação. Nós vemos muitos estupros tanto de idosos quanto de crianças, não porque são vítimas de preferências, mas por serem vulneráveis e não conseguirem lutar contra o agressor.

Sabíamos que ele tinha se tornado um fanático por comida saudável e um ávido corredor, preocupado com o corpo. Novamente, tudo isso tinha a ver com a construção compensatória de sua autoimagem. Portanto, aconselhei que quem quer que o prendesse e o interrogasse deveria prestar bastante atenção em sua condição física. Se ele parecesse abatido ou se tivesse ganhado ou perdido peso, estaria mais vulnerável. Eu esperava que o estresse não só o levasse a cometer um erro que nos ajudasse a encontrá-lo, mas também que o deixasse mais maleável durante o interrogatório. Escrevi:

Basicamente, embora Franklin seja um homicida, ele é igualmente um suicida. Ele vai parecer arrogante, metido e autoconfiante, mas na realidade é um covarde. Seus crimes são todos covardes. Ele coloca vítimas inocentes em emboscadas em vez de matá-las de perto.

Eu avisei que agressores psicopatas ou antissociais como Franklin mudavam seu M.O. com frequência para se adequar à situação e conforme vão aprendendo com seus "sucessos" anteriores. Como ele havia sido segurança, devia conhecer procedimentos policiais, e previ que, provavelmente, ele tinha uma coleção de distintivos policiais e outras parafernálias da polícia, além dos documentos de identidade falsos. A troca constante de armas de um crime para o outro indicava certo tipo de sofisticação em relação a seu conhecimento sobre os procedimentos da polícia.

Apesar de sabermos que ele passara os últimos três a cinco anos viajando pelo país, eu apostava que, com o estresse que estava vivendo, ele voltaria para o Sul, talvez para o Alabama ou para a Costa do Golfo, onde ele se sentia mais confortável. Por mais desconfiado e paranoico que estivesse, Franklin seria leal a alguns pontos. "Porém", sugeri, "ele será emocionalmente sugado, como um ímã, para sua mulher e sua filha. Elas são tudo o que ele tem".

Franklin teve poucas conquistas na vida. Sua mulher, sua filha e agora sua missão de eliminar os negros são seus únicos feitos.

Devemos esperar uma mulher cooperativa até certo ponto, mas o medo de retaliação do marido a impedirá de fornecer informações precisas sobre o paradeiro dele.

Em resumo, após o título "Fraquezas de Franklin", escrevi:

Enquanto estiver fugindo, ele irá retornar para lugares que lhe sejam familiares. Ele se sente mais confortável em áreas onde vivenciou memórias prazerosas no passado. Mais uma vez, sua mulher e outros membros da família de quem era próximo na infância serão contatados por Franklin. Voltar a esses lugares é como uma equipe esportiva ter a vantagem de campo. Se uma tentativa de detenção for feita em algum desses locais, ele se sentirá mais apto a ser desafiado.

Provavelmente ainda assim será meticuloso em seu planejamento e estará preparado para uma emboscada da polícia.

Embora eu esperasse a visita dele a Anita, apesar de estarem separados, ou talvez a suas irmãs ou a outros parentes, ele não correria o risco de dormir na casa de nenhum deles. Avisei que se a polícia o localizasse e tentasse fazer uma abordagem noturna, era provável que ele fosse mais familiarizado com a área e o terreno do que eles. Para mim, a melhor abordagem, se possível, seria algo repentino, de surpresa, pois criminosos homicidas normalmente ostentam a fantasia de se matarem quando encurralados, ou no momento do grande drama, ou forçam um "suicídio" cometido por um policial.

Acrescentei diversas páginas sobre técnicas de interrogatório que poderiam ser eficazes se/ou quando ele fosse capturado e como os investigadores ou agentes do FBI deveriam lidar com ele. Concluí com a proposta de debater todo e qualquer aspecto da avaliação de personalidade e dei minhas informações de contato da Academia. Eu esperava que essa proposta pudesse ser útil mais tarde, quando Franklin fosse preso e os agentes tivessem a chance de interrogá-lo. Mas, antes de tudo, precisavam encontrá-lo.

7

No dia 15 de outubro de 1980, alguns dias depois de entregar minha avaliação, agentes do escritório de Mobile localizaram e conversaram com a mulher de Franklin, Anita.

Ela usava o nome Anita Carden Cooper, pois quando conheceu Franklin em Montgomery, em 1978, ele usava o nome James Anthony Cooper. Ela contou aos agentes que, pouco depois de os dois começarem a namorar, ele se ausentou de Montgomery durante várias semanas e retornou com uma grande quantia. Em dezembro de 1978, ele saiu mais uma vez da cidade e, cerca de uma semana depois, voltou com ainda mais dinheiro. Após se casarem, no início de 1979, ele viajava com frequência. Nunca dizia onde estivera nem o que fizera, mas costumava voltar com dinheiro.

Isso se encaixa perfeitamente com a alegação anterior dele, de que tinha economizado enquanto trabalhava no opulento estado de Maryland. Porém, as únicas duas explicações plausíveis sobre a fonte desse dinheiro eram furto e roubo. A quantia de dinheiro que Anita contou que ele trazia parecia servir de base para a teoria de que ele era bastante competente em roubar bancos. No ano anterior, houve alguns casos não solucionados em Montgomery, Louisville, Kansas City, Atlanta e em outros lugares que figuravam em sua zona de conforto.

Em um dos casos, tínhamos uma denúncia de roubo numa filial do Trust Company Bank na Rockbridge Road, em DeKalb County, Geórgia, na manhã do dia 16 de junho de 1977, uma quinta-feira. Um homem branco de cerca de 1,80 metro de altura, vinte e poucos anos, vestindo um chapéu camuflado de aba curta e um casaco verde militar, entrou no estabelecimento cerca de vinte minutos após sua abertura, portando uma pistola de calibre pequeno, e disse ao atendente: "Me entregue o dinheiro ou eu atiro." Ninguém foi ferido e o criminoso escapou com uma quantia indefinida. Se tinha sido Franklin, provavelmente fora o primeiro ou um de seus primeiros assaltos, e o fato de ele ter se safado com tanta facilidade o teria encorajado a continuar roubando bancos como um meio de subsistência.

Em todos os locais que os investigadores reconheciam roubos a banco que pudessem corresponder aos movimentos conhecidos e suspeitos de Franklin, agentes eram enviados para conversar com os funcionários e mostrar a foto dele. Muitos o identificaram, confirmando como ele financiava seu estilo de vida nômade. (Descobrimos depois que ele havia sido inspirado a roubar bancos e desenvolver as habilidades necessárias para isso ao ler livros sobre Jesse James e John Dillinger.)

Os agentes mostraram para Anita fotografias do suspeito dos assaltos que os bancários tinham identificado. Ela confirmou que eram do homem que conhecia como James Cooper.

Não havia motivos para suspeitar de que ela tivesse qualquer conhecimento de suas atividades ilegais ou do nível da sua fixação racial e antissemita, embora ouvisse suas reclamações. Ele lhe disse que era bombeiro hidráulico e fez com que acreditasse que seus sumiços frequentes eram em função de trabalhos de construção complexos, pelos quais recebia altas quantias como pagamento. Embora às vezes ele comprasse presentes caros para ela quando voltava cheio de dinheiro, seus assaltos a banco eram basicamente uma forma de se sustentar, enquanto exercia o trabalho real de sua vida: matar afro-americanos e casais inter-raciais e se esforçar para fomentar uma guerra racial na nação.

Em julho de 1979, faltando um mês para o bebê nascer, Franklin disse a Anita que não queria aquela responsabilidade e que estava indo embora, apesar de ter retornado para visitar Anita e a filha no fim de agosto, antes de voltar para a estrada. Isso aconteceu em outubro, quando dirigia um Plymouth Satellite 1972. Ele ficou somente um dia e disse a ela que estava indo para Birmingham.

Voltou outra vez em agosto de 1980, dessa vez com o Camaro marrom que a polícia identificaria mais tarde. Falou para Anita que estava viajando muito e que tinha ido ao Canadá, Kansas City e Nevada.

No dia 17 de outubro, um teletipo da sala do diretor afirmava que os agentes investigativos tinham determinado que Franklin usara, durante um tempo, o nome de Joseph John Kitts, nascido em 1951, um novo número de CPF e um cartão hospitalar do Grady Memorial, em Atlanta.

E o mais importante: ele fora registrado doando sangue em troca de pagamento no Montgomery Plasma Center, nos dias 9 e 13 de outubro de 1980. O centro exigia uma fotografia de todos os doadores de sangue. O escritório de Mobile tinha uma cópia da foto — ele não estava de óculos — e a enviou para todos os escritórios do FBI.

Pela fotografia, Franklin foi reconhecido na estação de ônibus da Greyhound em Montgomery na terça-feira de 14 de outubro. Ele estava embarcando no ônibus de 10h30 para Atlanta. Tudo estava começando a se encaixar.

Poucas horas após receber o relatório do escritório de Mobile, a sede do FBI divulgou a informação para toda a agência. Dizia que não achávamos que Franklin estivesse ciente de que agentes do FBI o identificaram e conversaram com sua mulher, e que essa informação deve ser mantida em sigilo até que ele fosse capturado. A Divisão de Impressões Digitais estava no meio do processo de comparação de amostras conhecidas das impressões dele com as não identificadas de várias cenas de crime suspeitas e locais por onde talvez ele tivesse passado. Os escritórios de Kansas City e de Las Vegas foram avisados para investigar Franklin como suspeito de qualquer um dos roubos a banco não solucionados, principalmente os que ocorreram entre agosto de 1979 e agosto de 1980.

Enquanto viajava, Franklin precisaria de dinheiro, e imaginamos que o que acreditávamos ser sua principal fonte de renda — assalto a bancos — seria arriscado demais. Ele tinha experiência o suficiente para saber que os departamentos de polícia, delegacias e agentes do FBI estariam à sua procura e reforçariam a segurança em locais que achávamos que ele poderia aparecer. Ele também devia saber que, ao o reconhecerem como um suspeito armado e perigoso, os policiais que o encontrassem tentando roubar um banco não colocariam em risco suas equipes nem a segurança dos funcionários do banco, atirando antes e fazendo perguntas depois. Além disso, por estar fugindo, havia uma grande chance de ele estar muito estressado para planejar minuciosamente e executar um roubo a banco, que é um crime de alto risco, na "melhor" das circunstâncias.

Quando Ted Bundy sentiu o estresse ao ser procurado no ano anterior, reparamos que seus crimes ficaram mais desleixados e menos organizados, e seus riscos eram maiores. Mesmo alguém tão arrogante e autoconfiante como Bundy, no final, já estava fisicamente fraco e dando todos os sinais de estar emocionalmente exausto. Seus últimos crimes — o assassinato de duas mulheres jovens e o assalto de duas outras na casa de sororidade Chi Omega, em Tallahassee, o estupro e o assassinato da menina Kimberly Leach, de doze anos, e o roubo de uma van e um carro — demonstravam uma psique em declínio. Nem de perto Franklin era tão inteligente e socialmente sofisticado como Bundy. Por isso, permaneceria em sua zona de conforto.

O relatório do depoimento de Anita Carden Cooper me deixou ainda mais convencido de que ele estaria na região da Costa do Golfo — sua zona de conforto —, embora provavelmente não na área de Montgomery, onde havia sido fotografado. Ele também tinha embarcado em um ônibus para Atlanta, mas era possível que de lá viajasse ainda mais para o sul. Era quase certo que seria um lugar onde seu sotaque sulista não levantasse suspeitas nem chamasse atenção. E a foto do Montgomery Plasma Center era uma grande pista.

Embora não fosse, nem de perto, a mesma quantia de um roubo a banco, nós achávamos que Franklin iria vender seu sangue mais uma vez quando precisasse de dinheiro, como tinha feito duas vezes uma semana antes. Pelo menos, essa era uma atividade legal e não levantaria suspeitas — quer dizer, a não ser que alguma autoridade da polícia soubesse seu paradeiro. Todos os escritórios do FBI foram instruídos a investigar os bancos de sangue que coletavam plasma e a alertá-los sobre a possibilidade de que um suspeito havia comparecido ao local ou iria comparecer em algum momento. A fotografia e a descrição dele circularam nos bancos de sangue com as instruções de não confrontá-lo se ele aparecesse — o correto era entrar em contato com a polícia e a sede do FBI, que disponibilizaria todos os recursos disponíveis, inclusive análise de perfil que eu havia preparado.

Na minha avaliação, eu me referia a Franklin como uma personalidade assassina, alguém que estaria "protegendo-se e estabelecendo distância entre si e sua vítima".

Como Dave Kohl havia mencionado, o presidente Jimmy Carter, um liberal da Geórgia, estava fazendo campanha no Sul para as eleições que aconteceriam no mês seguinte. A carta ameaçadora que Franklin escrevera ao candidato à presidência e então governador da Geórgia, atacando-o pela sua luta pró-direitos civis, foi o que o pusera no radar do Serviço Secreto. A carta, assinada com seu nome verdadeiro, J. C. Vaughn, acusava Carter de ter "se vendido para os negros".

Imaginamos que, para Franklin, não houvesse uma atitude mais significativa e relevante para seu senso de missão e lugar na história do que assassinar o presidente dos Estados Unidos. Não havia passado nem duas décadas do assassinato do presidente Kennedy em Dallas, e o Serviço Secreto tinha instituído ações importantes aprendidas naquele dia trágico, incluindo nunca deixar pessoas sob proteção vulneráveis em carros com teto aberto. Mas eles também sabiam que outro tiro determinante, com intenção de matar, executado com um rifle de alta performance e disparado de um local protegido, representava uma das ameaças mais difíceis e desafiadoras. Em toda cidade ou condado que constava na agenda do presidente Carter, agentes do Serviço Secreto e a polícia local distribuíam fotos de Franklin com instruções para entrar em contato imediatamente se alguém achasse que o tinha visto. Uma dessas paradas era em Nova Orleans, numa cidade grande o suficiente para Franklin se esconder na multidão e encontrar o local ideal para uma tentativa de assassinato.

A situação ficou ainda mais tensa quando descobrimos que Franklin tinha se cadastrado, usando seu nome verdadeiro, James Clayton Vaughn, no abrigo Lighthouse Gospel, no centro de Tampa, na Flórida. Ele recebera uma cama ao lado de um residente afro-americano e tinha que ouvir um padre negro rezar uma missa obrigatória após o jantar. Quando sua irmã Marilyn Garzan descobriu, ela especulou que o irmão devia ter ido para lá por achar que seria o último lugar que alguém pensaria em procurá-lo.

Franklin ficou no abrigo por três dias, logo antes da aparição do presidente Carter em um comício na Florida Southern College, em Lakeland, no dia 31 de outubro, a quase sessenta quilômetros pela Interestadual 4. O senador Lawton Chiles, o governador Bob Graham e o ex-governador Reubin Askew também iriam ao evento. Os três eram progressistas que apoiavam os direitos civis — portanto, todos eram alvos potenciais para um homem como Franklin. Philip McNiff, o SAC que comandava o escritório do FBI de Tampa, soube que Franklin tentou comprar uma arma em Tampa. Se era para roubar um banco ou para tentar matar o presidente ou qualquer um dos políticos que compareceriam ao comício, não sabíamos.

8

Nos dias após submeter minha avaliação sobre Franklin, investigadores de mais de dez agências de aplicação da lei — incluindo as polícias de Salt Lake City, Cincinnati, Oklahoma City, Johnstown, Indianápolis, Fort Wayne e Florence, assim como o FBI, o Serviço Secreto e os agentes da ATF — reuniram-se na sede de polícia do Distrito 4 de Cincinnati em uma "conferência" de dois dias, para comparar registros de vários casos em todo o país e coordenar esforços para identificar quais poderiam estar ligados ao fugitivo. Além dos ataques de tiro a distância, os investigadores levaram detalhes sobre roubos a banco não solucionados em suas jurisdições, nos quais o suspeito correspondia à descrição de Franklin. A aproximação das eleições permitia traçar um roteiro mais definido sobre as futuras viagens de Franklin, embora nada significativo tenha sido divulgado à população após a conferência, para que não prejudicasse os esforços para detenção e acusação do suspeito. Na verdade, pessoas comuns citadas em algumas reportagens descartavam ou sugeriam ligações de alguns dos crimes pelos quais investigávamos Franklin, inclusive na tentativa de assassinato de Vernon Jordan.

Enquanto isso, o FBI estava tentando cobrir o máximo possível lugares nos dias que antecederiam a visita do presidente Carter a Lakeland. Como parte da força-tarefa, o agente especial Fernando "Fred" Rivero sondava os bancos de doação de sangue e plasma. Um dia, por volta das onze da manhã, ele foi ao Sera-Tec Biologicals, na East Pine Street, um banco relativamente grande que recebia uma média de 120 doadores por dia. Rivero entregou uma cópia do panfleto de procurado ao gerente de 25 anos, Allen Lee, que disse que marginais, vagabundos e até criminosos procurados costumavam ir até lá para ganhar uns trocados. O agente informou a Lee a importância e a urgência da busca, em função da visita presidencial dali a alguns dias. Ele também contou que Franklin era suspeito de homicídio e um homem "muito perigoso".

Depois que Rivero foi embora, Lee mencionou o aviso do agente para vários técnicos do laboratório.

Conforme relatado pela Associated Press, às "três da tarde, quatro horas depois da visita do FBI, Claudette Mallard, já cansada, ergueu o olhar em sua mesa da recepção e viu um homem de noventa quilos adentrar o recinto, vestindo uma calça marrom de veludo e uma camisa de manga comprida aberta até a cintura. Ele carregava uma pasta preta".

—Nome? — perguntou ela, como de rotina.

—Thomas Alvin Bohnert — respondeu ele, e começou a preencher o formulário, dando um endereço de residência de fora do estado.

Ele foi examinado pelo dr. E. C. Wright, de 66 anos, que havia se aposentado após trinta anos atendendo como clínico-geral em Waynesville, Ohio, e se mudara para a Flórida. Wright seguiu a lista padrão de perguntas sobre histórico médico e alergias e o examinou em busca de doenças infecciosas como tuberculose. Afirmou mais tarde que achou o doador em potencial estranhamente calado e reticente, mas seu exame de urina dera negativo para drogas e seus batimentos e pressão arterial estavam normais. O exame durou cerca de oito minutos.

A sala de doação tinha 24 leitos nas cores marrom e laranja e na parede havia um desenho da versão da Disney dos sete anões, com Soneca dizendo: "Nada de dormir enquanto doa sangue." Bohnert tinha um acesso no braço para que seu sangue pudesse passar por uma centrífuga com um anticoagulante, separando o plasma, e então o componente das células vermelhas do sangue junto com uma adição salina pudessem retornar ao corpo. O procedimento inteiro levava cerca de uma hora e quinze minutos.

Dois técnicos repararam nas tatuagens nos braços do doador: o anjo da morte no antebraço direito e uma águia no esquerdo. Um dos técnicos entrou discretamente na sala de Allen Lee e disse ao chefe que Bohnert parecia se encaixar na descrição do panfleto do FBI. O gerente espiou a sala de doação. Apesar de o cabelo do suspeito ser preto e não castanho, como o panfleto descrevia, as tatuagens levantaram suspeitas suficientes a ponto de Lee voltar à sua sala e ligar para o FBI. Quando isso aconteceu, o FBI tinha uma divisão regional em Lakeland, a apenas cinco quarteirões de distância do laboratório.

Lee explicou a situação ao agente especial Bruce Dando.

—Tente mantê-lo aí — pediu Dando.

Lee foi até a cama de Bohnert e avisou que ele teria que descansar por cerca de quinze minutos após a transfusão terminar, antes de se levantar.

—E se eu não quiser? — perguntou o homem para Lee, mas não se mexeu.

Dando telefonou imediatamente para a polícia de Lakeland para pedir reforço. Junto com o agente especial Brooke Roberts, ele encontrou os policiais Gerald Barlow e Ray Talman Jr. do lado de fora do banco de sangue, e eles decidiram esperar que "Bohnert" saísse.

Lá dentro, quando finalmente o doador foi liberado para ir embora, ele voltou à recepção, onde Claudette Mallard lhe entregou um recibo para assinar e preencheu um cheque de cinco dólares.

—Onde posso descontar esse cheque? — perguntou a ela.

Ela respondeu que os bancos já estariam fechados àquela hora, mas que tinha um Little Lost Diner na esquina que estava aberto e que descontaria o cheque para ele. Ele pegou o cheque, levantou do chão a pasta que estava carregando e saiu do banco de sangue.

Ele virou a esquina na direção do restaurante, sem perceber os dois carros que o perseguiam lentamente. O agente Roberts saltou do carro à paisana, mostrou seu distintivo e gritou: "FBI!"

O suspeito se rendeu sem resistência.

O mais interessante: embora o estivessem levando sob custódia, eles o acompanharam até o restaurante para descontar seu cheque.

A polícia o levou para a sede de Lakeland, onde coletaram suas impressões digitais e determinaram que Thomas Alvin Bohnert era, na realidade, James Clayton Vaughn Jr./Joseph Paul Franklin. Os agentes do FBI e os policiais respiraram fundo, aliviados. Era uma coincidência o fato de Franklin estar em Lakeland ou ele tinha ido para assassinar o presidente Carter?

Como ele negou sua identidade, ficou difícil saber. Enquanto aguardava antes do interrogatório, os agentes perceberam que Franklin estava tentando arrancar as tatuagens dos braços com as unhas. Como qualquer um que tente se livrar de uma tatuagem percebe, elas não saem assim tão fácil, porque a tinta é aplicada em diversas camadas da pele.

Os agentes do FBI o levaram para o escritório de Tampa, onde ele foi interrogado pelos agentes especiais Robert H. Dwyer e Fred Rivero, em uma sala sem janelas. Infelizmente, os agentes desconheciam a análise de perfil que eu tinha preparado. Somado a isso, um relatório do escritório de Tampa aponta que "uma resposta imediata e drástica do quartel-general do FBI, com a mídia e os outros departamentos de polícia interessados em Franklin, provavelmente colocou os interrogadores sob muita pressão enquanto tentavam induzi-lo a falar".

Os dois agentes alternaram perguntas a Franklin sobre seu paradeiro no momento de cada um dos crimes dos quais era suspeito. Ele não admitiu nenhum deles, apesar de ter confessado espontaneamente ser racista e ter admitido seu ódio por afro-americanos e judeus, que o relatório descrevia como "muito além de uma simples intolerância". Durante as cinco horas de interrogatório, perguntaram se ele queria comer ou beber algo, e ele respondeu que queria um hambúrguer, mas somente se pudesse ter certeza de que não fora preparado por uma pessoa negra, embora esse não tenha sido exatamente o termo usado por ele. Um dos agentes ofereceu um hambúrguer, mas ele recusou, já que não tinha como ter certeza de que seu pedido fora atendido.

À SOMBRA DO SERIAL KILLER

Franklin admitiu ter ficado em Salt Lake City do dia 15 ao dia 22 de agosto, e disse que visitou o Liberty Park, mas não tinha parado para contemplá-lo, porque havia muitos casais inter-raciais lá.

Como os agentes não tinham muitas informações além de datas e locais dos crimes, não conseguiram pressioná-lo. O que possuíam, de fato, era uma impressão digital que havia sido recuperada do carro usado para a fuga em um dos assaltos a banco, e tentaram coagi-lo com isso. Ele começou a suar intensamente, colocou as mãos sobre os olhos e encarou o chão. Agentes do FBI são treinados para reconhecer linguagem corporal, e Franklin de repente ficou na defensiva. Ainda assim, não admitiu nada além de onde estivera em determinadas datas.

Após o interrogatório, levaram Franklin para a cadeia de Hillsborough County, em Tampa. Lá ele foi informado de que tinha direito de fazer um telefonema. Ele ligou para a esposa, Anita. O FBI gravou a conversa. Franklin contou a ela que estava sendo preso por diversos assassinatos com motivação racial. Quando ela pediu detalhes, ele respondeu: "Eles me prenderam por doze homicídios aqui e quatro roubos a banco." E depois acrescentou: "E o mais engraçado é que é tudo verdade."

Entre os crimes que ele admitiu para ela, estavam os assassinatos dos dois rapazes que corriam em Salt Lake City, segundo a AP e a UPI, citando fontes policiais não reveladas. O único que ele negou para Anita foi a tentativa de assassinato de Vernon Jordan. Quando analisamos a conversa depois, concluímos que a negação não foi porque ele estava envergonhado daquele crime em comparação aos outros, mas possivelmente porque a missão de matar o ícone de direitos civis não havia sido cumprida.

No dia seguinte, quarta-feira, 29 de outubro, enquanto aguardava numa cela da delegacia, Franklin confessou alguns dos assassinatos a Henry Bradford, um prisioneiro federal que dividia a cela. Quando agentes do FBI contataram Bradford dois dias depois, ele disse que Franklin admitiu ter matado Ted Fields e David Martin. Isso não era incomum nem completamente inesperado. Qualquer interrogatório é estressante para a maioria das pessoas e, ao se verem livres dele, elas precisam aliviar a tensão. Sabíamos, por experiência, que isso acontece em forma de conversa ou até de confissão com alguém que o acusado considera um colega. Outro prisioneiro sendo processado por acusações sérias se encaixa nesse perfil.

Na quarta-feira, dia da audiência de acusação e fiança na corte, diante de um juiz dos Estados Unidos, Franklin negou novamente ter cometido qualquer assassinato e declarou que as acusações foram inventadas contra ele devido ao seu racismo declarado. "Sou inocente", o *Sentinel Star* de Orlando citou Franklin dizendo aos repórteres, enquanto era conduzido por dois agentes do FBI. Ele usava óculos escuros, e um pequeno grupo de afro-americanos assistia do outro lado da rua. "Eles estão tentando colocar a culpa em mim por causa das minhas visões racistas. Sou contra a mistura de raças e o comunismo", explicou ele.

Para mim, soou como uma reviravolta bastante irônica, mas, ao ouvir sobre a prisão de Franklin, John Paul Rogers, grande conhecido na Flórida pela United Klans of America, foi citado no *Sentinel Star* dizendo que nunca tinha ouvido falar em Franklin, que este não era membro da KKK na Flórida ("Duvido que seja membro de qualquer coisa") e que relatos sobre sua participação na organização eram somente uma tentativa de sujar a "boa reputação" da Klan.

Por outro lado, Harold A. Covington, em Raleigh, Carolina do Norte, titular principal do Partido Nacional Socialista de Pessoas Brancas, disse ao repórter Jeff Prugh, do *Los Angeles Times*, enquanto Franklin ainda estava foragido: "Não vou dizer coisa alguma que possa ajudar a capturá-lo." E descreveu Franklin como "um típico trabalhador, decente e branco, que está de saco cheio do nosso sistema podre".

Prugh também conversou com James Clayton Vaugh Sr., que se casou novamente após se divorciar da mãe de Franklin, em sua casa em Birmingham. Ao comentar sobre a busca por seu filho e os assassinatos em Salt Lake City, ele falou: "É um absurdo. Jimmy não faria nada disso. Ele é inteligente. Recebeu uma educação boa demais para isso."

No tribunal, Franklin foi acusado pelo crime federal de violação de direitos civis de Theodore Fields e David Martin III, as duas vítimas do ataque de Salt Lake City. Ao citar no mínimo treze pseudônimos, inúmeras tentativas de disfarce e "nenhum laço com comunidade alguma", o procurador Gary Betz pediu que fosse estabelecida uma fiança de valor alto. Betz discorreu a lista de crimes dos quais Franklin era suspeito, incluindo homicídios em pelo menos quatro cidades diferentes, a tentativa de assassinato de Vernon Jordan e os assaltos a banco no Tennessee e na Geórgia. Franklin negou todas as acusações.

Ele também negou que estivesse em Lakeland por conta da visita do presidente Carter, e retrucou: "Não estou nem um pouco interessado em Jimmy Carter."

Não levei fé nessa declaração. Achei ser bem possível que Franklin não soubesse do comício de Carter lá, e que a própria chegada de Franklin à cidade fosse uma coincidência. Mas sabíamos que Franklin *estava* interessado em Jimmy Carter porque escrevera uma carta inflamada para o presidente. E, se soubesse do comício de Carter, acredito que teria sentido o mesmo encontro com o destino que Lee Harvey Oswald sentiu quando soube que a carreata do presidente Kennedy passaria bem embaixo do seu novo local de trabalho.

Que outra glória pessoal maior poderia haver para um homem como Franklin do que mirar no maior alvo que um assassino poderia desejar — o presidente dos Estados Unidos —, principalmente quando este presidente simboliza, para ele, um sulista que se voltou contra sua tradição ao apoiar direitos civis e uniões inter-raciais? Franklin não era um mártir — ele só executaria o crime se tivesse certeza de que conseguiria fugir, e já tinha aplicado com sucesso as técnicas de franco-atirador que o ajudariam em tal feito. Ele confiava nas próprias habilidades nessa área. E, mesmo que não pudesse revelar o que tinha feito — caso obtivesse sucesso —, acho que teria sido a ação mais gratificante de toda a sua vida, porque, em sua cabeça, ele entraria para a história e acreditava, como tantos outros assassinos, ser merecedor desse mérito.

Embora considerações desse tipo fossem importantes em nossos esforços incessantes para entender e tentar prever o comportamento de vários tipos de criminosos violentos, a ameaça do assassinato presidencial, felizmente, já havia passado. A pressão maior era na estratégia de como seguir adiante com Franklin e descobrir por qual acusação conseguiríamos julgá-lo culpado.

Ele havia negado todos os assassinatos, roubos a banco ou qualquer outro crime sério, tanto ao ser interrogado no escritório do FBI quanto na audiência. Aprendemos na Academia que, legalmente, segundo o sistema de justiça norte-americano, um réu é considerado inocente até que se prove o contrário. Isso soa bacana e tranquilizador, e de fato é uma segurança, ou pelo menos uma desmotivação, contra acusações e julgamentos por impulso e vingança. Mas não significa que a população ou que nós, que trabalhamos com a aplicação da lei, tenhamos que presumir que estamos detendo ou levando a julgamento um homem ou uma mulher supostamente inocente. A ideia é absurda já em sua concepção. O que o princípio da "presunção de inocência" — que se origina muito antes das leis britânicas, nos antigos códigos legais hebraicos e islâmicos — realmente significa é que a entidade de julgamento ou de acusação carrega o fardo de provar a culpa diante de alguns padrões rígidos (os nossos são "sem sombra de dúvida" para infrações criminosas) e que o acusado não precisa sequer montar uma defesa se não quiser. Em outras palavras, no tribunal, para que a acusação ganhe, é preciso eliminar toda e qualquer dúvida da cabeça de todos os jurados. Sempre considerei significativo o fato de um réu ser solicitado para se autodeclarar "culpado" ou "não culpado" em vez de "culpado" ou "inocente". No nosso sistema, a pessoa acusada nunca precisa provar a sua inocência.

Portanto, será que conseguiríamos fazer com que Franklin admitisse alguma coisa para um oficial da lei que testemunharia no tribunal? Esse era o novo desafio.

9

No dia 2 de novembro, o juiz de Tampa, Paul Game Jr., determinou que já tinha evidência suficiente para concluir que Joseph Paul Franklin era o homem que o departamento de polícia de Salt Lake City e o FBI acreditavam ser responsável pelos assassinatos de Fields e Martin, apesar de ele alegar o contrário. Entre os elementos mais convincentes estavam as impressões digitais no Camaro marrom que fora reconhecido perto da cena do crime. Game ordenou a transferência de Franklin para Utah e concedeu ao governo uma petição para coletar amostras da caligrafia dele para comparar com carteiras de motorista, registros nos hotéis e outros documentos com diferentes alcunhas que os investigadores acreditavam ter sido usados. Caso o resultado fosse positivo, isso ajudaria a confirmar a passagem dele por locais centrais da linha do tempo dos crimes.

No mesmo dia, o promotor público de Salt Lake County, Robert L. Stott, registrou uma queixa e um mandado acusando Franklin pelos dois homicídios dolosos qualificados. Entretanto, os dois ficaram suspensos enquanto o governo federal prosseguia com o caso de direitos civis. Os federais seriam os responsáveis pelo transporte de Franklin da Flórida para Utah, acompanhado pelo agente especial Robert H. Dwyer, do escritório do FBI de Tampa. Isso nos colocava diante de uma oportunidade: com Franklin algemado dentro de um avião durante algumas horas — um cenário incomum e estressante, para dizer o mínimo —, ele poderia enfrentar um tipo de interrogatório não convencional, que talvez pudesse resultar na confissão que evitara até então.

A viagem estava programada para o dia 8 de novembro. Os federais tinham fretado um bimotor turboélice Mitsubishi MU-2. Além de Franklin e Dwyer, acompanhariam um piloto, um copiloto e mais três agentes. Nos dias que antecederam a viagem, Dwyer leu minha análise de perfil e, no dia anterior, ligou para Quantico e me pediu conselhos e estratégias sobre o que fazer durante o voo para conseguir reunir o máximo de informação possível.

Usar um avião particular, em vez de um voo comercial, era uma ótima ideia, e aconselhei Dwyer a pedir aos pilotos que fizessem o plano de voo mais longo possível, para manter a aeronave no ar durante o máximo de horas que conseguissem. Sabíamos que Franklin não era fã de viajar de avião e que ele se sentia desconfortável sempre que não estava no controle da situação. A maneira como ele planejara seus crimes provava essa característica. Seu nível de estresse já estaria alto, e ele procuraria algum tipo de suporte emocional em quem quer que estivesse por perto. A única complicação era que a sede havia avisado ao escritório de Tampa que qualquer conversa sobre os crimes teria que ser iniciada voluntariamente por Franklin e, caso ocorresse, deveria ser documentada com uma gravação.

A melhor estratégia era colocar um agente caucasiano mais velho e autoritário para acompanhá-lo, e Dwyer se encaixava perfeitamente nesse perfil. Sugeri que ele usasse o "uniforme" clássico do FBI — camisa branca, terno preto ou bem escuro, sapato preto, tudo o que tinha direito. Eu queria que ele transmitisse autoridade máxima e desse a entender que já sabíamos muito mais sobre Franklin do que estávamos demonstrando. Sabíamos que Tampa tinha criado um quadro de Análise Investigativa Visual (VIA) que reunia todas as atividades exercidas por Franklin durante os últimos dois anos. Isso seria perfeito para Dwyer, que poderia persuadi-lo do mais alto grau de profissionalismo do FBI, sugerindo inclusive onisciência.

O plano inicial de Dwyer era atacar o ego de Franklin e tentar intimidá--lo e coagi-lo. Pensei que a intimidação seria uma boa ideia, mas deveríamos tentar uma abordagem diferente. Não achei que trazer o assunto do roubo a bancos de novo teria muito impacto, pois os assaltos eram somente uma forma de subsistência, e não sua razão de viver. Eu não queria que Dwyer iniciasse a conversa, algo que a sede já havia descartado de qualquer forma, mas achei que, com o alto nível de estresse de um voo longo em um avião pequeno e o tipo de atmosfera que estávamos planejando criar, o próprio Franklin logo começaria a falar.

E, quando isso acontecesse, propus a Dwyer que ele tentasse dar uma trégua na postura "nós *versus* eles". Eu não estava sugerindo que ele concordasse que os nazistas ou que a KKK eram organizações boas e corretas — Franklin perceberia essa tática na hora —, mas que usasse o que já havíamos concluído sobre o passado de Franklin a respeito do que ele sentia pelas organizações.

Um componente significativo da análise de perfil comportamental é extrapolar os fatos conhecidos. Nós sabíamos algumas coisas sobre ele. Ele se associou a vários grupos de ódio e rompera com eles logo na sequência. Tornara-se violento e marcara como alvo afro-americanos, então não se desligara das organizações por uma mudança de filosofia. Tinha tendências paranoicas. Além disso, através de fontes infiltradas do FBI em grupos extremistas, sabíamos também que muito do que eles faziam era sentar e conversar sobre o ódio e o ressentimento que sentiam. Assim, embora não tivéssemos ouvido de Franklin pessoalmente (isso só aconteceria mais tarde), era lógico concluirmos que a razão pela qual ele havia se tornado um lobo solitário, como eram chamadas as pessoas com esse perfil, era porque ele estava de saco cheio de só falar e não agir e/ou estava com medo de informantes e agentes disfarçados. Mais tarde veríamos que estávamos certos sobre as coisas.

Sugeri a Dwyer que ele deveria concordar com a ideia de que tais grupos estavam se tornando cada vez menos efetivos, pois muitos dos membros eram somente falastrões ou bêbados ou reclamões e não queriam agir de verdade em função de seus objetivos. Dessa forma, mesmo que o agente não fosse a favor dos assassinatos, ele poderia deixar subentendido sua admiração pela dedicação e pelo senso de missão de Franklin.

Era a mesma abordagem que Bob Ressler e eu tínhamos usado recentemente ao entrevistarmos David Berkowitz na Prisão Estadual de Attica, em Nova York. Meu pai, Jack Douglas, tinha sido impressor gráfico em Nova York e presidente do sindicato de Long Island. Para o interrogatório de Berkowitz, ele tinha me abastecido com cópias de jornais locais com manchetes chamativas sobre os assassinatos do Filho de Sam. Peguei um exemplar do *Daily News*, passei por cima da mesa para Berkowitz e disse: "David, daqui a cem anos, ninguém vai se lembrar de Bob Ressler ou de John Douglas, mas as pessoas vão se lembrar do Filho de Sam." Citei o então atual caso do Estrangulador BTK em Wichita, Kansas, e falei que ele estava escrevendo cartas pretensiosas para a polícia e para a imprensa e mencionando o Filho de Sam nelas.

"Ele quer ser como você porque você tem esse poder", afirmei.

Eu sabia que alguma parte de Berkowitz queria o crédito e o reconhecimento por suas habilidades, e foi assim que fizemos com que ele começasse a falar. E a tática deu certo. Quando abordamos sua rendição muito divulgada sobre o demônio de três mil anos que falava através do labrador preto do seu vizinho Sam Carr e que mandava que ele matasse pessoas, eu já tinha ouvido o suficiente para responder: "Ah, David, não fode. O cachorro não tinha nada a ver com isso." Ele riu e admitiu que eu estava certo, mas que achava que isso incrementava sua história e seu feito.

Pensei que a mesma coisa poderia acontecer com Franklin se nós o abordássemos da forma correta.

O voo saiu às seis da manhã de St. Petersburg, o que em novembro significava escuridão total. Isso talvez causasse medo e agitação em Franklin. Dwyer atuou perfeitamente em seu papel, chegando em um terno escuro, camisa branca de manga comprida e gravata engomada. Mais adiante, em nosso trabalho entrevistando serial killers, paramos de gravar as sessões com eles ao percebermos que ficavam paranoicos e inibidos, ao saberem que suas palavras estavam sendo gravadas. Mas, como eu sabia que um gravador era exigido nessa situação, Dwyer estava com um, preparado para qualquer coisa. Ele também portava exemplares do *The New York Times* e da *Newsweek* com reportagens sobre Franklin, além de uma pasta marrom com o selo do FBI na frente. A pasta, na verdade, era a que os alunos recebiam na Academia, mas parecia algo sério e oficial. Dentro dela, Dwyer tinha colocado um monte de papéis em branco com a logo do FBI, que também pareciam oficiais quando o cabeçalho aparecia na ponta da pasta.

Franklin estava algemado nos punhos e tornozelos, o que o deixava vulnerável. Era melhor que Dwyer e Franklin estivessem sentados um de frente para o outro, pois eu queria que a interação dos dois fosse mais como uma conversa para Franklin do que um interrogatório, mas a distribuição dos assentos na cabine tornava isso impossível, então eles se sentaram um ao lado do outro, com o gravador entre os dois.

Não demorou muito para que Franklin começasse a falar. No instante em que reconheceu Dwyer, ele mencionou a entrevista no escritório de Tampa dias antes. Depois, assim que atingiram o espaço aéreo, Franklin começou a perguntar sobre o passado e a experiência de Dwyer. Ficou impressionado quando ele lhe contou que tinha servido à Marinha. Franklin falou sobre a revista *Soldier of Fortune*, e Dwyer comentou que conhecia a publicação. Isso deu ao agente a oportunidade de mencionar que conhecia um monte de gente lutando na Rodésia naquela época, algo que sabia, pelo arquivo de Franklin, que ele queria fazer, mas nunca fora adiante.

Quando percebeu as reportagens de jornais e revistas que Dwyer carregava, ele perguntou se podia ler. Dwyer as entregou a ele. Então, conforme o esperado, avisou que queria falar com Dwyer sobre os crimes sobre os quais estava sendo acusado.

O agente respondeu que não havia problema, desde que Franklin autorizasse que a conversa fosse gravada. Ele concordou. Dwyer apertou os botões para iniciar a gravação e leu em voz alta o formulário "Interrogatório: Direito de Silêncio", para o qual Franklin assentiu. Dwyer pediu que ele assinasse antes de continuarem.

E então Dwyer embarcou na estratégia usada com o Filho de Sam e afagou o ego de Franklin ao dizer que as reportagens eram prova de que ele era uma figura de interesse nacional e que influenciaria muitas pessoas. Franklin pareceu orgulhoso e satisfeito ao ouvir aquilo.

A essa altura, Dwyer mostrou o quadro de VIA. Franklin pareceu impressionado que o FBI tivesse tanto interesse em suas viagens e atividades. Como havíamos combinado, Dwyer não levantou o assunto dos roubos a banco e focou somente nos tiros. Franklin afirmou ter estado em muitas das cidades onde os assassinatos tinham ocorrido e até expressou certa familiaridade com o Liberty Park em Salt Lake City e um fast-food na Geórgia, onde outro afro-americano havia levado um tiro e morrido. Ao longo da conversa, Franklin admitiu usar diversos disfarces, tingir o cabelo, comprar perucas, alguns carros e até uma série de armas e coletes à prova de bala.

O único incidente que Franklin não demonstrou muito interesse foi no atentado contra Vernon Jordan. Dwyer descreveu a reação dele como "inabalável", reportando que ele ficou olhando pela janela, o que o fez achar que talvez Franklin não tivesse nada a ver com aquele crime.

Assim como no interrogatório anterior em Tampa, Dwyer achou o posicionamento racial de Franklin quase irreal — ele incluía insultos raciais e crenças abomináveis nos assuntos aparentemente mais casuais. O ódio parecia transcender cada parte de sua mente.

Dwyer relatou que, como Franklin "era um ex-membro do Partido de Direitos dos Estados Nacionais, não era surpresa alguma que também detestasse judeus". Ele estava convencido de que os judeus controlavam tanto o governo norte-americano quanto o soviético. Contou que tinha visitado duas vezes o FBI em Washington e, na segunda — provavelmente depois que o turismo foi transferido do Departamento de Justiça para o Edifício J. Edgar Hoover —, percebeu que a seção identificada como "O crime do século", o caso de espionagem sobre a bomba atômica dos Rosenberg, estava faltando. Ele comentou que era porque todos os réus eram judeus, e os judeus haviam impedido o FBI de reproduzir o episódio.

À SOMBRA DO SERIAL KILLER

Como parte de seu discurso inflamado contra os afro-americanos, Franklin mencionou que, em 1975, conhecera um homem chamado Charles, que os odiava tanto quanto ele. Um dia, na frente de Franklin, Charles espancara com um bastão um homem negro que acompanhava uma mulher branca. Dwyer tinha a forte impressão de que "Charles" era uma projeção do próprio Franklin, então, depois, checou os arquivos e verificou que a prisão de Franklin por assalto e agressão em setembro de 1976, em Montgomery County, Maryland, fora resultado de um ataque com bastão a um casal inter-racial.

Existem diversas razões para que um suspeito projete suas ações em outra persona. A mais óbvia é para estabelecer uma defesa por insanidade baseada em transtorno dissociativo de identidade.* Essa tática raramente funciona, mas a maioria dos réus não sabe disso. Outra razão é para tentar manter psicologicamente sua reputação. Em 1985, depois de Larry Gene Bell, de 36 anos, ser preso pelo sequestro e assassinato de Shari Faye Smith, de dezessete anos, em Lexington County, Carolina do Sul, eu fui chamado para interrogá-lo numa tentativa de conseguir uma confissão. Após apresentar a ele um cenário em que algumas pessoas acabam fazendo certas coisas como se estivessem dentro de um pesadelo e tentar induzi-lo a reagir ao crime, perguntei: "Larry, como está sentado aqui agora, você fez isso? Poderia ter feito?"

Ele me encarou com lágrimas nos olhos e respondeu: "Tudo o que sei é que o Larry Gene Bell que está sentado aqui não poderia ter feito nada disso. Mas o Larry Gene Bell mau poderia."

No caso de Franklin, essa tática de conversa ocorreu não muito depois de sua prisão, quando a ideia de um longo período encarcerado deve ter começado a surgir em sua mente. Ele tinha começado a pensar na animosidade que enfrentaria dos presos negros, se soubessem os detalhes de seus crimes, e essa podia ter sido uma tentativa mesquinha

---

* Antigamente chamado de "transtorno de múltipla personalidade" e modificado pelas normas do Manual Diagnóstico e Estatístico de Transtornos Mentais da Associação Americana de Psiquiatria. [N. da T.]

de autopreservação para separá-lo de sua própria imagem racista. Mas rapidamente ficou evidente que isso seria insustentável. Uma explicação igualmente plausível, embora oposta, é que ele não considerasse o crime em questão à altura de seus "padrões" como assassino.

Apesar de quase tudo o que saía da boca de Franklin ser sugestivo de alguma maneira, a técnica de afagar o ego não estava gerando nenhuma confissão direta. Dwyer decidiu levar a estratégia um pouco adiante. Ele falou que sabia que todas as viagens que Franklin tinha feito nos últimos anos, todos os roubos a banco e todos os disparos a distância que havia executado eram parte de sua "missão histórica", que Dwyer afirmou que entendia ser matar negros e judeus. Ele sugeriu que a missão não teria todo o significado que Franklin achava que merecia, a não ser que estivesse escrita em algum lugar, e que a melhor forma de fazer isso era escrevendo tudo de próprio punho no papel timbrado oficial do FBI que Dwyer carregava em sua pasta. Daquele jeito, a missão se tornaria um documento histórico, garantiu o agente, semelhante aos que eram mantidos e exibidos no prédio do Arquivo Nacional, em Washington.

Franklin pensou bastante na proposta, e Dwyer relatou que ele parecia tentado a aceitá-la, mas, com um controle disciplinado, decidiu por não o fazer.

Eles já estavam no ar havia cerca de sete horas, e Dwyer estava se sentindo emocionalmente exausto por estar na presença de um homem como Franklin, tentando prosseguir com as estratégias de confissão. Mas o agente também sentiu que se aproximavam de um momento "agora ou nunca" e, portanto, tentaria tudo o que achasse possível.

Como Franklin estava sujeito a acusações estaduais e federais, Dwyer relatou que, se ele fosse pleitear um crime federal, provavelmente poderia negociar um acordo para ser enviado para uma prisão que ficasse perto da esposa e da filha. Se ele fosse considerado culpado em qualquer um dos tribunais estaduais nos quais estava sendo acusado, os federais não teriam nenhuma influência sobre o local onde ele cumpriria sua pena. Mais uma vez, Franklin pareceu intrigado, mas recuou sem se comprometer.

Sem nenhuma provocação de Dwyer, Franklin comentou que admirava Fred Cowan e o que ele havia realizado. Dwyer perguntou quem era aquele homem e o que tinha feito. Franklin contou que Cowan era um membro do Partido dos Direitos de Estados Nacionais com suásticas tatuadas no braço. Muitos anos antes, segundo Franklin, Cowan foi até o galpão onde trabalhava, em New Rochelle, Nova York, munido de armas pesadas e matou quatro negros que também trabalhavam lá. Ele tentou matar o judeu que era dono do local, mas o cara havia se escondido debaixo de uma mesa. Quando os "porcos" chegaram na cena, Cowan matou um deles e depois se suicidou.

A história verdadeira não era muito diferente da que Franklin contara, mas com uma ênfase um pouco distinta. Às 7h45 da manhã de 14 de fevereiro de 1977, Frederick William Cowan, de 33 anos, ex-militar das Forças Armadas e duas vezes membro da corte marcial, halterofilista e admirador de Hitler, que morava com os pais e colecionava bugigangas nazistas, chegou à empresa de mudanças Neptune Worldwide à procura de Norman Bing, um supervisor judeu que havia lhe dado uma suspensão por grosseria com os clientes. Diferente do que Franklin contou, Bing não era dono da empresa. Enquanto Cowan passava pela recepção e pela cafeteria em direção à ala de escritórios, ele atirou e matou três funcionários negros e um eletricista indiano. Bing viu Cowan entrando no prédio, saiu de sua sala e se escondeu debaixo de uma mesa em outra sala.

Em dez minutos, a polícia chegou no local e invadiu o prédio. Cowan atirou e matou o policial que vinha na frente, além de ferir outros três. Não demorou muito para o prédio estar cercado por trezentos policiais e agentes de departamentos de polícia estaduais, municipais e do FBI, além de helicópteros que sobrevoavam a área. Eles esperaram do lado de fora do cerco, pois tinham receio de os reféns serem machucados e dos explosivos que Cowan ameaçava detonar. Quando entraram, encontraram Cowan morto no segundo andar com um tiro na cabeça. Ele não estava mantendo como refém nenhum dos catorze funcionários que haviam se escondido dentro do prédio.

Tecnicamente, Cowan era um assassino em massa, enquanto Franklin era um serial killer. Mas esse era o tipo de gente que imaginávamos que Franklin admirava e em quem se espelhava. Apesar do crime de Cowan ser basicamente uma tentativa de assassinato motivado por vingança, Franklin via alguns clichês com os quais poderia se identificar. Primeiro, o "dono" do local procurado era judeu, e ir atrás dele era uma maneira justificável de se vingar dos judeus. Segundo, Cowan tentara matar o máximo de pessoas negras que conseguira e, se uma delas era um indiano, ora, paciência. A interpretação de Franklin era que Cowan agiu de acordo com suas crenças, em vez de simplesmente ficar tagarelando, e cumprira sua missão, mesmo que lhe tivesse custado a vida. Franklin, por outro lado, apesar de toda a algazarra, não tinha intenção alguma de morrer por seus ideais.

Ao contrário do que ocorrera no primeiro interrogatório do FBI, no qual os agentes alternavam as perguntas, sugeri a Dwyer que, quando houvesse uma pausa na conversa, ele não tentasse preenchê-la. A insegurança e a necessidade de controle de Franklin o compeliriam a falar. Era um fenômeno comum que já tínhamos observado tanto em negociações de reféns quanto em nossas entrevistas com prisioneiros. Chamávamos isso de "vácuo de voz", e a outra parte geralmente sentia necessidade de preenchê-lo. E foi isso o que Dwyer disse que aconteceu.

Quando o avião se aproximou de Salt Lake City, parte da nossa estratégia era sobrevoar a Prisão Estadual de Utah, em Draper. De cima, era um complexo cinza e branco de prédios institucionais que até pareciam uma fábrica. Aproveitando a oportunidade, Dwyer apontou para o local e comentou que era onde o assassino Gary Gilmore fora executado por fuzilamento cerca de três anos e meio antes. Ele descreveu como Gilmore foi amarrado a uma cadeira com uma parede de sacos de areia atrás e um papel com um alvo preso do lado esquerdo do peito. Cinco policiais ficaram atrás de uma cortina com pequenos buracos pelos quais miravam seus rifles. O médico-legista que fez a autópsia, Dwyer seguiu contando, relatou que as balas tinham pulverizado completamente o coração de Gilmore. Seria assim que Franklin morreria se o estado de Utah o condenasse, enfatizou o agente. Na verdade, Gilmore pôde escolher entre a execução por fuzilamento ou enforcamento, mas o drama da descrição tinha despertado o efeito desejado em Franklin. Sua atenção se voltou para a cena abaixo da janela do avião. Achei que a ideia *ad libitum* de Dwyer fora brilhante.

Embora Franklin não tenha admitido nenhum assassinato, achei que o excelente desempenho de Dwyer durante o voo ainda traria resultados positivos pela frente.

No final do relatório detalhado, Dwyer escreveu:

> *Conclusão, entendo que as muitas sugestões feitas pelo analista da UCC para conduzir esse interrogatório foram valiosas e cada técnica sugerida foi bem-sucedida para diversos fins. Poucos interrogatórios são realizados sob condições ideais, e os investigadores raramente têm a oportunidade de serem guiados e preparados. Contudo, a narração supracitada indica que o trabalho da UCC é uma arma poderosa no arsenal investigativo do FBI.*

A maioria de nós é atraída pela imagem do homem da justiça, e esse é o motivo principal que fez com que muitos de nós quiséssemos seguir nessa linha de trabalho. Mas sejamos sinceros o suficiente para reconhecer que, em primeiro lugar, o FBI é uma agência governamental *bureaucrática* como qualquer outra, com interesses, objetivos e centros de poder concorrentes. Portanto, esse voto de confiança num estágio ainda inicial e experimental da Unidade de Ciência Comportamental significou muito para nós, pois nos deu legitimidade e apoiou o desenvolvimento dos perfis de comportamento criminal, análise investigativa e estratégias de comportamento proativo que se tornariam o núcleo essencial do meu trabalho e dos colegas que se juntariam a mim. O retorno do investimento na nossa pesquisa e métodos estava começando a aparecer.

E, ao aumentar o "fator cu na mão" de Franklin, nós havíamos reduzido consideravelmente o nosso.

10

Devido à notoriedade de Franklin, os agentes federais estavam ansiosos para que ele fosse transferido para a Prisão de Salt Lake City com a menor publicidade e comoção possíveis. O avião fretado pousou no aeroporto internacional da cidade e taxiou até a parte extrema da pista, onde a Guarda Nacional de Utah tinha um hangar. Mas, assim que o avião parou, os agentes olharam pela janela e viram uma equipe de televisão esperando no corredor e um helicóptero do Canal 2 se aproximando para captar uma imagem melhor. Aparentemente, alguém do governo local queria um show na mídia. Os agentes federais pediram que o avião entrasse no hangar coberto e que o portão de fora fosse baixado. Lá dentro, havia uma fila de policiais portando rifles M16.

Um dos agentes federais vestiu Franklin com um colete à prova de balas e o encaminhou para dentro de uma das três vans sem janela num comboio liderado por cinco policiais em motocicletas, em formato de V, um caminhão da Força Aérea com uma arma automática acoplada e viaturas da polícia municipal com as sirenes ligadas. Dwyer comentou que o alvoroço competia com o desfile do Dia de Ação de Graças da Macy's. O plano era deixar Franklin na garagem subterrânea da prisão. Dwyer perguntou ao policial que o acompanhava quais eram as expectativas para quando chegassem. O policial falou que basicamente toda a imprensa de Salt Lake City estaria lá. Dwyer ficou imediatamente preocupado com uma cena semelhante a quando Lee Harvey Oswald foi baleado diante de câmeras e repórteres na garagem subterrânea da sede da polícia de Dallas.

Franklin ficara calmo e relativamente falante durante a viagem de carro até a cidade, mas, assim que saiu da van na garagem, ele e sua escolta ficaram cegos com o mar de flashes. O prisioneiro, de óculos escuros, começou a gritar que estava sendo processado por seus ideais racistas e que "o governo federal comunista está tentando acabar comigo!".

Com base em nossa estratégia de tentar submeter Franklin ao máximo de estresse possível, principalmente ao mencionarmos, já próximo ao fim do voo, que ele poderia ter o mesmo destino de Gary Gilmore na penitenciária de Draper, Dwyer disse aos policiais penitenciários que esperava que Franklin confessasse seus crimes para outros prisioneiros, como forma de aliviar o estresse. Nós já tínhamos visto Franklin fazer isso após seu primeiro interrogatório com Dwyer e Fred Rivero em Tampa. Dwyer sugeriu que eles interrogassem todos os detentos que tivessem qualquer contato com Franklin pelas 24 horas seguintes, para saber se ele havia contado alguma coisa. Conforme Dwyer previra, naquele período Franklin confessou diversos de seus crimes a vários detentos.

Com uma pessoa com o perfil de Franklin, nunca se pode ter certeza se as confissões são legítimas ou meros brios para melhorar sua imagem para os outros criminosos. Essas confissões isoladas não fariam muita diferença no tribunal, mas proporcionaram confiança aos promotores federais e estaduais para que seguissem com o julgamento.

Embora a procuradoria de Salt Lake County e os investigadores do departamento de polícia da cidade achassem que tinham reunido evidências suficientes para dar prosseguimento às acusações, todos concordavam que a melhor estratégia era julgar primeiro o caso federal de direitos civis. O procurador local registrou duas acusações por homicídio doloso qualificado, a serem julgadas após o processo federal.

Na segunda-feira, dia 10 de novembro, Franklin, com mãos e pés algemados e acompanhado do seu defensor público designado pelo tribunal, Stephen McCaughey, foi acusado diante do juiz Daniel Alsup, responsável por emitir o mandado de prisão de Franklin no caso dos assassinatos de Liberty Park. Quatro guardas armados esperavam do lado de fora da sala do juiz. Quando Alsup perguntou qual era sua alegação quanto à primeira acusação de direitos civis contra ele, Franklin respondeu: "Definitivamente inocente." Em resposta ao segundo processo, ele disse: "A mesma coisa." Alsup manteve a fiança de 1 milhão de dólares. O procurador local Theodore L. "Ted" Cannon confirmou que o estado iria postergar a acusação até que o caso federal fosse finalizado, e o procurador federal Ronald Rencher disse que achava que os casos federais e estaduais não constituíam dupla penalização porque as acusações eram diferentes.

"As acusações federais são um caso separado e distinto das acusações de assassinato estaduais", afirmou Cannon. "A acusação federal apoia-se na teoria de que o indivíduo acusado violou os direitos civis tanto de Martin quanto de Fields no que diz respeito à cor."

A acusação de Franklin virou notícia de destaque nacional, e uma das pessoas que leu o relatório foi Lee Lankford, capitão do departamento de polícia de Richmond Heights, que, quando era investigador sênior, trabalhou no caso do tiroteio da Congregação Israelita Brith Sholom Kneseth, em 1977. Ao assistir à cobertura do julgamento de Franklin pela TV, teve certeza de que aquele homem era o responsável pelos assassinatos em Brith Sholom. O crime de Salt Lake City tinha o M.O. muito semelhante ao de Richmond Heights, e Franklin era muito parecido com o retrato falado do homem que fugiu da cena do crime na sinagoga. Junto ao fato de nutrir ódio por afro-americanos e judeus, bingo! Lankford mergulhou de novo no caso, mas as evidências não eram fortes o suficiente para levá-lo à procuradoria. Ainda assim, o investigador prometeu à mãe de Gerald Gordon que encontraria o culpado pela morte dele.

Além das acusações estaduais de homicídio em Utah, acusações de homicídio doloso qualificado foram registradas no tribunal de Oklahoma County District, alegando que Franklin tinha matado Jesse Taylor e Marion Bresette quando o casal inter-racial saía do supermercado no dia 21 de outubro de 1979. "Franklin disse a amigos e a alguns de seus colegas de cela que havia, de fato, cometido os homicídios em Oklahoma City e contou detalhes específicos sobre eles", relatou o investigador de homicídios de Oklahoma City, Bill Lewis, a um jornalista.

John D. Tinder, promotor da procuradoria de Marion County, Indiana, após uma conferência com agentes do FBI, comentou que Franklin era um "forte suspeito" dos homicídios de Lawrence Reese e Leo Thomas Watkins, ambos baleados a distância através de janelas de vidro, em um intervalo de dois dias, em janeiro de 1980.

O Departamento de Justiça anunciou que ainda estava investigando a conexão entre Franklin e a tentativa de homicídio de Vernon Jordan.

Policiais em Cincinnati e Johnstown, Pensilvânia, também consideravam Franklin o principal suspeito dos homicídios ocorridos em ambas as cidades, em junho do ano anterior. Parecia que todo caso que examinávamos tinha alguma ligação com ele, e não com o Assassino do Calibre .22.

Na terça-feira, dia 25 de novembro, enquanto aguardava o julgamento, Franklin deu uma entrevista por telefone para o *Cincinnati Enquirer*, que estava interessado nas acusações pendentes contra ele dos assassinatos cometidos por um franco-atirador no dia 8 de junho, dos dois meninos Darrell Lane e Dante Evans Brown.

Ao descrever sua fuga da delegacia de polícia em Florence, Kentucky, Franklin contou: "O Senhor não achava que minha hora de ser capturado tinha chegado." E explicou: "Eu estava algemado a uma cadeira. Rezei para o Senhor. Uma hora depois, um cara louro tirou minhas algemas e saiu da sala. Eu já sabia onde ficava a janela, pois naquela noite um homem havia se pendurado nela e queria saber como entrar na sede da polícia de Florence, e eu tinha respondido." Ele falou que, assim que pulou a janela, correu para a rua e pegou carona com um adolescente. O rapaz o deixou na parte nordeste de Kentucky. Então, ele pegou outra carona até Cincinnati e entrou em um ônibus para Columbus. A odisseia o levou até Charleston, West Virginia; Winston-Salem, Carolina do Norte; e Atlanta, antes de conseguir chegar à Flórida.

Contou que achou que estava sendo detido e acusado por causa da carta que tinha escrito para o então candidato à presidência Jimmy Carter, em 1976, mas reiterou que não o tinha como alvo.

Franklin alegou ser inocente de todos os assassinatos cometidos por franco-atirador e que só mataria alguém para se defender. Acrescentou, de um jeito enigmático: "Eu fiz umas coisas. Algumas coisas. Não sou um cara totalmente do bem, sabe? Mas os fins justificam os meios."

Ele também concedeu uma entrevista aos jornalistas da rádio KALL, Mike Watkiss e Dave Gonzales, declarando que "a mistura racial é uma sina contra Deus e contra a natureza", e que, embora fosse inocente, quem quer que tivesse matado os rapazes que corriam no parque tinha cometido "um homicídio justificável".

Em dezembro, quando a data do julgamento se aproximava, procuradores federais foram em busca de exames psiquiátricos de Franklin. O procurador-assistente Steven W. Snarr registrou uma petição para um exame que constatasse se Franklin "poderia ser insano" ou sofrer de alguma doença mental.

Essa ideia surge o tempo todo no meu trabalho e sempre tenho que explicar. Uma pessoa comum não consegue entender como alguém é capaz de planejar e matar à queima-roupa, sem ser louco. Admito que praticamente todos os assassinos violentos que estudei durante esses anos tinham algum nível de doença mental. Eles tendem a ser narcisistas, paranoicos e/ou desprovidos de empatia, ou seletivos a quem se sentem empáticos. A isso chamamos de desvio de caráter, uma expressão que fala por si. No entanto, "insanidade" é um termo legal, que nos faz voltar séculos, lá para o sistema de Leis Comuns britânicas. Embora sua definição tenha evoluído desde 1843, quando Daniel M'Naghten foi julgado em Londres pela tentativa de assassinato do primeiro-ministro Robert Peel e consequente homicídio de seu secretário, Edward Drummond, o conceito básico permaneceu o mesmo do que o descrito no que se tornou publicamente conhecido como a Regra de M'Naghten (às vezes, pronunciada como McNaughton):

Para estabelecer uma defesa no campo da insanidade, precisa ser provado que, no momento do ato, a parte acusada estava funcionando sob um desvio da razão advindo de doença da mente, por não saber a natureza e a qualidade do ato que estava fazendo; ou, se soubesse, não tinha consciência que o que estava fazendo era errado.

Ou seja, de um jeito prático, isso significa que se o acusado compreende a distinção entre certo e errado e é capaz de adaptar seu comportamento às regras da sociedade, ele é moral e legalmente culpado pelo crime. Portanto, quem poderia ser acobertado pelas leis de insanidade? Alguém realmente delirante e psicologicamente desconectado da realidade. Descobriu-se que M'Naghten sofria de mania de perseguição severa, por isso foi julgado não culpado* por insanidade e transferido da Prisão de Newgate para o Asilo Estadual de Lunáticos Criminais, no hospital de Bethlehem, mais conhecido pelo apelido, Bedlam. Só consigo pensar em alguns poucos assassinos que consideraria legalmente insanos, e Joseph Paul Franklin não estava entre eles.

O juiz concordou.

Quando o julgamento começou no tribunal federal, em fevereiro de 1981, um detento de dezenove anos chamado Robert Lee Herrera, que estava na Prisão de Salt Lake City cumprindo pena por roubo, contou ao FBI que Franklin tinha confessado os assassinatos de Fields-Martin e de Lane-Brown para ele, após Herrera contar que fora transferido para aquela cela por ter brigado com um homem negro. Segundo o rapaz, Franklin comentou que mataria qualquer pessoa negra de qualquer idade, principalmente se estivesse junto de brancos. Ele achava que homens negros que andavam em público com mulheres brancas deveriam morrer. Admitiu pela primeira vez o atentado a Vernon Jordan, mas talvez o mais interessante seja que ele confessou ter cometido um

---

* A lei norte-americana não utiliza a palavra "inocente" em oposição à palavra "culpado" no julgamento do réu, e sim "não culpado". [N. da T.]

crime ainda não solucionado do qual ninguém, até aquela altura, tinha conseguido acusá-lo.

Em março de 1978, o editor da revista *Hustler*, Larry Flynt, estava sendo julgado em Lawrenceville, Geórgia, por acusações de assédio. Perto do tribunal de Gwinnett County, onde o julgamento ocorria, Flynt foi baleado e ficou paralisado permanentemente da cintura para baixo. O advogado, Gene Reeves, também foi atingido seriamente e ficou vinte dias na UTI do Hospital Button Gwinnett, mas conseguiu se recuperar.

Durante os três anos seguintes, o crime permaneceu não solucionado e, apesar de ter sido cometido por um franco-atirador, não foi considerada uma conexão com a suposta onda de crimes de Franklin. Quando ele foi detido na Flórida e a extensão dos seus supostos crimes veio a público, as autoridades locais da Geórgia alegaram que Franklin era "procurado para interrogatório", mas era o máximo de conexão admitida. Porém, ao conversar com Herrera, Franklin confessou o atentado a Flynt e explicou que fizera aquilo porque estava enojado de ver as fotos de casais inter-raciais publicadas pela revista pornográfica.

Os agentes do FBI que interrogaram Herrera levaram a informação à procuradoria-geral. Diversos promotores-assistentes interrogaram Herrera depois disso e o submeteram ao teste do polígrafo, no qual ele foi aprovado. Ainda assim, qualquer detento dedo-duro é questionável, porque todos eles têm algo a ganhar quando cooperam com as autoridades. Embora Herrera tenha informado uma quantidade significativa de detalhes sobre alguns dos crimes, os promotores não sabiam se tudo aquilo já não tinha aparecido em publicações de jornais. E, mesmo se ele estivesse falando a verdade, talvez Franklin não estivesse.

Conforme a data do julgamento se aproximava, os promotores souberam que Franklin também tinha dado com a língua nos dentes para outro detento, Richard Hawley, para quem confessou os assassinatos de Salt Lake City e do casal inter-racial em Oklahoma City, em 1979. Hawley estava detido sob uma acusação federal por conspiração em transporte interestadual de explosivos e queria convencer os policiais federais a obter tratamento especial antes da sua declaração em juízo, mas a informação que ele fornecia era construída em cima de uma confissão de Franklin.

O julgamento de Salt Lake City começou numa segunda-feira, dia 23 de fevereiro de 1981, com o juiz Bruce S. Jenkins presidindo a corte e o promotor-assistente federal Steven W. Snarr liderando a acusação. Demonstrar que Franklin era um racista declarado não foi difícil — ele havia admitido livremente à imprensa e a inúmeros indivíduos. Na verdade, a defesa insinuou que o governo o estava processando por causa do racismo, e não por ele ter matado ou não as pessoas. A procuradoria passou a semana inteira estudando o caso, incluindo evidências circunstanciais sobre o carro de Franklin e o carro de fuga visto no local, marcas de pneu e 65 testemunhas. Mas nenhuma delas havia visto Franklin disparar a arma, e esta, tampouco, não fora encontrada.

Mas tinham o testemunho de Herrera e de Hawley, assim como o de Anita Cooper, que repetiam como Franklin contara sobre seus crimes para eles. Hawley mencionara a "alegria" com que Franklin descrevera o assassinato de dois homens e reconheceu que ele alegara ser "culpado" cerca de uma semana e meia antes, mas que não fizera nenhum acordo com os procuradores sobre como seu depoimento afetaria sua futura sentença.

Quando Hawley estava concluindo sua declaração, Franklin gritou da mesa da defesa: "Quanto tempo você demorou para inventar isso, Hawley? Seu mentiroso!" Mesmo após uma advertência do juiz Jenkins, Franklin continuou resmungando em voz alta sobre mentirosos e dedos-duros quando os procuradores mencionavam Herrera, Hawley e Cooper para o júri.

Entre as testemunhas chamadas para depor estavam as duas adolescentes que corriam com as vítimas no parque. Elas descreveram o terror que viveram quando Martin e Fields foram atingidos.

Além disso, a *Salt Lake City Tribune* publicou em uma reportagem:

Três testemunhas, Leon Beauchaine, sua filha Carrie e Gary Spicer, contaram que olharam para o terreno baldio coberto de mato e visto *"luzes de lanterna"* e um homem agachado com um rifle, usando um boné de beisebol e uma jaqueta de couro escura.

O sr. Spicer contou que o atirador jogou o rifle no porta-mala do carro e dirigiu para longe, enquanto os tiros ainda ecoavam pela vizinhança.

Robert L. Van Sciver, um dos advogados de defesa mais respeitados do estado, conduziu a equipe de defesa de Franklin. A defesa dele alegou que sua deficiência visual o teria impedido de cometer tais assassinatos, com tiro a longa distância. Eles corroboraram essa alegação com o depoimento de um oftalmologista e de um franco-atirador militar. Van Sciver afirmou que testemunhas como Spicer diziam que o homem que viram não estava usando óculos. Quando li essa informação, fiquei pensando se isso importava de fato, levando em conta a ampla potência da mira telescópica de uma arma.

As duas irmãs de Franklin foram a Salt Lake City para o julgamento, e Marilyn Garzan ficou até o final. Ela contou a um repórter da UPI que seu irmão tinha desenvolvido um ódio profundo pelas pessoas negras por causa do abuso e assédio que membros da família sofreram por crescer em bairros predominantemente negros. Isso não condizia com o que descobrimos nas pesquisas sobre seu passado. "A irmã", relatava o artigo, "disse que havia aprendido a considerar os negros como indivíduos, e não como um grupo". Aparentemente Franklin não aprendeu nada disso.

Apesar da vontade de Van Sciver de colocar seu cliente para testemunhar, Franklin decidiu que não deporia a seu favor, algo a que ele tinha direito.

Contudo, durante os argumentos finais, Franklin fez alguns comentários espontâneos. Quando Snarr mencionou os depoimentos de Herrera, Hawley e Cooper durante seu argumento final, Franklin gritou: "São uns mentirosos, são todos mentirosos! Por que não fazem um teste do polígrafo com todos eles? Eles estão sendo manipulados pelo FBI!" E declarou: "Não estou a fim de ser executado por fuzilamento por causa de alguns mentirosos!"

O juiz Jenkins mandou que ele fosse levado para uma pequena sala de espera, onde havia uma caixa de som para que ouvisse o resto do julgamento. Ao passar ao lado da tribuna do juiz, carregado pelos guardas, ele gritou: "Eu não vou ficar quieto quando tem um monte de mentirosos falando essas coisas!"

Van Sciver, caminhando na frente do júri com as mãos dentro do bolso do terno, tentou contestar cada um dos pontos de Snarr, mencionando que o depoimento médico indicava oito ou nove ferimentos de bala, enquanto o policial havia encontrado apenas seis cartuchos vazios. Isso significava que havia mais de um atirador em locais diferentes? Ele afirmou que várias testemunhas pensaram ter ouvido disparos vindo de direções distintas. Somando a isso o aparente ângulo dos tiros, declarou: "Como cidadão deste país, estou ofendido que o governo tenha falhado em explicitar a evidência física nesse caso. A evidência do governo não se justifica."

Ele sugeriu que os investigadores estavam influenciados pelas testemunhas e acusou a polícia e os promotores de terem uma "visão limitada": "Pela totalidade da maldade dos crimes de 20 de agosto de 1980, nós temos que culpar, nós temos que punir alguém... e eles confiam nas pessoas que compartilham os segredos de Joseph Paul Franklin."

Após os argumentos finais e as instruções de Jenkins, o júri composto somente de pessoas brancas, dez mulheres e dois homens, começou a deliberação às 16h15 de terça-feira, 3 de março. Eles debateram durante treze horas e meia antes de retornarem com um veredito de réu "culpado" nas duas acusações, por ter violado os direitos civis das duas vítimas. Em oposição ao surto ocorrido mais cedo, Franklin parecia impassível enquanto o oficial de justiça lia os veredictos. Jenkins marcou o decreto da sentença para o dia 23 de março.

O pai de Ted Fields, o reverendo Theodore Fields, disse aos repórteres e cidadãos que o apoiavam: "Sinto que a justiça foi feita e estou feliz por isso."

Richard Roberts, um promotor afro-americano da Divisão de Direitos Civis do Departamento de Justiça, que havia assistido a Snarr na acusação, comentou que o caso era uma amostra de que seu departamento iria "julgar rigorosamente quaisquer casos de direitos civis no país".

Aos prantos, Marilyn Garzan deixou o tribunal dizendo: "Isso não acabou. De jeito nenhum isso chegou ao fim."

Ao deixar o tribunal algemado, Franklin anunciou aos repórteres: "Eu não fiz nada disso. É uma armação do governo. É o que venho dizendo esse tempo todo."

A Associated Press reportou: "Franklin, que afirmou desde o início que não matou ninguém, contou aos repórteres mais cedo que achava que os jovens negros mereceram morrer por 'misturar as raças'."

Van Sciver disse que iria recorrer ao veredito. "Fiquei decepcionado", admitiu. "Nós tentamos com muito afinco, e acho que havia problemas com as evidências do estado." Ao mesmo tempo, o procurador estadual Robert Stott afirmou que a procuradoria prosseguiria, portanto, com as acusações estaduais de assassinato contra Franklin.

No dia do anúncio da sentença, a UPI comunicou que, enquanto Snarr falava sobre todas as vidas que foram devastadas, Franklin, de pé no meio do tribunal ao lado de Van Sciver, vestido com um terno azul risca de giz e uma gravata listrada, cabelo cortado metodicamente e repartido ao meio, gritou, referindo-se a Roberts: "Tem mais alguma mentira sobre mim, seu viadinho? Você e esse macaco treinado mentindo por você?" Ao dizer isso, ele pulou por cima da mesa de acusação e voou na direção de Roberts, derrubando um copo e uma jarra d'água, molhando os dois procuradores e jogando gelo no colo do agente do FBI Curt Jensen. Dez agentes federais e policiais de Salt Lake County o seguraram no chão do tribunal. Levaram alguns minutos para controlá-lo.

"Algemem o réu", ordenou Jenkins.

Os agentes federais algemaram as mãos e os pés de Franklin e o conduziram para a frente do juiz. Ele reclamou que as algemas estavam apertadas demais e atrapalhavam sua circulação. Os agentes as afrouxaram, mas toda vez que Jenkins começava a falar, Franklin reclamava novamente.

"Você terá que conviver com isso, sr. Franklin", disse Jenkins. "Quero sua atenção total. Essa coisa toda foi uma tragédia do início ao fim."

O juiz Jenkins citou a infância infeliz de Franklin e comentou: "Acho que isso é uma explicação, mas não uma desculpa para o que aconteceu aqui." Ele acrescentou que não era tarde demais para mudar sua vida dentro da prisão.

"Não se eu for condenado por algo que não fiz", gritou Franklin. "Tudo isso é uma farsa!"

O juiz decretou duas prisões perpétuas, a pena máxima para cada uma das acusações federais, o que em termos práticos significava entre dez e sessenta anos em uma prisão federal.

Franklin retrucou, enquanto agentes federais o levavam embora: "Você não é nada além de um agente do governo comunista, seu safado!"

Após um reinado de terror de três anos, Joseph Paul Franklin foi posto atrás das grades pelo que acabou se tornando o resto de sua vida. Mas a história estava longe de terminar. E seu legado hediondo estava só começando.

II

DENTRO DA MENTE DE UM MONSTRO

11

mpulsionado pelos resultados do caso de Franklin e do nosso trabalho em outras áreas, o programa de análise de perfis comportamentais começou a deslanchar na mesma época em que Franklin estava indo para a prisão.

A sede foi informada sobre a precisão da minha avaliação do fugitivo e do conselho que eu dera sobre a interação com Franklin no voo para Utah, complementado pelo relatório lisonjeiro de Robert Dwyer. E foi gratificante que a fé de Dave Kohl na Unidade de Ciência Comportamental tenha sido validada. Jim McKenzie, diretor-assistente da Divisão de Treinamento do FBI — o que o tornava o chefe dos chefes em Quantico —, sempre torcera por nós e se orgulhava muito de nossas realizações. Larry Monroe, que tinha sido um dos instrutores fenomenais da Academia, tornara-se chefe da UCC e percebera que a consultoria investigativa e de análise de perfis poderia ser algo importante e um acréscimo útil aos nossos serviços.

Mas o caso que nos deu destaque foi, de muitas maneiras, quase um "negativo de fotografia" do caso de Franklin.

No momento em que a minha unidade foi chamada para analisar o caso dos assassinatos das crianças de Atlanta, a capital da Geórgia era uma cidade sitiada. O comissário de segurança pública Lee Brown tinha montado uma força-tarefa de Desaparecidos e Assassinados com mais de cinquenta membros, mas os assassinatos e desaparecimentos de crianças afro-americanas continuavam acontecendo. Em setembro de 1980, o prefeito Maynard Jackson pediu ajuda à Casa Branca e, no dia 6 de novembro, o procurador-geral Benjamin Civiletti ordenou que o FBI investigasse se alguma das crianças desaparecidas foi sequestrada e levada para outro estado, o que acionaria a lei e a jurisdição federal.

Mas havia outro aspecto que deixava o envolvimento do FBI um pouco mais difícil nesse caso. Aparentemente, com dezesseis assassinatos conectados em uma das cidades mais progressistas do Sul do país, o caso parecia uma Classificação 44: violação de direitos civis. Foi designado como Caso Principal 30 do FBI, chamado de ATKID. Será que era uma conspiração para cometer o genocídio da população negra, como Franklin desejava inspirar? Era a Ku Klux Klan, o Partido Nazista Americano ou algum outro grupo de ódio transformando o discurso de Franklin na ação que ele tanto esperava? Se sim, Atlanta e talvez outras cidades do Sul poderiam ser estopins prontos para explodir e se transformar num grande incêndio.

Roy Hazelwood e eu fomos para Atlanta em janeiro de 1981. Roy era a escolha lógica para ir comigo, um agente especial brilhante e instrutor da Academia, o maior especialista em violência interpessoal do FBI. De todos os instrutores ele traçava a maior parte dos perfis comportamentais ao receber muitos dos casos de estupro que chegavam à unidade. Quando chegamos à sede do departamento de polícia de Atlanta, passamos um tempo considerável analisando muitos arquivos — fotos das cenas dos crimes, vitimologia, descrições de como estava cada uma das crianças quando encontrada, depoimentos de testemunhas na área, protocolos de autópsia etc. Falamos com membros das famílias das crianças desaparecidas e assassinadas e pedimos que os policiais circulassem conosco pelos bairros onde as crianças haviam desaparecido, assim como nos locais de desova dos corpos.

A primeira coisa que concluímos era que aqueles não eram crimes do tipo que a KKK cometia. Quando se estuda o que chamamos de crimes de ódio causados por grupos, remontando até os dias pós-Guerra Civil, eles tendem a ser expostos, atos extremamente simbólicos, com o intuito de suscitar terror nas pessoas. Se um grupo de ódio tivesse sido responsável por aqueles crimes, os investigadores não levariam meses para começar a entender a ligação entre os casos.

A segunda coisa que percebemos foi que os locais de desova dos corpos e as áreas onde as vítimas foram vistas pela última vez eram predominante ou exclusivamente partes ocupadas pela população negra da cidade. Nenhum indivíduo branco, muito menos um grupo branco, teria conseguido vagar nessas regiões sem ser percebido. A polícia tinha investigado e interrogado um número imenso de pessoas e não ouviu nenhum relato sobre brancos em locais incomuns. Na maioria dessas áreas, as ruas nunca ficavam vazias, principalmente nos meses mais quentes — portanto, mesmo disfarçado na calada da noite, um homem branco não passaria despercebido. Diferente dos crimes de Franklin, esses não foram cometidos a distância. As vítimas foram sequestradas e seus corpos transportados após a morte. Concluímos que o assassino era um homem afro-americano e, com base na idade das vítimas, achávamos que ele deveria ter uns vinte e poucos anos. O suspeito deveria ter algum chamariz para atrair essas crianças de bairros pobres, quem sabe afirmando ser técnico esportivo ou de música, ou até um policial. Devia ser um fanático da polícia, para compensar a própria inadequação, e provavelmente dirigia um veículo parecido com o da polícia e tinha um cachorro, também como os da polícia. Com base na vitimologia, era provável que o homem fosse homossexual, e talvez até se ressentisse por ser negro.

As diferenças entre os crimes de Franklin e os do assassino de Atlanta nos mostravam descobertas importantes. Inspirado por uma grande missão, Franklin não queria contato pessoal com suas vítimas — nem queria conhecê-las ou personificá-las. Depois de cometer cada crime, ele queria fugir e sair da cidade o mais rápido possível. O UNSUB de Atlanta era emocionalmente envolvido na relação com suas vítimas, em como elas o enxergavam e no poder que tinha sobre elas.

Nenhuma das nossas observações sobre o assassino nos tornou populares com o público, a mídia ou a polícia de Atlanta, que em sua maioria ainda acreditava que esses assassinatos faziam parte de uma série de crimes de ódio. Também não fomos muito bem recebidos quando declaramos que muitos assassinatos estavam conectados, mas não todos. Os casos das duas vítimas femininas não pareciam estar relacionados a esse assassino, nem sequer um com o outro. Em alguns, havia inclusive evidências de que pudessem ter sido cometidos por algum membro da família.

Demorou meses até que surgisse uma resolução. Durante esse tempo, diversos incidentes nos fizeram perceber que o UNSUB estava seguindo e reagindo à cobertura da mídia, o que permitia que nós o manipulássemos. Fizemos com que o médico-legista anunciasse que estavam encontrando fibras e outras evidências nos corpos, o que era verdade. Como imaginávamos, isso incitou o assassino a começar a desovar os corpos nos rios da cidade para eliminar as provas. No dia 22 de maio de 1981, o último dia de um experimento de vigilância em todos os rios locais, Wayne Bertram Williams, um afro-americano de 22 anos, produtor musical anônimo, foi visto jogando um corpo da ponte Jackson Parkway no rio Chattahoochee. Ele se encaixava no perfil em cada um dos aspectos-chave, incluindo ter um pastor-alemão, um carro como o da polícia, até com rádio de frequência, e uma prisão anterior por imitar e zombar de um oficial da lei. No dia 21 de junho, as evidências eram convincentes o bastante para prendê-lo.

A história atingiu a imprensa nacional, assim como o papel que a ciência comportamental teve na detenção. Durante o julgamento subsequente de Williams, o procurador e promotor-assistente de Fulton County, Jack Mallard, pediu nossa ajuda para traçar caminhos estratégicos que fizessem com que William mostrasse seu verdadeiro caráter diante do júri. Achei que ele seria arrogante e autoconfiante o bastante para testemunhar oficialmente, e essa seria a nossa abertura.

Conforme previsto, Williams testemunhou em causa própria. Após muitas horas de perguntas e respostas, Mallard revelou diversas inconsistências gritantes, mas Williams manteve a mesma atitude calma e tranquila que demonstrava ao público desde sua detenção. E então, como havíamos ensaiado, após falar sobre um dos assassinatos, Mallard caminhou até o banco das testemunhas, colocou a mão no braço de Williams e, com um tom de voz baixo e metódico típico do sul da Geórgia, perguntou: "Como foi a sensação, Wayne? Como você se sentiu quando colocou os dedos ao redor da garganta da vítima? Você entrou em pânico, Wayne? Entrou?"

Em voz baixa e fraca, Williams respondeu: "Não." Em seguida, ao perceber o que tinha feito, ele explodiu de raiva. Apontou o dedo para mim e gritou: "Você está fazendo tudo o que pode para me enquadrar naquele perfil do FBI, e eu não vou ajudá-lo!"

Essa foi a reviravolta do julgamento. E foi também um marco para o programa de análise de perfis do FBI. O sucesso na detenção de Franklin e depois a publicidade do caso de Atlanta deixou os incentivadores do projeto animados. Nós tínhamos provado a nossa eficácia ao ajudarmos nos dois casos.

Um grande número de casos surgiu logo depois. Voamos para Anchorage, Alasca, e montamos um perfil que convenceu o juiz a emitir um mandado de busca para Robert Hansen, um padeiro de pouco mais de quarenta anos suspeito de ser o responsável pelo assassinato de prostitutas encontradas baleadas em áreas florestais remotas. Descrevemos um atirador competente, cansado de atirar em animais, levando mulheres para a floresta e caçando-as por diversão, para compensar o jeito que fora tratado por elas no passado.

Em junho de 1982, fui solicitado para traçar o perfil do assassino e fazer a análise do assassinato, ocorrido em 1978, de Karla Brown, de 23 anos, de Wood River, Illinois, uma menina linda que foi encontrada despida, com as mãos amarradas com um fio elétrico e a cabeça enfiada dentro de um barril de quarenta litros cheio de água, no porão da casa para onde estava prestes a se mudar com seu noivo, Mark Fair. Com base em todas as evidências da cena do crime, montei o perfil de um UNSUB que coincidia com dois indivíduos que a polícia tinha interrogado. O corpo de Karla foi exumado e as marcas de mordida correspondiam à arcada de um dos suspeitos, acrescentando essa evidência contra ele. Ele foi condenado e sentenciado a 75 anos de prisão.

Esses foram somente dois das centenas de casos que estávamos analisando por ano. Jim McKenzie, um dos nossos grandes advogados, convenceu a sede do FBI da necessidade de "mais John Douglas" para lidar com a quantidade crescente de casos, mesmo que isso significasse roubar alguns talentos de outros programas. Foi assim que consegui meus primeiros quatro analistas de perfil em tempo integral: Bill Hagmaier, Jim Horn, Blaine McIlwaine e Ron Walker. Logo depois disso, Jim Wright e Jud Ray se juntaram à equipe. Esse grupo representa a fundação do que veio a se tornar a Unidade de Apoio Investigativo (ISU, na sigla em inglês).

E continuamos nosso estudo com serial killers encarcerados e criminosos violentos. Nessa época, eu estava colaborando com Roy Hazelwood em um artigo para o *Law Enforcement Bulletin* do FBI sobre assassinato e luxúria. Roy apresentou para mim e para Bob Ressler a dra. Ann Burgess, professora da área de saúde mental da Universidade da Pensilvânia e diretora adjunta de pesquisa de enfermagem do Departamento de Saúde e Hospitais de Boston. Ann era considerada uma autoridade em estupro e seus impactos psicológicos, e ela e Roy haviam feito algumas pesquisas juntos. Ann ficou impressionada com o nosso estudo sobre serial killers e concordamos em trabalhar juntos. Em 1982, ela conseguiu um financiamento de quatrocentos mil dólares do Instituto Nacional de Justiça para formalizar a pesquisa e, com a contribuição da UCC, desenvolveu um protocolo de avaliação de 57 páginas para que preenchêssemos após cada entrevista. Esse estudo aumentaria a nossa compreensão sobre a mente criminosa violenta e serviria de base para o tipo de análise de perfil comportamental e de investigação criminal que o FBI pratica até os dias de hoje. Ele resultou na publicação do livro *Sexual Homicide: Patterns and Motives* [Homicídios sexuais: padrões e motivações], que nós três fomos coautores, e mais adiante no *Manual de classificação criminal* (CCM, na sigla em inglês), que pretendíamos que fosse, para os agentes de aplicação da lei, o equivalente ao *Manual de Diagnóstico e Estatística de Transtornos Mentais* (DSM), da Associação Americana de Psiquiatria. Ele apresenta uma gama de crimes e motivações violentas e ajuda os investigadores a identificar o tipo de crime e por que o criminoso pode tê-lo cometido. Alguns, como roubo a banco, eram fáceis de entender. Outros, como assassinato com tortura, podem ser muito mais desafiadores. O que queríamos, em última instância, era traduzir nossa pesquisa psicológica e comportamental em conceitos e terminologias úteis para a aplicação da lei. Por exemplo, dizer a um investigador que um UNSUB parece paranoico com tendências esquizoides pode não ajudá-lo muito numa investigação. Mas dizer que o criminoso é organizado poderia, junto a outros aspectos do perfil, ajudá-lo a reduzir a lista de suspeitos. O CCM já foi revisado inúmeras vezes e agora está em sua terceira edição.

E ainda assim, enquanto eu me afastava do caso de Joseph Paul Franklin, entrevistava outros assassinos e via a UCC ganhar notoriedade dentro do FBI, havia algo sobre Franklin e seus crimes que continuava me assombrando. Quanto mais eu conversava com assassinos e conseguia entender a psique e as raízes motivacionais deles, mais eu percebia que a personalidade de Franklin representava algo mais profundo e até mais perturbador. Todo serial killer e predador violento tenta compensar a própria inadequação e desconta sua raiva e seu rancor no mundo, ou na parcela do mundo que eles insistem que lhes negou o que lhes é de direito. Mas, como eu suspeitava quando Dave Kohl me pediu para estudar aquele caso pela primeira vez — e que agora eu sentia mais profundamente —, Franklin, mesmo atrás das grades, permanecia sendo mais perigoso do que a maioria dos criminosos. Sua dedicação inabalável em fomentar o ódio o transformou em uma potencial inspiração e símbolo para outras pessoas com uma orientação similar. Assassinos infames podem inspirar mentes doentias como as deles, e fim da história. Já Joseph Paul Franklin tinha a capacidade de inspirar um número incontável de jovens que pensavam como ele a embarcar na mesma jornada: de palavras para a atitude, do rancor para o assassinato. Eu sabia que, de um jeito ou de outro, o meu trabalho não estava encerrado com Franklin.

Eu não era o único interessado nele e em suas motivações. No final dos anos 1980, Kenneth Baker, um agente do Serviço Secreto que trabalhara para o gabinete do presidente e que, assim como eu, tinha feito um doutorado baseado nos estudos e nas metodologias que desenvolvera em campo, veio trabalhar temporariamente na minha unidade, em uma colaboração entre o Serviço Secreto e o FBI. Uma das primeiras entrevistas que ele conduziu para o projeto foi com Mark David Chapman, então residente na Prisão Estadual de Attica, perto de Buffalo, Nova York, condenado pelo assassinato do ex-Beatle John Lennon no dia 8 de dezembro de 1980. Chapman, então com 25 anos, tinha atirado em Lennon, de quarenta anos, à queima-roupa quando ele e a esposa, Yoko Ono, voltavam de uma gravação para seu apartamento no Edifício Dakota, na 72nd Street com a Central Park West, em Manhattan. Ele disparou cinco balas de um revólver Charter Arms .38 Special, das quais quatro acertaram o astro do rock.

Nós descobrimos uma gama de similaridades e diferenças críticas entre um assassino próximo e pessoal como Chapman, ou John Hinckley — que tentou matar o presidente Reagan do lado de fora do Hotel Hilton, em Washington, menos de quatro meses após o assassinato de Lennon —, e um assassino do estilo franco-atirador como Franklin. A Unidade de Ciência Comportamental estava completamente envolvida na investigação de Hinckley.

Chapman e Hinckley, assim como Franklin e praticamente todos os assassinos que estudei, sentiam-se profundamente inadequados. Em certo momento, essa inadequação tornou-se sufocante e eles tiveram que fazer alguma coisa. Hinckley colocou em sua cabeça oca e desorientada que podia impressionar o objeto de suas fantasias românticas, a atriz Jodie Foster, matando o presidente e exigindo que ela fugisse com ele em um avião, no qual os dois iriam para alguma ilha escondida e viveriam felizes para sempre. Tanto Chapman quanto Hinckley espelharam suas personas no livro *O apanhador no campo de centeio*, a saga de J.D. Salinger que retrata uma juventude inventada, assim como Franklin se espelhava em *Minha luta*. Todo assassino se convence — de Brutus e Cassius, passando por John Wilkes Booth e Lee Harvey Oswald até hoje — de que as coisas vão melhorar como consequência do seu ato corajoso e histórico.

Quando Ken Baker interrogou Chapman em Attica, descobriu que ele tinha uma forte conexão sentimental superficial com seu alvo. Ele colecionava todos os discos dos Beatles e de Lennon e tinha arranjado diversas namoradas asiáticas para imitar o casamento de Lennon com Ono. Ken entendeu que Lennon se tornou um modelo impossível para Chapman seguir, então ele criou em sua mente um motivo para matá--lo: o contraste entre o discurso de paz e amor de Lennon e a absten-ção de posses materiais com um estilo de vida glamouroso e caro, e o suposto sacrilégio religioso de Lennon depois que Chapman aderiu ao cristianismo.

Mas essas eram meras justificativas. Assim como Franklin culpava outros grupos pelas próprias atitudes. Chapman não conseguia mais lidar com a disparidade entre ele e seu antigo herói, e por isso sentiu necessidade de matá-lo. Isso resolveria dois problemas. Lennon não estaria mais entre nós para servir de comparação para ele, e, ao mesmo tempo, seu nome ficaria ligado eternamente ao de Lennon. Ele não tinha o poder de ser como John Lennon, mas tinha o poder de destruí-lo. Seja lá o que não tivesse conseguido alcançar em sua mísera vida, ele não seria mais um ninguém.

Nós prosseguimos com o estudo sobre assassinos com o mesmo rigor que havíamos dedicado aos serial killers e predadores sexuais, e isso resultou em percepções importantes sobre a mente criminosa. Podemos achar que alguém como Arthur Bremer — o homem que atirou e paralisou o ex-governador do Alabama George Wallace enquanto este fazia uma campanha para a presidência em um shopping em Laurel, Maryland, em 1972, e quem entrevistei para o projeto — deveria ser o extremo oposto de Joseph Paul Franklin. Afinal de contas, ele tentou matar um dos sím-bolos mais poderosos de segregação e intolerância racial, o homem que se postou na frente do auditório Foster, na Universidade do Alabama, para impedir que estudantes afro-americanos se inscrevessem.

Contudo, quanto mais eu sabia, mais eu percebia que Bremer apenas estava tentando provar o próprio valor. Ele havia perseguido o presidente Nixon durante semanas, mas nunca conseguira se aproximar. Desesperado, ele virou sua atenção para um alvo mais acessível. Quando eu o entrevistei, descobri que ele não tinha nenhum problema específico com o governador Wallace.

O único fator que, sem dúvida, é diferente entre Franklin e esses outros criminosos é que ele não era um assassino próximo e pessoal, o que significa que pretendia se safar de seus crimes em vez de queimar na fogueira como um mártir ou envolver-se em alguma fantasia ridícula, como Hinckley. Mas, como veremos, isso não significa que ele tenha planejado tudo com antecedência.

O único procedimento indispensável que desenvolvemos para todas as nossas entrevistas na prisão era que, antes de entrar, deveríamos aprender tudo o que pudéssemos sobre o criminoso e seus crimes. E raramente nos deparávamos com alguém com tanta competência, mobilidade e determinação como Franklin. Seu passado era complicado e sua lista de crimes, longa e provavelmente incompleta. Mas, quando comecei a considerá-lo um objeto de estudo e a ler sobre sua vida atrás das grades e tudo o que havia sido revelado desde que fora preso, em 1981, percebi que nosso entendimento dele como assassino estava muito mais incompleto do que eu supunha.

E, como ficou claro, havia muito mais a descobrir, aprender e estudar sobre sua vida e seus crimes antes de tentarmos conhecê-lo cara a cara.

12

mediatamente após a repercussão da condenação de Franklin, em 1981, autoridades da lei em todo o país tiveram que tomar decisões sobre qual dos múltiplos casos contra ele seria julgado primeiro.

Em Utah, o advogado de defesa, Van Sciver, apresentou uma defesa baseada no fato de que o juiz Jenkins aceitara as evidências de que Franklin tinha agredido um casal inter-racial com um bastão em 1976. Parte da fundamentação jurídica usada pelo advogado de defesa era que o incidente tinha ocorrido muito tempo antes. Mas o resto de sua argumentação era muito mais interessante. Van Sciver alegou que o ataque com o bastão não devia ser apresentado como motivação pois já era evidente para todos o fato de Franklin ser racista; ele estava apenas negando sua participação nos assassinatos em Liberty Park — portanto, o incidente com o bastão era prejudicial, pois o impedia de ter um julgamento justo estritamente relacionado à acusação em questão.

Enquanto Franklin estava no Centro Médico para Detentos Federais, em Springfield, Missouri, para avaliação e registro no sistema penitenciário federal, especulava-se sobre as várias jurisdições nas quais as acusações, tanto estaduais quanto federais, estavam pendentes, assim como quem seria o próximo estado a levá-lo a julgamento e quem abriria mão do lugar na fila. Quando um suspeito é acusado de assassinato em mais de uma jurisdição, não é incomum que haja barganha e negociação para decidir quem vai julgá-lo primeiro. O Departamento de Justiça decidiu retirar as acusações federais de roubo a banco no Arkansas e no Kentucky, para que Franklin pudesse "ser devolvido" às autoridades estaduais e processado pelas acusações de homicídio. Utah seria o primeiro.

Quando Utah estava pronto para julgá-lo pelos assassinatos em Liberty Park, Franklin já tinha trocado quatro vezes de advogados de defesa nomeados pela Justiça. Como se essa volatilidade não bastasse, ele também solicitou que o juiz-presidente do Tribunal do Terceiro Distrito, Jay Banks, se abstivesse do próprio cargo pois "havia demonstrado uma atitude preconceituosa e intolerante com relação ao réu... e age como um lacaio e fantoche do governo federal". Além de essa não ser a melhor maneira de cativar um juiz, achei bastante irônico que um racista autoproclamado opinasse sobre a suposta intolerância de alguém. Na mesma audiência, Franklin pediu que quatro jornalistas de jornal e televisão fossem barrados do seu julgamento porque teriam dito calúnias sobre ele e eram "informantes infiltrados e pagos pelo FBI". Sua paranoia inerente estava exposta, mas ao mesmo tempo ele tinha se tornado um herói para grupos supremacistas brancos, que ameaçavam de morte a equipe de acusação.

Em junho de 1981, o juiz Banks decretou que o julgamento de Franklin por acusações de homicídio no tribunal estadual — após ele ter sido julgado no tribunal federal por violação de direitos civis contra as mesmas duas vítimas — não constituía dupla penalização. Depois de negar a solicitação de Franklin para atuar como próprio advogado de defesa e lembrá-lo do velho ditado norte-americano "Aquele que advoga em causa própria tem um tolo como cliente", Banks tirou a semana seguinte de férias e, então, aceitou o pedido do réu. A condição era que ele se dirigisse ao tribunal de maneira apropriada e recebesse assistência de advogados de defesa. O antigo procurador-geral de Utah, Phil Hansen, concordou em pegar o caso de Franklin, assim como David E. Yocom e D. Frank Wilkins, ex-integrantes do Supremo Tribunal de Utah.

O julgamento teve início na segunda-feira, 31 de agosto, com a seleção dos jurados. O júri final foi composto por sete homens e cinco mulheres, todos brancos. As declarações de abertura ocorreram na quinta-feira, 3 de setembro. Franklin, em um terno azul-escuro e gravata listrada, cabelo comprido louro-avermelhado penteado com esmero, alegou que estava "no lugar errado na hora errada", passando por Salt Lake City a caminho de São Francisco.

Micky McHenry, que agora atendia pelo nome Micky Farman-Ara, a prostituta que Franklin tinha contratado logo antes dos assassinatos, testemunhou no tribunal. Terry Elrod e Karma Ingersol falaram dos tiros disparados enquanto corriam no parque com Fields e Martin. Quando a ex-mulher de Franklin, Anita Cooper, sentou no banco das testemunhas e afirmou que seu ex-marido confessara os assassinatos em Liberty Park, ele a questionou: "Você inventou isso para se vingar de mim, não foi? Essa não seria uma mentira maliciosa, uma mentira deslavada?"

Após um julgamento de quinze dias, no qual 75 pessoas testemunharam, o júri recebeu o caso na sexta-feira, 18 de setembro, e deliberou por cerca de seis horas e meia antes de retornar com o veredito: culpado. As irmãs de Franklin, Marilyn Garzan e Carolyn Luster, estavam no tribunal e choraram em silêncio quando ouviram o veredito final. Franklin não demonstrou emoção alguma.

Durante o recesso até a declaração da sentença na quarta-feira seguinte, Franklin mais uma vez tentou fugir, desta vez de uma sala de espera, escondendo-se em um elevador controlado por senha que conectava o Metropolitan Hall of Justice à cadeia por um túnel subterrâneo. Ele usou uma chave de fenda, que provavelmente pegou de outro detento, abriu o painel de controle do lado de fora do elevador e ligou o mecanismo com uma moeda e um clipe de papel. Sempre fico intrigado como criminosos como Joseph Paul Franklin podem ser tão hábeis para roubar bancos, matar com a precisão de um franco-atirador ou até ter a capacidade de ligar um carro ou um elevador conectando fios.

Policiais e agentes federais correram para fora do prédio e pelas ruas ao redor, que foram isoladas por uma corda. Começou-se uma caçada frenética. Enquanto isso, Franklin pegou o elevador e desceu dois andares até outra sala de espera. John Merrick, o guarda da cadeia que estava sentado atrás de Franklin durante o julgamento, encontrou-o e confrontou-o enquanto ele tentava retirar os parafusos da dobradiça de uma porta que dava no saguão. Guardas também perceberam que ele fizera um pequeno furo no elevador — aparentemente pensando em escapar pelo poço, como nos filmes. Depois de recuperar o detento, Merrick e o delegado Pete Hayward, bastante irritado, levaram-no de volta para o tribunal, sem deixar que o júri soubesse o que tinha acontecido. Ele tinha aproveitado seus quinze minutos de liberdade.

Como Utah era um estado com pena de morte, o júri também precisava decidir se Franklin merecia essa pena. Ao pleitear contra a pena de morte, o advogado de defesa Yocom reiterou que Franklin continuava alegando sua inocência, deixando implícito que os jurados estariam correndo um grande risco ao optar pela pena máxima, que caracterizou corretamente como um "ato final irreparável". E depois completou: "Joseph Paul Franklin é um ser humano inteligente, religioso, engraçado e competente. Se tiver mais uma chance, tenho certeza de que ele poderia fazer uma contribuição ao mundo, ao país e à sociedade. O réu enriqueceu a minha vida. Ele poderia fazer o mesmo por outras pessoas."

Oi? Inteligente? Religioso? Engraçado? Competente? Estamos falando do mesmo Joseph Paul Franklin? Acho que sua inteligência foi usada para matar pessoas e roubar bancos sem ser pego durante anos. Talvez puséssemos dizer que era religioso porque achava que Jesus Cristo apoiava sua missão mortífera. A morte de afro-americanos não é nada engraçado. E se o desejo é ver a visão de Adolf Hitler finalmente levada adiante nos Estados Unidos da década de 1980, então ele era competente. Mas essa não é, jamais, a forma como eu interpretaria esses termos. Ah, e só para constar, até onde sei, Franklin nunca enriqueceu a vida de ninguém, embora tenha dado fim a um número considerável.

Stott retrucou dizendo que as únicas pessoas que mereciam alguma empatia eram as vítimas, que assassinatos com tiros a distância dessa maneira eram um ato covarde. "Os garotos, as vítimas jovens, estavam brincando, rindo, se divertindo, curtindo suas vidas. Eles não sabiam o que os tinham atingido, não sabiam quem tinha feito aquilo, e sequer sabiam o porquê. Do momento em que Joseph Paul Franklin pisou naquele terreno baldio e se escondeu atrás daquele monte de terra com um rifle, ele tomou a decisão de se submeter à pena de morte. Ninguém o obrigou a fazer essa escolha."

E continuou: "As verdadeiras vítimas da circunstância nesse crime foram Dave Martin e Ted Fields. Eram eles que, por acaso, estavam no local errado na hora errada."

Após duas horas de deliberação, o júri retornou ao tribunal, dividido em oito a quatro a favor da pena de morte. Como o veredito precisava ser unânime, o juiz Banks determinou prisão perpétua para cada um dos dois homicídios.

Ao impor a sentença, Banks declarou que recomendaria que Franklin jamais fosse elegível para liberdade condicional. Franklin começou a xingar o juiz e, enquanto era conduzido para fora do tribunal pelos agentes federais, gritou: "É você que não tem moral nenhuma!"

Depois do anúncio da sentença, repórteres perguntaram a Marilyn Garzan o que ela achava da tentativa de fuga do irmão. "É uma pena que ele não tenha conseguido", respondeu ela.

Alguns dias depois, de volta a Montgomery, Alabama, Carolyn Luster falou ao *Birmingham Post-Herald* que Franklin tinha planejado fugir dois dias antes. "Não foi uma oportunidade do momento. Se ele tivesse conseguido fugir, nunca mais seria encontrado."

Pelos termos do decreto, que estabelecia que Franklin devia ficar detido no estado até o julgamento, e como ele não fora condenado à pena de morte, foi levado de volta ao Centro Médico para Detentos Federais do Missouri e ficou sob custódia federal para cumprir sua sentença de direitos civis.

"As autoridades federais têm instalações melhores para lidar com Joseph Paul Franklin", afirmou o procurador de Utah.

NO DIA 31 DE JANEIRO DE 1982, FRANKLIN FOI TRANSFERIDO DO CENTRO MÉDICO DE SPRINGFIELD para a Penitenciária dos Estados Unidos em Marion, no sul de Illinois, inaugurada em 1963 para substituir Alcatraz, a decrépita prisão de segurança máxima da Baía de São Francisco, que tinha um custo de manutenção altíssimo. Na época em que Franklin chegou, Marion tinha a reputação de abrigar os detentos mais violentos e indomáveis do sistema penitenciário federal. Eles só podiam sair de suas celas por uma hora e meia por dia, e as atividades externas eram ainda mais restritas.

Franklin era um condenado bastante conhecido quando chegou e, devido à grande população afro-americana do local, sua reputação se espalhou. Somente três dias depois, Franklin voltou do jantar e estava conversando na cela de outro detento quando um grupo de detentos negros o encurralou e o esfaqueou quinze vezes no pescoço e no abdome com uma espécie de punhal feito de lata. Havia diversos guardas por perto, mas eles alegaram não terem visto o ataque. Franklin foi levado às pressas para o Hospital Marion Memorial e entrou em cirurgia.

"Nós não sabemos se foi algo motivado por preconceito racial ou não", declarou o agente especial do FBI Roberto Davenport, do escritório de Springfield, Illinois. Embora ele estivesse tentando ser cauteloso, eu não via outra possibilidade. No dia 3 de março, Davenport afirmou que seu escritório enviara os resultados da investigação ao procurador-geral dos Estados Unidos, em East St. Louis, Illinois, mas o "processo foi recusado porque Franklin não conseguia identificar seus agressores e por não haver testemunhas que pudessem identificá-los".

Franklin voltou para Marion e foi realocado em uma unidade subterrânea especial, mantida longe dos outros prisioneiros. Era chamada de unidade protetiva K. Tinha celas um pouco maiores com vasos sanitários e chuveiros próprios, nas quais os detentos passavam 22 horas todos os dias. Por segurança, não era permitido que ninguém ficasse do lado de fora da cela ao mesmo tempo.

Como Franklin tinha derramado sangue em estados diferentes e os homicídios de Utah estavam oficialmente julgados, o caso que se tornou a maior prioridade de Washington foi seu possível envolvimento no atentado a Vernon Jordan. O diretor do FBI, William Webster, disse ao *Los Angeles Times* que Jordan tinha sido baleado por uma ou mais pessoas que o estavam perseguindo, que foi um ato calculado e que o FBI tinha descartado quaisquer motivações não políticas e pessoais de emboscada.

Franklin permaneceu como principal suspeito. O FBI determinou, ao comparar a caligrafia nos registros dos hotéis, que Franklin estava na área de Fort Wayne na hora do crime. Por meio do seu advogado, Franklin se recusou a ser submetido ao teste do polígrafo. Eu nunca acreditei muito nesses detectores de mentiras, os quais, na maioria das jurisdições, não são considerados evidências legais. Eu estava convencido de que Franklin tinha o hábito de mentir na cara das pessoas — logo, assim como outros sociopatas que investiguei, não achei que seria desafiador para ele mentir para uma caixa de metal. Compreendemos havia tempos a ideia de que essas pessoas reagem de forma diferente, portanto eu não via como o polígrafo poderia provar alguma coisa.

De sua parte, Vernon Jordan parecia ganhar mais força e determinação quando confrontado pelo horror e pela violência, assim como seu ideal de inspiração, Martin Luther King Jr. Após três meses de recuperação, quando perdeu dezoito quilos, Jordan declarou em uma coletiva de imprensa na sede da National Urban League, em Nova York: "É uma experiência indescritível. De repente, você está estirado na rua sangrando e com total noção de que pode estar morrendo." Ao se negar a especular quem havia atirado nele, Jordan contou: "Não passei os últimos meses concentrado em quem fez isso nem no porquê. Eu estava tentando seguir para a cirurgia seguinte, para o ferimento seguinte, para o remédio com gosto ruim seguinte, para o exercício seguinte... A violência não é novidade para os negros. Nós somos vítimas dela desde que o primeiro navio negreiro atracou nessas terras. Nós reconhecemos que somos vulneráveis em uma sociedade em que o racismo ainda se prolifera."

Mas o legado do crime se ampliou de outras maneiras. Segundo um relato da repórter Masha Hamilton da Associated Press, Fort Wayne ainda agonizava com o atentado a Jordan. "A saúde de Jordan aparentemente foi restabelecida", escreveu ela em 29 de maio de 1981, "mas essa cidade do nordeste da Indiana, de 175 mil habitantes, não vai se recuperar completamente até que o suspeito seja preso, afirmaram oficiais da cidade e líderes negros". Ela descreveu em seguida "um senso de paranoia que existe na comunidade negra local", ressaltando como apenas um único indivíduo maligno pode transformar uma região inteira.

Mas o advogado de Franklin, David Yocom, considerou a busca do governo pelo criminoso do atentado a Jordan "ridícula". Quando um grande júri do Tribunal Regional em South Bend, Indiana, instaurou um processo em 2 de junho de 1982 contra Franklin por violação dos direitos civis de Jordan, Yocom chamou de "desperdício do dinheiro dos contribuintes".

"É ridículo que um homem que esteja cumprindo quatro penas de prisão perpétua consecutivas fosse considerado para uma acusação de pena máxima de dez anos", disse ele à imprensa. "O Departamento de Justiça deve estar precisando ganhar pontos com a população negra." Por outro lado, residentes de Fort Wayne e dos arredores ficaram aliviados e gratos que o crime e o referido agressor estivessem finalmente sendo levados a juízo, segundo reportagens.

Em 11 de junho, Franklin se declarou inocente da acusação e o juiz Allen Sharp marcou a data do julgamento para agosto.

Enquanto os jornais do país inteiro, do *The New York Times* ao *Journal and Courier* de Lafayette, Indiana, referiam-se com frequência a Franklin como "um racista declarado", durante uma audiência pré-julgamento, o juiz Sharp avisou que os procuradores não poderiam se basear em nenhum dos outros crimes de Franklin, comprovados ou suspeitos, para apresentar o caso. "Não haverá um segundo julgamento do caso de

À SOMBRA DO SERIAL KILLER 141

Utah no meu tribunal", declarou. Sharp era cético quanto à estratégia de seguir com o processo federal de direitos civis por parecer não haver evidências suficientes para prosseguir com uma acusação estadual de homicídio. No final do julgamento, ele foi citado pela UPI ao dizer que o caso estava "levando a jurisdição do tribunal federal aos seus limites constitucionais". E estava tão preocupado com o entusiasmo da população com o caso que ordenou que todos os espectadores fossem revistados e passassem pelo detector de metais.

Sem dúvida, seguir pelo caminho dos direitos civis em um caso como o atentado a Vernon Jordan significava se aproveitar de algumas manobras legais, o que parecia ainda mais desafiador do que um julgamento de homicídio. A acusação teria que provar não só que Franklin tinha sido a pessoa a apertar o gatilho, mas que ele havia feito aquilo para *impedir* o usufruto da vítima de instalações públicas *por causa* de sua cor.

A acusação foi liderada por Barry Kowalski, um ativista antiguerra que havia se alistado na Marinha e liderado um pelotão no Vietnã porque achava que não devia ser somente as pessoas pobres a lutar na guerra. Ele já tinha uma boa reputação como procurador de direitos civis e "o pit bull do Departamento de Justiça". Mais tarde, ele seguiria conquistando condenações contra os membros da KKK James Knowles e Henry Hays pelo sequestro e espancamento de Michael Donald, de dezenove anos, em 1981; a condenação em 1988 de neonazistas pelo ataque a tiros ao radialista judeu Alan Berg do lado de fora de sua casa em Denver, em 1984; e a condenação federal de 1993 de dois policiais brancos do departamento de polícia de Los Angeles pelo espancamento de Rodney King em 1991, após terem sido absolvidos no tribunal estadual.

Ainda assim, Kowalski se deparou com empecilhos desde o início. O juiz negou sua petição para incluir evidências dos homicídios de Salt Lake e do caso em que Franklin havia batido com um bastão no casal inter--racial em Maryland, em 1976. Kowalski admitiu para o júri, composto integralmente por pessoas brancas — oito homens e quatro mulheres —, que não havia nenhuma testemunha ocular do crime e que a arma usada jamais fora encontrada, mas garantiu que havia muitas evidências circunstanciais e que dois detentos iriam testemunhar que Franklin havia se gabado por ter atirado em Vernon Jordan. Um deles disse que, ao assistir à cobertura dos assassinatos das crianças de Atlanta na televisão, Franklin expressou aprovação pela morte de crianças negras. Ele era "tão obcecado e com um ódio tão passional", declarou Kowalski, que "tinha tentado tirar a vida de mais um homem".

Especificamente, reiterou: "Franklin atirou em Vernon E. Jordan porque o sr. Jordan é negro e estava acompanhado de uma mulher branca, e porque estava usando as instalações do Hotel Marriott."

No segundo dia do julgamento, o próprio Jordan foi testemunhar, mas admitiu que não tinha muito a contribuir em seu depoimento além de descrever a sensação de "voar pelos ares e sentir uma dor indescritível nas minhas costas" quando a bala o atingiu, enquanto imaginava se estava sonhando. Ele comentou que sequer ouviu o barulho do disparo. Repetiu que não fazia a menor ideia de quem o tinha atacado nem por quê. "Pareceu uma eternidade quando eu estava lá, estirado no chão. Parecia que os paramédicos não iam chegar nunca", afirmou.

O cirurgião Jeffrey Towles testemunhou: "Acho que ele estava o mais próximo da morte possível", comentou ao descrever o ferimento como grande o suficiente para caber seu punho e o quão perto a bala chegou da medula espinhal de Jordan.

Walter White, um segurança de supermercado, relatou ao júri que ouviu Franklin perguntar a um funcionário se o presidente Jimmy Carter estava indo a Fort Wayne e sobre a situação médica de Jordan. Também contou que Franklin disse ao funcionário que o tiro "foi quase perfeito. Se tivesse sido um pouquinho diferente, teria acertado em cheio".

Mary Howell, camareira de um hotel de Fort Wayne, identificou Franklin como o homem que ela conhecera como Joe. Alguns dias antes do atentado, "ele disse que não conseguia entender por que o gerente alugava quartos para tantas pessoas negras" e que "todas as camareiras deviam carregar uma arma para se proteger dos negros".

Steven Thomma, ex-repórter de um jornal de Fort Wayne, testemunhou sobre uma conversa que teve pelo telefone com Franklin na prisão

À SOMBRA DO SERIAL KILLER 143

de Salt Lake. Ele disse que Franklin alegou nunca ter estado em Fort Wayne e que os registros de hotel que a acusação alegava que o situavam na cidade no momento do atentado eram falsificações, com o intuito de incriminá-lo por suas visões racistas. Franklin admitiu ter vendido um rifle .30-06 após anunciar nos classificados do *Cincinnati Enquirer.*

Peggy Lane, repórter do *Enquirer*, afirmou que tinha visto o anúncio publicado nos dias 7 e 8 de junho de 1980. Ela rastreou o número do telefone, que era de um hotel em Florence, Kentucky, a área nobre onde Franklin tinha sido detido pela primeira vez e fugido da delegacia.

Robert Herrera, ex-vizinho de cela de Franklin que despertara tanta raiva no réu quando testemunhou no julgamento em Salt Lake City — onde Franklin foi julgado culpado por violar os direitos civis de Ted Fields e David Martin III —, testemunhou que Franklin confessou ter cometido o atentado em "Fort sei lá o quê, Indiana". Assim como no julgamento anterior, o ímpeto do depoimento de Herrera surgiu com uma ressalva típica de um "detento dedo-duro": embora ele tenha dito que não queria nada em troca do seu tempo no julgamento, exceto uma carta para a comissão de liberdade condicional, descobriu-se que, em outro caso, ele fora pago para testemunhar.

Outro que subiu no banco das testemunhas contra Franklin foi um supremacista branco chamado Frank Abbott Sweeney. Quando ainda estava no Centro Médico para Detentos Federais em Springfield, Franklin e Sweeney viraram colegas. Franklin ficou impressionado com o fato de o outro ter servido no Exército rodesiano, uma de suas aspirações, onde ele sonhava poder matar pessoas negras à vontade. Segundo o relato de Sweeney, Franklin lhe contou suas façanhas ao viajar pelo país atirando em afro-americanos. Ele falou que às vezes passeava por bairros de população predominantemente negra usando uma peruca afro e um disfarce, para observá-los. Por saber da preferência de Franklin por tiros a distância, suspeitei que ele permanecesse dentro do carro em tais ocasiões e que nunca se aproximasse o bastante de alguém que pudesse ver o quão ridículo seu disfarce devia ser. Quando Sweeney recebeu liberdade condicional, entrou em contato com o departamento de polícia de Cincinnati. Os investigadores ficaram desconfiados dele e de suas visões racistas, porém aparentemente impressionados, pois ele achou que, ao assassinar os dois adolescentes em Cincinnati, Franklin tinha ido longe demais.

No tribunal, Sweeney relatou como Franklin lhe confessou ter atirado em alguém importante em Indiana.

"Vernon Jordan?"

"Sim", contou Sweeney, continuando com o que Franklin teria dito: "Eu atirei nele, mas ele não morreu. Pena que não atirei na puta branca antes." Ele alegou também que Franklin disse que ninguém o tinha visto e que não teria como ligá-lo à arma do crime porque "tinha se livrado dela".

Ao ser questionado, Sweeney admitiu que a acusação prometera escrever uma carta a favor dele para a comissão de liberdade condicional de Newark, Nova Jersey, mas que se recusara a pagar pelo depoimento. Ele concluiu que não precisava do dinheiro porque havia herdado 250 mil dólares.

O advogado de defesa de Franklin ganhou um ponto quando conseguiu que uma das últimas testemunhas do governo, Lawrence Hollingsworth, admitisse que sua lembrança sobre a confissão de Franklin, quando os dois estavam na Prisão Estadual de Salt Lake, fora "aumentada" — ou, como disse o advogado de Franklin nomeado pelo governo, J. Frank Kimbrough, "corrompida" por hipnose. Hollingsworth relatou que, quando os dois estavam assistindo a um documentário na televisão sobre o assassinato do dr. Martin Luther King Jr., em 1968, Franklin se gabou dizendo que tinha "atirado ou matado um cara chamado Jordan".

O fato de Hollingsworth estar cumprindo pena por incêndio criminoso e manipulação de júri não ajudou muito.

Kimbrough solicitou um pedido de anulação do julgamento devido à evidência do depoimento "corrompido". O juiz Sharp, que já tinha demonstrado seu comprometimento rigoroso à justiça e à objetividade quando advertiu os advogados de acusação sobre tentar usar as condenações anteriores do réu, declinou o pedido, declarando: "Não é papel do juiz analisar e avaliar a evidência. Os jurados são os juízes dos fatos."

Isso é verdadeiro em termos legais e processuais. Mas o depoimento de detentos, conhecidos como informantes das prisões ou dedos-duros, é uma das áreas mais problemáticas de um julgamento. Brandon Garrett, professor de direito e escritor extraordinário, hoje na Faculdade de Direito da Duke University, considera essa situação uma das cinco razões mais comuns para condenações equivocadas — as outras são: falsas confissões, ciência fraudulenta, conselho inefetivo e má interpretação. A questão é uma faca de dois gumes. Em muitas instâncias, os detentos são os únicos que conseguiriam ouvir uma confissão, se já não tivesse sido compartilhada com a polícia. Só que é inegável que muitos informantes o fazem para causar uma boa impressão para as autoridades sobre a própria situação legal. Sendo assim, o depoimento deles é quase sempre suspeito em algum nível, e os jurados podem ter dificuldade em separar um evento de uma intenção em benefício próprio. O simples fato de que um detento pode ganhar algo com seu depoimento não o anula. Mas todo procurador sabe que o júri vai submeter esse tipo de testemunha a uma avaliação especial.

Também sem a presença do júri, Sharp leu um pedido que Franklin havia submetido, para que o juiz impedisse repórteres judeus de entrarem no tribunal porque judeus controlavam a mídia e tinham lançado uma "campanha de mentiras e calúnias" contra ele. Entre suas acusações, ele alegava que os jornalistas judeus tinham espalhado "propaganda comunista e de igualdade racial". Franklin não era muito coerente, mas era consistente. Não foi surpresa alguma que o juiz Sharp tenha rejeitado o pedido.

Na sexta-feira, 13 de agosto, a acusação terminou sua apresentação após quatro dias de testemunhos, e a defesa iniciou a sua na segunda-feira seguinte. Franklin subiu no banco de testemunhas em defesa própria, como dissera previamente que faria.

"Sr. Franklin, o senhor atirou em Vernon Jordan?", perguntou seu advogado.

"Não, não atirei", assegurou Franklin.

Após discorrer por inúmeras falácias semânticas envolvendo seu racismo, o advogado de Franklin perguntou onde ele estava na noite do dia 28 para 29 de maio de 1980, senão em Fort Wayne. Ele respondeu: "Não faço a menor ideia."

A única testemunha de defesa além dele era Kenneth Owens, um ladrão condenado que havia fugido da prisão, que afirmou que ele e Franklin tinham se tornado grandes amigos no Centro Médico em Springfield e que Frank Sweeney não era considerado honesto pelos colegas detentos. Entendi que isso significava que eles não tinham colocado muita fé no que ele dissera.

Por volta de meio-dia, a defesa terminou sua apresentação.

Nas instruções para os jurados, no dia 17 de agosto, o juiz Sharp confirmou que eles não só tinham que decidir se Franklin havia atirado em Jordan, mas também se o fizera para evitar que Jordan utilizasse as instalações do Hotel Marriott de Fort Wayne, pelo que se definia como violação de direitos civis.

O júri se reuniu trinta minutos mais tarde e deliberou por cerca de oito horas antes de voltar ao tribunal. O oficial de justiça leu o veredito: não culpado. Franklin ergueu a mão direita fazendo o V de vitória e exclamou: "É isso aí!"

"A decisão, embora controversa, em um caso controverso, está de acordo com a lei e com as evidências", disse Sharp aos jurados, enquanto os agentes federais escoltavam sua saída do tribunal.

Do lado de fora, o procurador Daniel Rinzel, que havia prestado assistência para Kowalski, falou: "O júri considerou as evidências e tomou sua decisão, e nós aceitamos o que foi decidido."

Quando repórteres perguntaram se o governo federal buscaria outras formas de processar Franklin, ele respondeu: "Esse caso está encerrado."

Vernon Jordan não fez nenhum comentário.

Um pouco depois da vitória de Franklin, agentes federais o cercaram e o escoltaram para que ele continuasse cumprindo suas múltiplas penas de prisão perpétua na Penitenciária Federal de Marion. Ele estava de volta atrás das grades em menos de doze horas.

Depois, quando o juiz Sharp rescindiu a ordem que impedia que a mídia conversasse com os membros do júri, dois jurados contaram aos repórteres que a maioria deles acreditava que Franklin tinha atirado em Jordan, mas que faltavam provas disso e de sua motivação de privar Jordan de seu direito de usar as instalações do Marriott. Um jurado revelou que eles acharam crível o depoimento de Frank Sweeney sobre as declarações de Franklin. Outro falou que "não acreditou em nada" do que Robert Herrera dissera.

Como divulgado pelo *Indianapolis News*: "O segundo jurado comentou que as deliberações entre culpado e não culpado eram uma questão de olhar para a definição de violação de direitos civis."

"Esse foi o único ponto negativo. Se não fosse por isso, acho que teríamos conseguido que ele fosse condenado."

13

Entre os dias de julgamento e o veredito em Fort Wayne, o procurador de Indianápolis, Stephen Goldsmith, disse que via "pouquíssimo propósito" em seguir processando Franklin pelos assassinatos, em janeiro de 1980, de Leo Watkins e Lawrence Reese. Ele falou que, se isso fosse levado adiante, teria que chamar as mesmas testemunhas que já haviam comparecido no caso de Jordan. Estava preocupado com a credibilidade dos detentos como testemunhas. Também fora influenciado pelo procurador de Fort Wayne, Arnold H. Duemling, que anunciou que não tinha provas suficientes para indiciar Franklin pelo atentado a Jordan no tribunal estadual. Portanto, o caso do atentado a Jordan permaneceu aberto, e a pessoa que atirou nele poderia ainda estar à solta.

Essa é uma decisão difícil para um procurador. Toda família de uma vítima de assassinato com que já lidei quer justiça pelo seu ente querido. E isso significa processar o suposto criminoso pelo crime específico. Não basta o fato de ele ter sido condenado por um crime semelhante contra outras pessoas — como vi em primeira mão nos assassinatos das crianças de Atlanta, quando procuradores achavam que o melhor caso que tinham contra Wayne Williams era de duas crianças de um grupo de quase trinta, que tinham ocorrido em 1979 e 1981.

Por outro lado, os recursos de qualquer procuradoria são limitados e, se um suposto assassino já foi condenado em outro tribunal ou jurisdição e enviado à prisão por um longo período, o chefe do departamento precisa pesar as chances de uma condenação com as consequências de uma absolvição, se o processo vale o tempo e a energia de sua equipe e se um veredito culpado vai acrescentar um tempo de prisão efetivo ao detento que já possui uma pena longa — em outras palavras, se a conclusão de um processo bem-sucedido é a determinação de uma punição, algum resultado prático será alcançado após mais um julgamento? O governo federal, incentivado a processar pelo próprio presidente Jimmy Carter, tinha um motivo diferente para prosseguir com o caso de Jordan, mesmo que a condenação não acrescentasse um tempo significativo à prisão de Franklin. Os federais queriam dar um aviso para qualquer um que cogitasse tentar assassinar outro líder de direitos civis afro-americano.

"Quando um crime público notório é cometido e o governo acredita que há evidência suficiente para entrar com um processo, temos a obrigação de fazê-lo", declarou o procurador Rinzel.

Havia outra questão. Durante muitos anos, crimes contra afro-americanos, principalmente contra seus direitos civis, eram ignorados e ficavam impunes. Para um homem com a psique de Franklin, era natural pensar que certos crimes eram expressões corretas em vez de atos desprezíveis. Durante nosso estudo sobre personalidades assassinas, percebemos que John Wilkes Booth esperava ser recebido como um grande herói e salvador na região Sul após matar Abraham Lincoln. Eu suspeitava que algo similar se passava na mente de Franklin com relação a Jordan.

Para Stephen Goldsmith, em Indianápolis, se ele achasse que havia alguma possibilidade real de Franklin ser libertado da prisão enquanto ainda fosse fisicamente capaz de cometer outro crime violento, tenho certeza de que teria levado o caso adiante.

A três estados de distância, na direção sudoeste, o promotor público de Oklahoma County Robert Macy anunciou sua intenção de começar os processos de transferência de Franklin para a prisão federal de Oklahoma City, para que ele pudesse ser julgado pelos homicídios de Jesse Taylor e Marion Bresette, que ocorreram em 1979 no estacionamento de um supermercado, onde seus três filhos pequenos esperavam e testemunharam o assassinato. Como Oklahoma era um estado que tinha pena de morte, Macy achava que uma condenação pudesse garantir que Franklin nunca mais ficaria livre.

Ele permaneceu em Marion relativamente longe dos olhos da população, e o caso de Oklahoma nunca foi a julgamento. Em janeiro de 1983, Macy retirou as acusações de homicídio, alegando que a chance de conseguir uma condenação não justificava os custos do processo. Algumas das evidências haviam expirado e ele não estava convencido de que todos os relatórios policiais relevantes eram confiáveis.

Preciso admitir que, ao ler essa decisão, fiquei decepcionado. Não acredito na pena de morte na maioria dos casos, mas aquele era um assassino que eu achava que merecia. Podemos debater se a pena de morte é ou não uma dissuasão generalizada; o fato de ser administrada com tão pouca frequência me leva a crer que não muito. Mas é uma dissuasão específica — ninguém que foi executado voltou a cometer um crime. E, levando em consideração a propensão a fugas de Franklin, eu não estava convencido de que a privação dos seus dias fosse definitiva até que ele desistisse de viver.

PROCURADORES DE TODO O PAÍS ESTAVAM OPTANDO POR DESISTIR DE PROCESSAR FRANKLIN, E para muitos assassinos isso teria significado o fim da história — os crimes não solucionados dos quais eram suspeitos permaneceriam não solucionados. A maioria dos criminosos condenados se considerava sortudo quando outros casos não eram passíveis de comprovação por não haver confissão ou novas evidências físicas — portanto, eles mantinham a boca fechada. Mas Franklin, ao contrário, começou a falar.

Embora Robert Herrera o tivesse associado à tentativa de assassinato do editor da revista *Hustler*, Larry Flynt, não havia provas de que ele fora o atirador que disparara em Flynt em Lawrenceville, Geórgia. Flynt estava numa cadeira de rodas e sentia dor constante desde então, uma dor que havia tentando amenizar com quantidades exorbitantes de narcóticos e diversas cirurgias. Até sofrer um derrame que o deixou com dificuldade de fala.

O caso nunca seguiu adiante porque, como tantos outros incidentes com franco-atiradores, ninguém viu o criminoso. Flynt gastara muito tempo e dinheiro tentando descobrir a identidade do atirador. Enquanto ainda estava no hospital, recuperando-se dos ferimentos graves na barriga, contou a Rudy Maxa, na época repórter do *Washington Post*, que estava "convencido de que o atentado à sua vida fora tarefa de uma equipe de assassinos ligada ao governo. O motivo: silenciar suas perguntas sobre a morte de JFK".

Em vários momentos, ele falou para jornalistas que achava que tinha sido baleado pelo "mesmo homem que atirara em Vernon Jordan". Em outra ocasião, conforme relatado no *Atlanta Constitution*, disse que "diversos legisladores e políticos da Geórgia estavam envolvidos no atentado para impedi-lo 'de expor o que está realmente acontecendo no país'".

Em agosto de 1983, Franklin escreveu uma carta para a procuradoria de Gwinnett County, comandada por Daniel J. "Danny" Porter: "Meu nome é Joseph Paul Franklin. Eu atirei em Larry Flynt. Se vocês me levarem para Gwinnett County, conto como tudo aconteceu."

Em vez disso, no mês seguinte, o capitão Luther Franklin "Mac" McKelvey e o sargento Mike Cowart foram a Marion e passaram quatro horas conversando com Franklin. Primeiro, ele disse que a carta era uma farsa, mas depois concordou em ter uma conversa séria com os oficiais.

"No contato inicial conosco, ele nos afastou e nós fizemos o mesmo", contou Cowart ao repórter do *Constitution*, Rob Levin. "Ele demonstrou certo conhecimento sobre o caso e nos deu pistas suficientes para acharmos que tínhamos motivos para acusá-lo. Quanto mais checávamos seu passado, mais suspeito ele se tornava."

Após a visita, McKelvey falou ao telefone várias vezes com Franklin. Embora soubesse que Franklin estava lendo sobre o caso nos jornais, ele disse que o detento forneceu uma informação específica que somente o atirador poderia saber.

Como motivação, a teoria original parecia fazer sentido — de que Franklin não gostava das imagens de casais inter-raciais exibidas nas fotos de sexo explícito da *Hustler*.

Isso desperta outra pergunta: por que Franklin resolveu confessar de repente que era o atirador?

Com a notoriedade que tinha e o atentado brutal contra sua vida, Franklin deve ter sentido que, embora estivesse na ala de segurança máxima de Marion, era um homem marcado. Ele, evidentemente, queria ser transferido para outra prisão, menos perigosa, possivelmente do sistema penitenciário estadual. Ser julgado e considerado culpado de um crime estadual poderia ajudá-lo nisso. E, dada a sua experiência prévia, havia sempre a possibilidade de fugir novamente ao ser transferido para uma cadeia local ou um tribunal.

Há inúmeras razões para que criminosos violentos façam confissões. Se já tiverem sido condenados pelo crime, imaginam que não têm mais nada a perder. Da mesma forma, podem falar se não forem sair da prisão vivos e os crimes que ainda não tiverem sido julgados não forem elegíveis para pena de morte. Alguns estão simplesmente entediados. E outros querem crédito e reconhecimento.

E assim surge uma motivação adicional para as confissões seletivas de Franklin. A maneira mais simples para descrever isso é: quão importantes são os seus "feitos" se você não receber reconhecimento por eles? Um serial killer que sente orgulho e satisfação pessoal de seus crimes sempre estará preso emocionalmente a eles. Ele não pode contar para ninguém sem que seja preso, mas, enquanto os crimes forem um segredo, ele continua sendo um ninguém. Para os criminosos cujo aspecto mais importante da vida é o ato de matar — é o que lhes dá significado —, é emocionalmente difícil não ser associado publicamente aos assassinatos.

Dois dos casos mais famosos sobre isso na minha carreira foram o Filho de Sam, em Nova York, e o Estrangulador BTK, em Wichita, Kansas. Não bastava para o carteiro aparentemente bem-educado David Berkowitz matar casais dentro de carros em 1977 e depois voltar aos locais e reviver a sensação de poder e dominação enquanto se masturbava. Ele precisava do reconhecimento, o que explica ter se autodeclarado Filho de Sam, sacerdote do demônio de três mil anos que existia dentro do labrador de

À SOMBRA DO SERIAL KILLER

seu vizinho, e escrever para o investigador do departamento de polícia de Nova York, o capitão Joseph Borelli, e para o colunista do *Daily News* Jimmy Breslin. Não bastava para o inspetor municipal, aspirante a policial e grande fracassado Dennis Rader realizar seus "projetos" adorados de invadir casas, esperar os moradores retornarem, amarrá-los em poses agonizantes, estrangulá-los e assistir à morte deles. Ele tinha que deixar que a polícia e a mídia soubessem que um serial killer merecia atenção e respeito. Implorando por atenção como Berkowitz, ele também criou um apelido que o descrevia. Rader, que tinha um emprego e passava despercebido em Wichita, não podia revelar quem era, embora chegasse o mais perto da fama que se atrevia ao enviar cartas para a mídia. No fim, foi justamente uma combinação de comunicação escrita e digital que o entregou. Se não fosse por essa comunicação, talvez ele nunca fosse detido.

Não acho que Franklin fosse tão indisciplinado quanto Berkowitz ou Rader, apesar de ser bem irracional de muitas maneiras. Mas, apesar de ele se ver como um homem em uma missão, a publicidade e o reconhecimento eram importantes para ele. Como ele iria liderar uma guerra racial se ninguém soubesse quem era o líder? Não importa se a motivação é gratificação sexual ou "artística", ou um chamado para incitar uma guerra racial e tornar-se um herói dos extremistas racistas de direita. Na melhor das hipóteses, Franklin já estava preso pelo resto da vida, então a glória da notoriedade era um atrativo poderoso. Ele tinha trabalhado duro e dedicado sua vida àqueles assassinatos — em sua cabeça, por que não deveria receber o crédito e a atenção que merecia?

A motivação é ainda mais complexa. Nossa pesquisa já havia revelado que três aspirações de poder operavam na mente de praticamente todos os serial killers: manipulação, dominação e controle. Chegar ao alcance das agências de aplicação da lei e da mídia, fazer com que respondessem ao seu chamado, alternativamente confessar e negar crimes, e ter uma chance de se mostrar e de se expressar em um tribunal público satisfaria esses três desejos, além do fato de que, assim, Franklin sairia de Marion e temporariamente aliviaria o tédio de um cárcere de segurança máxima.

Ironicamente, naquela época, Flynt estava cumprindo a própria pena de quinze meses na ala hospitalar do Complexo Penitenciário Federal em Butner, Carolina do Norte, por desacato ao tribunal ao se recusar a revelar como havia obtido a evidência em vídeo de um caso de tráfico de cocaína contra o empresário automobilístico John Z. DeLorean. E, da prisão, Flynt disse ao repórter Larry Woods, da CNN, que tinha feito um acordo pela vida do presidente Ronald Reagan e o mataria com as próprias mãos "se algum dia eu chegar perto dele". Flynt era muito mais cheio de brios do que Franklin, mas, pela minha experiência em aplicação da lei, eu costumo levar todas as ameaças a sério.

Investigadores de Gwinnett ainda não tinham certeza se o caso era sólido porque, ao mesmo tempo que havia confessado o crime para eles, Franklin deu uma entrevista longa por telefone para o *Cincinnati Enquirer*, em que disse: "Eu odeio Flynt... porque ele publica relacionamentos entre negros e brancos. Mas não tive nada a ver com o atentado contra ele." A essa altura, minha impressão era de que Franklin falava o que quer que estivesse em sua cabeça na hora, ou o que achasse que poderia lhe conceder mais tempo de fala, sem preocupação alguma com a verdade ou com a consistência dos fatos.

E ele estava só começando a falar. Enquanto estava aparentemente querendo confessar os crimes aos quais já era associado, também queria trazer à tona crimes que nunca foram conectados a ele.

No final de 1983, um advogado que representava Franklin entrou em contato com o departamento de polícia de Madison, Wisconsin, e alegou que seu cliente queria conversar sobre um assassinato na jurisdição deles ocorrido em agosto de 1977. Quando o investigador Richard Wallden conseguiu contatar Franklin, em fevereiro do ano seguinte, este lhe contou sobre o assassinato de um homem negro e uma mulher branca em um shopping e o assassinato de outra mulher na primavera de 1980 em Tomah, a meio caminho entre Madison e Eau Claire, área central de Wisconsin.

Sobre o assassinato em Tomah, Franklin disse que tinha visto uma mulher jovem perto do shopping East Towne e oferecido uma carona.

Disse que achou que ela estivesse a caminho de Minnesota. Por fim, descobriu que, na verdade, ela estava a caminho da fazenda dos pais, em Frederic, Wisconsin, com uma parada planejada em Tomah para pegar seu carro, que estava na casa do tio. Ele perguntou onde ela tinha conseguido ficar tão bronzeada. Ela respondeu que voltara recentemente da Jamaica. Segundo Franklin, a mulher contou que preferia os homens jamaicanos aos afro-americanos porque eram mais bonitos. E, com isso, seu destino foi traçado.

Quando estavam perto de Tomah, ele perguntou se ela queria fumar maconha. Franklin saiu da estrada perto do que achou ser um parque estadual. Era um local isolado. Sacou sua Magnum .44 e mandou que ela saísse do carro, como se pretendesse estuprá-la. Enquanto ela se afastava do carro, ele engatilhou a arma e atirou por trás da cabeça dela. Deixou o corpo lá e tirou seus pertences do carro.

Ele alegou que era um hábito dar carona para mulheres porque não achava seguro que ficassem sozinhas, mas, aparentemente, se violassem suas regras de vida pré-estabelecidas, não mereciam viver.

Também em 1980, Franklin contou que deu carona para duas mulheres brancas em um lugar que achou ser Beckley, West Virginia. Ele recordou que elas estavam a caminho de algum tipo de manifestação antinuclear. Lembrava-se de ter visto a frase "Reuniões do Arco-íris" em algum lugar e de elas terem lhe confessado que eram comunistas, o que duvidei. Uma coisa era duas mulheres dizerem que protestavam contra as armas nucleares. Eu duvidava que em 1980 elas se identificariam como comunistas. Achei que a palavra *comunista* era uma das generalizações com quem Franklin descrevia as pessoas que não aprovava.

Durante a conversa com as duas mulheres, ou ele perguntou ou concluiu que elas saíam com homens negros. Ele contou que atirou nas duas com a mesma Magnum .44 com a qual matara a outra moça.

Por mais terrível que esse tipo de crime seja — matar mulheres brancas por contarem de suas relações com homens afro-americanos — e por mais revoltante que fosse para mim, isso não me surpreendia. Só confirmava a obsessão de Franklin com a mistura de raças e com a dominação de uma América branca. Mas havia outro fator que falava diretamente sobre as inseguranças neuróticas de Franklin e de pessoas da sua laia. Um dos clichês mais poderosos no racismo norte-americano é o medo da sexualidade do homem negro. Como era comum que os homens brancos no Sul pré-Guerra Civil estuprassem suas escravas, a ideia de homens negros fazerem sexo com mulheres brancas era o mais abominável que um racista podia conceber. Embora a miscigenação* fosse a grande preocupação — e apesar de os afro-americanos terem lutado contra esse estereótipo e representação por mais de um século —, o risco subentendido que os homens racistas sentiam de serem sexualmente inferiores aos homens negros e, portanto, terem que conviver com a ameaça de perderem suas mulheres foi um fator motivacional de muito do ódio e da violência destilada contra os afro-americanos ao longo de toda a nossa história. Assim que eu soube desses assassinatos, tive certeza de que o medo da inadequação estava acoplado a todo o seu comportamento criminoso compensatório.

Ele não contou mais nada a Wallden sobre o incidente em West Virginia, mas esse acabaria sendo um dos casos mais chocantes e controversos atribuídos a Joseph Paul Franklin.

Os dois conversaram por pouco mais de meia hora. Depois, Wallden ligou para o departamento de polícia de Tomah, que confirmou que havia um homicídio não solucionado na área que Franklin descrevera, no qual uma mulher branca havia sido baleada duas vezes com uma Magnum .44. Seu nome era Rebecca Bergstrom, uma estudante de vinte anos, e o crime tinha ocorrido no parque estadual de Mill Bluff. Seu corpo fora encontrado no dia seguinte, 3 de maio, por dois adolescentes, e ela fora identificada pelo passaporte que carregava consigo. Estava completamente vestida e não havia sinais de estupro. Como encontraram dinheiro em sua carteira, a possibilidade de roubo também foi descartada. A repor-

---

* O termo *miscigenação* hoje é considerado por estudiosos um nome romantizado do estupro sistemático de meninas e mulheres negras e indígenas, iniciado durante o período da escravidão. Contudo, o autor não o utiliza com essa conotação, e sim como um sinônimo para mistura de "raças" (em seus termos). [N. da T.]

À SOMBRA DO SERIAL KILLER

tagem de um jornal local disse na época que ela tinha acabado de voltar das férias de dez dias na Jamaica e arrumado um emprego temporário no banco Frederic. Fora atingida na cabeça duas vezes, e os cartuchos foram encontrados próximo à cena do crime. Não havia suspeitos, embora o delegado Ray Harris especulasse que ela tivesse sido morta por alguém com quem pegara uma carona. Ela foi lembrada por aqueles que a conheciam como uma pessoa simpática e amável.

Por mais inesperadas que fossem essas revelações, o crime não solucionado sobre o qual Franklin estava ligando para a polícia de Wisconsin dizia respeito a Alphonce Manning Jr., negro, e Toni Schwenn, branca, ambos de 23 anos. Eles foram baleados às quatro e meia da tarde do dia 7 de agosto de 1977, no estacionamento do shopping East Towne, em Madison, perto da loja de departamento JCPenney. Depois de checar a informação, o capitão Wallden enviou os investigadores Greg Reuter e Ted Mell para interrogar Franklin em Marion nos dias 16 e 17 de fevereiro de 1984.

Investigadores do departamento de polícia de Madison e da Unidade Investigativa de Crimes Graves só tinham alguns detalhes sobre o crime. Havia a descrição de um homem branco, de uns vinte e poucos anos, com cabelo castanho na altura da orelha, dirigindo um Chevrolet Impala com uma placa de outro estado. A antiga combinação de números em branco e verde correspondiam às placas de Alabama, Idaho, Illinois e Indiana. Testemunhas disseram que o carro bateu no Toronado preto que Manning dirigia. Manning parou e saiu do carro, e o outro motorista atirou nele diversas vezes quando ele se aproximou. Depois, saiu do carro e foi até onde Schwenn estava sentada, no banco do passageiro, e atirou pela janela do carro, enquanto ela tentava escapar, estilhaçando o vidro. O suspeito foi descrito como um homem de 1,78 metro, 77 quilos, vestindo camiseta verde-escura e calça azul. Acreditava-se que o chapéu de aba larga encontrado no banco de trás do carro de Manning era do assassino.

O policial de Madison Martin Micke estava no shopping investigando uma queixa de roubo de carro e conversando com as vítimas dentro de sua viatura. Quando ouviu dois ou três tiros altos, ordenou que o casal saísse imediatamente e correu para a cena do crime, solicitando apoio pelo rádio. Quando chegou, uma das testemunhas acenou para chamar atenção e apontou para o Impala verde saindo do estacionamento em alta velocidade. Micke foi atrás, mas perdeu o carro de vista na confusão de trânsito e pedestres. Ao responder ao chamado de Micke, a polícia montou barreiras nas estradas de saída de Madison, mas não encontrou o Impala.

Schwenn morreu no local na mesma hora. Manning morreu no hospital cerca de uma hora depois.

Segundo o jornal local *Capital Times*, policiais da Divisão de Narcóticos foram chamados à cena para determinar se os assassinatos em plena luz do dia estavam relacionados a drogas. Esse era um tipo de ataque quase rotineiro em áreas populosas, mas os investigadores não descobriram nada que indicasse suspeita de tráfico. O investigador principal do caso, Stanley Davenport, disse que não havia nada no passado de nenhuma das vítimas que explicasse por que elas tinham sido assassinadas.

Em uma carta publicada no jornal na quarta-feira seguinte, uma grande amiga de Schwenn, Cathy Teegardin, especulou publicamente que os assassinatos eram resultado do "racismo" de um "assassino maníaco".

Imaginei que esse devia ter sido um caso emocionalmente difícil para a polícia, pois Schwenn era recepcionista e escrivã do Centro de Detenção Juvenil de Dane County, logo, uma de nós. Durante os dois anos anteriores, desde que tinha chegado na cidade, Manning trabalhava como faxineiro da Madison East High School, onde Schwenn havia se formado cinco anos antes. Ela fazia parte da banda e do grupo de dança.

A mãe de Schwenn, Janet, falou ao repórter Ed Barks, do *Capital Times*: "Para nós, ela era a melhor. Pode perguntar a qualquer um dos seus amigos."

Judy Manning descreveu seu irmão mais velho como uma "pessoa boa, que não incomodava ninguém". Ele foi um jogador exemplar de futebol americano no time da escola em Ruth, Mississippi. Amigos comentaram que ele estava sempre disposto a ajudar qualquer um que precisasse.

"Ele era muito profissional, ético. Não ficava encostado, esperando os outros cuidarem dele", contou sua prima Tenia Jenkins-Stovall a um repórter da UPI. Manning e Schwenn tinham se conhecido numa boate logo que ele chegou em Madison.

A melhor amiga da mulher, Linda Langlois, lembrou: "Ela era superextrovertida e linda. Alphonce era um cara quieto e Toni era expansiva e boba, e os dois formavam um belo par."

Para mim, a vitimologia sempre era parte essencial de todo caso, e eu costumo ficar impressionado com a comparação de personalidades entre as vítimas e o agressor. E aqui nós tínhamos novamente essa situação — indivíduos carinhosos, sensíveis e que gostavam de viver, mas que tiveram suas vidas interrompidas por um sociopata que sequer sabia seus nomes.

Depois de ouvir os policiais lerem seus diretos, Franklin contou aos investigadores Reuter e Mell que tinha ido a Madison com a intenção de matar um juiz do tribunal de Dane County, Archie Simonson, um homem judeu que havia presidido o julgamento de três homens negros acusados de estuprar uma estudante branca, que foram liberados. Ele falou para Reuter e Mell: "Quando ouvi essa história, resolvi ir até lá e matar aquele desgraçado."

Achei o plano dele fascinante de uma visão das mentes criminosas.

Primeiro, o que eu ia fazer era simplesmente caminhar até a porta — descobri onde ele morava —, visitar sua sala durante o dia e encontrar o tribunal em que trabalhava, para que tivesse certeza de que não estava indo atrás da pessoa errada, sabe? Odeio matar alguém inocente, sabe? Então pensei que podia descobrir como era a cara dele, depois ir até a porta da sua casa um dia, num fim de semana ou algo assim, quando ele estivesse lá. Eu estaria com a pistola bem aqui atrás para poder resolver rapidamente.

Entre outras coisas, essa passagem demonstra que ele agiu de acordo com o que acredita e que acha que seu sistema está acima das leis estabelecidas. É ele que decide quem é inocente, quem é culpado e quais deveriam ser as regras da sociedade.

Se ele não conseguisse atirar no juiz, tinha um plano B: "Eu tinha acabado de explodir uma sinagoga em Chattanooga, Tennessee, sabe? Além disso, era a casa de um judeu [ele parecia se referir à casa do rabino]... Eu também estava pensando em outra explosão, eu tinha cinco ou seis dinamites que haviam sobrado e uns oito detonadores, podia explodir o carro do judeu quando ele entrasse, se atirar não fosse viável."

O que aconteceu de fato, segundo ele, foi que estava dirigindo na direção do prédio do tribunal para conhecer Simonson de vista quando viu duas mulheres esperando num ponto de ônibus. Ele deu uma carona para elas até o shopping East Towne. Quando estava saindo do shopping, outro carro saiu da vaga no estacionamento, bloqueando seu caminho. O carro estava indo muito devagar, no meio da pista. Franklin buzinou. O outro carro parou, e o motorista, que era negro, saltou do veículo e começou a andar na direção do carro de Franklin. Uma mulher branca permaneceu dentro do veículo. Como ele tinha duas armas carregadas e um monte de dinamite no porta-mala, e achou que pudesse ter sido visto por uma patrulha da polícia, não quis entrar numa briga com o cara e chamar a atenção dos policiais. Então, como às vezes acontecia, ele foi fatalista. Se fosse para ser preso, que fosse em serviço de sua "missão". Ele abriu a porta do carro, atirou duas vezes no homem, Alphonce Manning Jr., caminhou até o carro dele e deu dois tiros pela janela do passageiro, matando Toni Schwenn enquanto ela tentava escapar. Ele se lembrou do seu chapéu preto de feltro caindo no chão enquanto voltava para o carro. Descreveu-o em tantos detalhes que os investigadores tiveram certeza de que era o chapéu encontrado na cena no crime.

Aquilo correspondia aos depoimentos que as testemunhas deram à polícia depois do assassinato, quase sete anos antes. Franklin contou como ele fugiu pela East Washington Avenue, depois pela Interestadual 90, então deu meia-volta, retornou a Madison, parou em um McDonald's, dirigiu sem rumo até que diminuísse a quantidade de polícia na rua e voltou ao Hotel Ramada, onde tinha dormido na noite anterior. Deixou a cidade no dia seguinte.

Quando estava chegando na rodovia interestadual, ele avistou vários policiais, que aparentemente não o viram. "É evidente que Deus os cegou", afirmou Franklin. Depois se soube que a polícia estava naquele local lidando com um acidente que envolvia um caminhão de gado, e os policiais estavam ocupados ajudando os motoristas e amarrando vacas.

Isso parecia bastante realista para mim. Não era o tipo de assassinato pelo qual ele seria aclamado, portanto eu não achava que era inventado nem aumentado. Na verdade, era uma espécie de fracasso, uma vez que ele tinha divergido de sua missão declarada de matar o juiz Simonson. Como a manipulação, a dominação e o controle ainda eram as principais motivações de Franklin, ele não parecia muito interessado em mentir enquanto revelava mais um crime.

Ao observar esse duplo assassinato, era claro que essas mortes foram uma virada significativa. Foi esse crime que abriu suas barreiras emocionais, que desencadeou o seu reinado de terror. Ele já tinha ameaçado o candidato à presidência Jimmy Carter. Alegou ter explodido uma sinagoga. Mas a caminho de matar um juiz supostamente judeu, ele tinha se deparado, por acidente, com a personificação de seu ódio e sua missão e viu-se capaz de matar de forma espontânea. De repente, ele sabia que conseguia fazer aquilo e que podia se safar.

Todo serial killer tem algumas experiências de formação ao longo de sua trajetória. Essa foi crucial para Franklin. Ele não havia pensado com antecedência; não fora um assassinato planejado. Mas o fato de ter tomado essa "decisão" no calor do momento lhe dera confiança, mesmo subconscientemente, de que podia matar em qualquer circunstância sem hesitação. Isso, para um homem como Franklin, era libertador. Representava um poder supremo.

Embora Franklin não fosse um serial killer sexual, como costuma ser a maioria, eu podia ver um traço em comum com praticamente todos eles: a despersonalização e a objetificação de suas vítimas. Elas não eram seres humanos para ele — eram meros estereótipos de homens afro-americanos e mulheres brancas. Essa total falta de empatia não só o guiava, como também permitia que ele cometesse esses crimes insensatos e absurdos e falasse sobre eles com serenidade anos depois. Ao corresponder aos estereótipos em sua mente, as vítimas não eram mais "inocentes", o que tornava suas mortes justificáveis.

Ao mesmo tempo que despersonalizava suas vítimas, de uma maneira bastante paranoica ele tinha uma visão exaltada da própria importância e uma crença sistematizada e detalhada na mecânica das organizações, que ele insistia que lhe perseguiam.

Acho que estão tentando se livrar de mim, eu sei coisas demais sobre o governo, sobre a conspiração internacional comunista e judaica, o que os judeus estão fazendo, toda a política de direita, todos os nazistas. Os judeus comandam cada uma delas e conseguem descobrir os nomes de todas as pessoas que se sentem como eu, brancos racistas e tal, sabe? Eles mantêm arquivos com nossas informações, monitoram nossas atividades, coisas assim. Se você já tiver sido membro de algum grupo, eles podem automaticamente condená-lo com qualquer acusação, tipo, se você estava com os nazistas, com a Ku Klux Klan ou com Partido Nazista Americano. Tudo o que precisam fazer é ficar diante de um júri e dizer que o cara é um membro, e isso é assassinato profissional, então ele é culpado, e assim você até se esquece que vai a julgamento e tal.

ELE ENTREGOU AOS INVESTIGADORES ALGUNS PANFLETOS. "LEIAM ESSES PANFLETOS", SUGERIU ELE.

"Isso?", indagou Mell.

"Tem muita verdade neles."

"Tá bem", respondeu Reuter.

"É isso que está acontecendo no mundo."

14

Franklin estava recebendo muitas visitas de oficiais. Logo após a conversa pelo telefone com o capitão Wallden e o interrogatório de dois dias com os investigadores Reuter e Mell, o delegado adjunto Ronald Pearson, de Monroe County, Wisconsin, foi a Marion com Ernest V. Smith, um agente do Departamento de Justiça de Wisconsin, para falar com Franklin sobre o assassinato de Rebecca Bergstrom, a andarilha para quem ele deu carona. Pearson e Smith conseguiram uma confissão, e Pearson afirmou que ele deveria esperar que uma acusação fosse registrada na semana seguinte.

Quando repórteres perguntaram qual tinha sido a motivação do crime, ele respondeu: "A mesma de Madison. A cor."

E infelizmente a polícia estava mais perto do que qualquer um achava de ligar o crime a Franklin. Como ficaria evidente após a confissão, a polícia estava na cola dele. Logo após os assassinatos no estacionamento do shopping East Towne, dois investigadores do departamento de polícia de Madison, Charles Lulling e Steven Urso, identificaram a placa originária do Alabama e foram a Montgomery em busca de registros de automóveis. Depois de verificarem milhares, eles chegaram em 55 proprietários de Chevrolets 1967 que moravam na área de Mobile. Os dois pretendiam entrar em contato com todos eles e interrogá-los, mas, depois de conversarem com cerca de quinze pessoas, foram chamados de volta a Madison porque achavam que não estavam obtendo progresso.

Lulling e Urso discordaram. Eles estavam convencidos de que o atirador estava entre as 55 pessoas e que, assim que falassem com ele, saberiam.

"Tudo o que precisávamos era confrontá-lo, e teríamos vencido a batalha", disse Lulling, na época já chefe de uma agência de detetives particulares, ao *Wisconsin State Journal* em 1984. "Não tenho a menor dúvida disso."

Em uma coletiva de imprensa na sexta-feira, dia 2 de março de 1984, o chefe da polícia de Madison, David Couper, contestou a avaliação de Lulling, dizendo que o investigador principal Stanley Davenport tinha exigido que os dois voltassem porque eles não tinham conseguido pista alguma.

Enfim, Joseph Paul Franklin seguiu adiante, matando pelo menos mais dezenove pessoas.

NO AUGE DA CONFISSÃO DE FRANKLIN SOBRE OS ASSASSINATOS DE WISCONSIN, SUA LISTA DE visitantes em Marion continuava crescendo, uma vez que ele seguia falando.

Um dos casos que Franklin mencionou durante o interrogatório de dois dias com Reuter e Mell foi a explosão da sinagoga em Chattanooga, Tennessee, na noite de 29 de julho de 1977, que a polícia nunca tinha conectado a ele. A explosão detonou a sinagoga Beth Shalom e espalhou estilhaços pelo quarteirão inteiro, ao redor do prédio de madeira e cimento. Quebrou as janelas de um hotel nas redondezas e acordou o rabino Meir Stimler, que dormia em sua casa atrás da sinagoga. Segundo a Associated Press, testemunhas "disseram que uma parte do teto foi lançada pelos ares e pousou a uns vinte metros dali completamente intacta, na frente da estrutura demolida". Pelo horário da explosão, ninguém foi morto nem ferido.

A princípio, aparentemente incapaz de compreender como alguém explodiria intencionalmente uma casa de fé, o rabino Stimler descartou a possibilidade de haver uma bomba, mesmo com uma cratera de cinquenta centímetros de profundidade no meio da construção.

Especialistas do esquadrão antibombas da polícia tinham uma opinião diferente. Quando examinaram o estrago, encontraram a presença de nitrato debaixo de onde estavam as tábuas do piso e um fio usado para detonar um dispositivo explosivo. Uma longa extensão aparentemente fora ligada a uma tomada na parede externa do Hotel Airport, a cerca de sessenta metros dali. Um especialista em explosivos afirmou que a bomba era "de alto nível e muito sofisticada". Um vizinho relatou que, quando sentiu sua casa tremer, achou que fosse um acidente de avião.

Ainda assim, mais de seis anos depois, o caso permanecia aberto. Ao revelar os crimes de Wisconsin, Franklin trouxe à tona seu conhecimento sobre explosivos — uma habilidade, assim como roubo a bancos, que ele dominou durante toda sua carreira criminosa —, que o levou a relembrar as vezes em que usou bombas para tentar matar pessoas.

"Não é muito difícil", revelou Franklin. "Mas se você não souber nada sobre explosivos, pode acabar se explodindo em pedacinhos. Coloquei 22 quilos de dinamite lá dentro, bem debaixo da sinagoga, e liguei um fio por todo o caminho de grama ao lado do hotel. Descobri que não tinha judeu nenhum lá dentro, então conectei o fio à tomada... *Bum!* Ela simplesmente se desintegrou, cara. Foi notícia nos grandes jornais, sabe? Na verdade, li sobre isso quando estava lá em Ohio."

O crime entrou no arquivo de casos não solucionados da ATF e lá estava desde então, mas talvez compartilhar a história com os investigadores de Madison, Reuter e Mell, tenha deixado Franklin mais disposto a falar, pois mais uma vez ele chamou a polícia para conversar. No dia 29 de fevereiro de 1984, menos de duas semanas após Reuter e Mell o interrogarem, o agente da ATF George Bradley e o inspetor da polícia de Chattanooga Charles Love chegaram. Os investigadores de Wisconsin, Pearson e Smith, seriam os próximos da fila.

A primeira coisa a fazer era ler os direitos dele enquanto gravavam a conversa.

—Você está disposto a fazer uma declaração para nós sem a presença de um advogado? — perguntou Love.

—Sim, estou.

—As primeiras perguntas serão sobre a explosão da sinagoga Beth Shalom.

—Está bem.

A motivação para a confissão parecia ser a mesma do atentado a Flynt — uma combinação do desejo de receber créditos, aliviar o tédio e, quem sabe, enumerar algum tipo de inventário pessoal, agora que ele não tinha nada para fazer além de pensar no seu passado. De forma meticulosa, os investigadores acompanharam o plano de Franklin — onde ele tinha comprado a dinamite e o quanto adquirira; como vigiou o local à noite e encontrou um espaço debaixo da construção onde se arrastar para colocar o pacote de 22 quilos de explosivos em gel e cinco dispositivos de dinamite; como procurou um local ao redor para plugar a tomada e detonar a dinamite; como passou a extensão elétrica até o hotel; e, por fim, como ligou para a sinagoga para perguntar quando eles fariam o próximo "encontro", "fingindo que estava interessado em comparecer a um dos encontros deles". Ele confirmou tudo o que os investigadores tinham concluído.

—Voltei lá no dia em que marcaram o encontro e liguei mais uma extensão à ponta do fio, que eu tinha lá no hotel.

—Você continuou lá e assistiu ao resultado depois de detonar a bomba?

—Não, achei que tinha que me mandar o mais rápido possível.

Love mostrou para Franklin fotos da sinagoga após a explosão, incluindo uma de cima, e pediu que ele identificasse os prédios ao redor. Franklin parecia bem interessado em analisar a foto.

—Cara, isso foi logo depois? — perguntou ele.

—Correto — respondeu Love.

—Cara! Explodiu essa árvore também? Aquele troço se espalhou mesmo.

Franklin estava muito impressionado com o próprio trabalho.

Essa dimensão da personalidade criminosa de Franklin era muito interessante para mim em termos da nossa análise de M.O. e assinatura. Normalmente, os meios de cometer um assassinato são uma parte inerente da assinatura — como o estrangulamento e a tortura mental eram para Dennis Rader; a tortura física e o terror eram para pervertidos sádicos como Lawrence Bittaker, Roy Norris, Leonard Lake e Charles Ng — ou é um M.O. — como era para Ted Kaczynski com a manufatura de bombas. Dito isso, assassinos matam com os meios que acham mais confortáveis. Via de regra, um atirador permanece um atirador, um bombardeiro permanece um bombardeiro e um estrangulador permanece um estrangulador. Talvez possa haver evolução na seriedade dos crimes, como Peeping Tom se transformar em estuprador ou um incendiário como David Berkowitz se transformar em um assassino. Mas eles tendem a manter sua forma preferida de violência.

Franklin era diferente. Ele não parecia focar no ato em si, mas nos resultados, adequando os meios à situação. No caso dele, era a assinatura que importava: matar afro-americanos, judeus e pessoas associadas a eles. Mas o M.O. era fluido e adaptável. Ele fazia o que fosse preciso para roubar um banco com sucesso e aprendia com cada experiência para melhorar na vez seguinte, como um jogador de beisebol ajusta sua posição ou seu movimento para aumentar sua média de acertos. Ele tinha iniciado sua missão jogando uma bomba em uma casa particular em Maryland e explodindo uma sinagoga em Chattanooga, mas, para sua decepção, nenhum dos dois atos resultou em mortes. Em determinado momento, acredito eu, ele decidiu que seus esforços tinham que ser mais diretos. Era um excelente atirador, pois havia aperfeiçoado essa habilidade após o acidente que lhe causara cegueira quando criança, portanto foi o caminho que seguiu. Por ironia, é como se esse extremista de direita que largou a escola tivesse inconscientemente adotado o slogan popularizado por intelectuais de esquerda como Frantz Fanon, Jean-Paul Sartre e Malcolm X: *Por qualquer meio necessário.*

—Quanto tempo você passou em Chattanooga antes de explodir a sinagoga? — perguntou Love.

—É... Deixa eu pensar. Na verdade, eu estava lá, comprei os explosivos e depois fui embora, então foi rápido. E depois voltei para cá. — Surpreendentemente, Franklin seguiu para mais uma confissão: — Primeiro, eu queria, depois comprei os explosivos na loja em Chattanooga, e então fui até Maryland e resolvi lançar uma bomba na casa de um judeu, enquanto ainda estava lá.

—E de quem era essa casa em Maryland? — perguntaram os investigadores.

—De um judeu chamado Morris Amitay, Morris A-M-I-T-A-Y.

— E como você o escolheu?

—Ah, eu estava lendo, por acaso, o *Washington Post* um dia, e dizia algo sobre um lobista israelense fazendo alguma coisa lá, sabe?... Então, como eu tinha familiaridade com Rockville e Silver Spring, em Maryland, eu conhecia aquela área. Fui até lá e procurei por ele... passei pela casa dele. Ele morava numa esquina, e conferi algumas vezes. Depois voltei lá uma noite, bem tarde, e explodi tudo.

Quatro dias antes da explosão da sinagoga Beth Shalom, a casa do advogado e diretor-executivo do Comitê Americano de Relações Públicas para Israel (AIPAC, na sigla em inglês), Morris J. Amitay, no bairro de Flower Valley, em Rockville, Maryland, uma área nobre da capital, fora atingida por uma bomba. A casa de dois andares foi gravemente degradada com a explosão às 3h20 da madrugada, e apesar de Amitay, sua mulher, Sybil, e seus três filhos terem conseguido escapar ilesos, perderam o filhote de beagle da família, Ringo, de seis meses, que estava na sala, no andar de baixo. Janelas foram quebradas e pedaços dilacerados da casa foram encontrados a cinco quarteirões de distância. "Não sei como as pessoas saíram dali vivas", comentou um dos bombeiros.

Amitay, de 41 anos, era ex-oficial do Serviço de Relações Exteriores e ex-assistente legislativo e de política internacional de Abraham Ribicoff, antigo secretário de Saúde, Educação e Bem-Estar do presidente Kennedy e senador de Connecticut. Amitay relatou que a família não fora ameaçada e não fazia a menor ideia de quem podia ter cometido o crime, embora a polícia especulasse que o ataque pudesse ter conexão com o fato de Amitay ser conhecido como um dos lobistas líderes de Israel em Washington. Investigadores disseram que eles não tinham certeza se a explosão tinha como objetivo matar a família ou somente assustá-la.

"Ninguém ligou para levar os créditos pelo feito", afirmou na época o porta-voz da polícia, Philip Caswell. Não é raro em crimes terroristas que o grupo responsável ou outros com objetivos similares assumam a responsabilidade publicamente.

I. L. Kenen, presidente honorário da AIPAC, disse que achou que os responsáveis eram "anti-Israel, antissemitas ou pró-árabes".

Para mim, é interessante observar que, naquela época, presumia-se que um crime dessa magnitude era cometido por um grupo em vez de por um indivíduo. Burton M. Joseph, presidente nacional da Liga Antidifamação da B'nai B'rith, disse estar chocado e pediu que o FBI e a polícia dessem continuidade à investigação com "execução rígida, para que os delinquentes terroristas sejam detidos o mais rápido possível".

Agentes da polícia e da ATF determinaram que a explosão havia sido causada por dinamite e detonada com um fio elétrico de 120 metros. Em uma semana, oficiais federais começaram a coordenar investigações das explosões de Chattanooga e Rockville pela ATF. O porta-voz da agência disse que, após uma explosão, um "computador vasculha todos os nossos casos de explosão e reconhece similaridades. Imediatamente começamos a trabalhar nos casos juntos".

Franklin desenhou um diagrama da casa de Amitay e descreveu para Bradley e Love como ele havia determinado onde colocaria o dispositivo explosivo:

Suspeitei que fosse possível que, como a esquina ficava mais distante da rua, da ponta da rua, que ele... que o quarto da casa ficasse bem ali, entende? Então, decidi seguir minha ideia e explodir a esquina, bem no canto, para que matasse mais dos... sabe, quando explodisse... Mas descobri depois que eu estava errado. Não matou ninguém, sabe? Explodiu só o cachorro deles.

Quando eles terminaram de fazer perguntas sobre crimes específicos, Bradley esclareceu: "Por você ter conversado conosco e relatado o que fez e o que sabe, não lhe prometemos nada sobre o que podemos fazer no Tennessee com relação a esse crime."

Franklin respondeu que só queria ser transferido da penitenciária federal, mas que não esperava nada em troca. Bradley lembrou a ele:

—Você sabe que está confessando um crime grave, certo?

—Não acho grave — retrucou Franklin. — Nem mesmo considero um crime. Acho que foi bom.

Quando Love perguntou por que ele escolheu a sinagoga de Chattanooga para explodir, em vez de uma em Nova York, Franklin respondeu:

—Eu conhecia Chattanooga e consegui comprar dinamite lá.

Achei uma declaração interessante, pois isso mostrava que mesmo um assassino guiado por uma missão como Franklin cometia seus crimes dentro de uma zona de conforto básica.

Depois de negar envolvimento com o atentado a Larry Flynt, ele admitiu associação em todas as organizações de extrema-direita que tínhamos documentadas, mas depois explicou por que saiu de todas. "São controladas por judeus e viados, e informantes do FBI. E na verdade, a Liga Antidifamação (ADL) controla tudo." Embora essa seja uma explicação um pouco diferente da que ele dera anteriormente, sobre por que se desligara dos grupos de ódio, a resposta é consistente em seu desprezo pelos ex-camaradas. E, mais importante: acho que demonstra a crescente paranoia de Franklin.

Sua resposta seguinte confirmou a paranoia.

—Alguém ajudou você de alguma maneira? Você contou para alguém o que estava planejando? Ou alguém o encorajou a fazer isso? — perguntou Love.

—Se contei para alguém? Não, nada disso. Eu nunca contei nada para ninguém. Os únicos que sabiam eram eu e Deus. Sempre fui assim. Nunca contei nada para ninguém sobre as coisas que fiz. Eu não confiaria em nem uma única alma, sabe? É por isso que agi durante tanto tempo sem ninguém me pegar. Eu nunca contei nada para ninguém.

"Em cada um dos casos", relatou a AP, "os investigadores dizem que Franklin foi capaz de fornecer detalhes de informações-chave que não poderiam ser do conhecimento de ninguém que não estivesse na cena do crime".

15

Em algumas semanas, Franklin confessou uma quantidade arrebatadora de crimes e, diante dessas novas confissões, o Tennessee foi o estado mais rápido a reagir.

No dia 12 de julho, após um julgamento de dois dias, o júri do Tribunal Criminal de Chattanooga demorou uns 45 minutos para declará-lo culpado pela explosão da sinagoga em 1977. Havia um rastro forense bem claro na compra de explosivos na loja de departamento de Chattanooga com o nome e as impressões digitais no histórico de transações que correspondiam aos de Franklin. Os dois advogados da defensoria pública local que o representaram tentaram convencer o júri de que a confissão gravada de Franklin era só mais uma das muitas mentiras dele, com a intenção de ser transferido de Marion. Foi uma dinâmica atípica de tribunal, com a procuradoria tentando convencer o júri de que o réu estava dizendo a verdade, enquanto a defesa tentava mostrar que ele estava mentindo.

Apesar de Franklin ter se recusado a depor, a estratégia do advogado meio que caiu por terra depois que o procurador Stanley Lanzo sugeriu que Franklin era um covarde, em vez do machão que demonstrava ser. Ao contar ao júri que ele estava em uma unidade protetiva em Marion por causa do que os detentos negros pensavam sobre ele, Lanzo comentou: "Ele deveria voltar a viver em sociedade para que as pessoas pudessem testá-lo e ver se ele é um homem de verdade."

Isso foi demais até para Franklin. Ele perguntou ao juiz Douglas Meyer se poderia fazer um declaração de refutação. O juiz concedeu, avisando ao júri que o réu tinha decidido fazer o próprio argumento final. Seus advogados não ficaram muito satisfeitos, e preciso admitir que a oratória dele foi convincente, pelo menos em termos decisórios sobre a conclusão do julgamento.

"Os judeus controlam o governo norte-americano", afirmou Franklin ao júri de oito homens e quatro mulheres, incluindo dois afro-americanos. "Eles controlam a mídia, controlam os governos comunistas, controlam as democracias ocidentais. Eu confesso que explodi a bomba na sinagoga — fui eu, sim. Era uma sinagoga de Satanás.

"Este país foi fundado por homens brancos que acreditavam em Jesus Cristo. Eles foram destruídos por ateus. Só queria dizer uma coisa: o único jeito de o homem branco sobreviver é ajoelhando no chão e rezando para Deus, e aceitar que Jesus Cristo é o seu salvador."

Essas declarações falam por si, e podemos ver como "ajudaram" o júri a chegar num veredito. Por outro lado, para um analista de perfis criminais como eu, o discurso forneceu algumas perspectivas interessantes sobre a personalidade de Franklin. Primeiro, ele não queria irritar os jurados nem virá-los contra ele. Pelo contrário, ele estava declarando algo em que acredita e queria convencê-los disso. Franklin não esperava que o júri o liberasse, principalmente os dois membros negros. Continuaria preso por um bom tempo, independentemente daquele resultado. Mas queria, de fato, que eles entendessem por que ele havia feito o que fizera e por que sentia orgulho daquilo. Queria dar sua declaração — se a mídia controlada pelos judeus publicasse — para inspirar outros a se unir à sua causa. Portanto, há um equilíbrio psíquico delicado entre sua fantasia paranoica bizarra e o raciocínio lógico de como conseguir difundir sua mensagem.

Segundo, fica claro que dentro do seu sistema lógico paranoico, ele realmente acredita que é um cristão e crente devoto. Será que Jesus ia querer que seus seguidores saíssem por aí caçando judeus e negros? Nenhuma pessoa racional acharia isso, e ainda assim ele havia convencido a si mesmo de que estava em uma missão sagrada ordenada por Deus, e que Jesus estava dizendo a ele o que fazer. Na verdade, ele se apresentou psicologicamente contra a acusação de que o que fizera era errado ou maldoso, portanto não precisava sentir remorso nem arrependimento. É o mesmo mecanismo em que serial killers com motivação sexual despersonalizam suas vítimas. Ele é sustentado pela total falta de empatia e pela ideia narcisista de que eles próprios são os únicos que importam.

Eles são insanos? Não, não por definição legal. Só são pessoas muito ruins.

O juiz Meyer condenou Franklin de quinze a 21 anos de prisão pela explosão, e de seis a dez anos adicionais por posse de explosivos. As penas deveriam ser cumpridas consecutivamente, embora todo mundo no tribunal soubesse que a sentença era simbólica, já que não poderia ser aplicada até que Franklin cumprisse as duas penas de prisão perpétua pelos homicídios de Salt Lake City.

Mas o simbolismo era importante para o juiz. "Os judeus foram perseguidos por dois mil anos", afirmou ele. "Mas, apesar do que está acontecendo no Oriente Médio e na Irlanda, é importante que saibam que nós não toleraremos crimes contra a humanidade."

QUANDO O JULGAMENTO DE FRANKLIN CONTRA OS CRIMES DE MADISON COMEÇOU, NO TRIBUNAL de Dane County, na segunda-feira, 10 de fevereiro de 1986, ele negou a confissão que fizera na prisão para os dois policiais. No mês anterior, o juiz William D. Byrne rejeitara o pedido de Franklin de que sua confissão fosse omitida. Porém, permitiu que ele atuasse como seu próprio advogado, com a orientação do advogado e ex-defensor público William Olson.

Ao levar o caso do duplo homicídio Manning-Schwenn a julgamento no tribunal de Dane County, o procurador do distrito Hal Harlowe explicou que, com base nas sentenças que cumpria, era possível que Franklin fosse elegível a condicional em 1990, e que buscava mais condenações por homicídio para garantir que ele nunca fosse solto. "Para o meu choque, realmente não havia nenhuma garantia de que ele nunca sairia da prisão."

Eu não costumo fazer comparações entre assassinos reais e personagens ficcionais, mas de certa forma — não inteligente — Franklin era semelhante a Hannibal Lecter, personagem do livro de Thomas Harris, que supostamente também estava cumprindo prisão perpétua, mas todo mundo continuava com medo dele e do que aconteceria se algum dia ele saísse de sua cela. Franklin havia provado repetidas vezes ser uma máquina de matar eficiente e cheia de ódio.

Falando em defesa própria, Franklin insistiu para mais um júri composto somente de pessoas brancas que fingira aquela confissão para sair de Marion e que tinha lido os detalhes do crime nos jornais. "Eu só queria um alívio temporário da Penitenciária Federal de Marion, Illinois, devido às condições brutais de lá."

Em seguida, ao referir-se a si em terceira pessoa, argumentou: "As evidências nesse caso vão mostrar que o réu não foi o autor desse crime. Não há prova alguma aqui além de uma confissão, e o réu alega agora que a confissão é falsa." Ele explicou que foi torturado e obrigado a confessar, o que era um absurdo evidente para qualquer um que ouvisse a gravação.

A segurança no tribunal estava reforçada e as pernas de Franklin, algemadas, embora o júri não conseguisse ver, uma vez que ele estava sentado atrás da mesa de defesa coberta por uma toalha comprida. Harlowe colocou a gravação da confissão para o tribunal ouvir, na qual Franklin descrevia que tinha ido à cidade usando o nome falso John Wesley Hardin, em homenagem ao famoso atirador e criminoso faroeste, com a intenção de assassinar o juiz Simonson, mas que acabou atirando no casal jovem no estacionamento do shopping.

Johanna Karen Thompson, uma funcionária do Ohio State Bank de Columbus, identificou Franklin como o homem que apontara um revólver Magnum .357 para sua cara em 2 de agosto de 1977, enquanto roubava 2.500 dólares do seu caixa. Ela chorou ao apontar para ele e dizer: "Foi ele." Franklin contara sobre o assalto na confissão e o caracterizou como "confiscar o dinheiro dos banqueiros judeus". Richard Thompson, um especialista em balística que trabalhara no Laboratório Criminal de Wisconsin (que não tinha relação alguma com a funcionária do banco, apesar

À SOMBRA DO SERIAL KILLER

de seus sobrenomes), afirmou que as balas de calibre .38 removidas dos corpos de Manning e Schwenn poderiam ter sido disparadas dessa arma.

O caso se fortaleceu a partir dali. O chefe da polícia de Madison, Richard Wallden, testemunhou sobre a conversa telefônica que teve com Franklin no dia 7 de fevereiro de 1984. E também havia a própria gravação da confissão — o catalisador evidente e perturbador da justiça tão esperada. Quando a fita foi apresentada no quarto dia de julgamento, os doze jurados e os dois suplentes ouviram a confissão de Franklin e suas palavras repletas de ódio.

Em seu resumo na manhã de sexta-feira do dia 15 de fevereiro, Harlowe chamou os assassinatos de "uma execução a sangue-frio" e disse: "Ele é culpado por um crime terrível, insensível, insensato e desnecessário." Que aquilo era "o mais próximo de matar por esporte" que ele já tinha visto. "Franklin estava orgulhoso do que tinha feito. Queria falar sobre aquilo que passou muito tempo guardado dentro dele", e referiu-se à gravação da confissão como "o orgulho de contar um trabalho bem-feito". Exatamente o que eu pensava. "A Justiça esperou nove anos", afirmou o procurador. "Eu peço que não esperem mais nem um dia."

A confissão foi completamente crível para os jurados, que só demoraram duas horas para voltar com o veredito de culpado nas duas acusações de homicídio doloso qualificado. "O histórico de violência, terror e tentativas de assassinato do réu estimula este tribunal a fazer tudo o que for possível para que ele nunca mais mate ninguém", declarou o juiz Byrne enquanto pronunciava as duas penas consecutivas de prisão perpétua que eram obrigatórias sob as leis de Wisconsin. Quando ele perguntou se tinha algo que o réu gostaria de dizer, Franklin, sem demonstrar emoção alguma enquanto a sentença era anunciada, respondeu: "Não, Meritíssimo."

Depois disso, Olson, o conselheiro de defesa, fez alguns comentários divulgados por Sunny Schubert no *Wisconsin State Journal* que achei bastante corajosos. Ele contou que, um dia, fora visitar Franklin na prisão sem avisá-lo, e isso o incomodou. "Ele ficou bem chateado comigo. Eu imaginei: o cara está preso, o que mais ele tem para fazer? Mas ele ficou com raiva porque atrapalhei seu cronograma", que, segundo Olson, consistia em meditação, oração, exercício e leitura da Bíblia. Ao dizer que ele era "astuto" com suas "habilidades de caçador", Olson acrescentou: "Ele não é bom em pensamentos abstratos. Todos nós tínhamos fantasias aos nove, dez anos de idade, de sermos o Superman ou o Cavaleiro Solitário. Franklin nunca conseguiu se distanciar desses sonhos."

Tudo isso era verdade, mas também era inegável que Franklin fosse criminalmente sofisticado. Apesar de inúmeras testemunhas oculares que achavam que o tinham visto em hotéis ou na proximidade dos disparos, em todas as mortes atribuídas a ele ou das quais era suspeito, ninguém tinha realmente visto Franklin segurando uma arma em posição de disparo, puxando o gatilho ou cometendo o ato de matar. Se não fosse pelo fato, como Hal Harlowe sugeriu, de que "ele queria falar sobre aquilo que passou muito tempo guardado dentro dele", esse caso não teria sido levado a julgamento. Portanto, de duas, uma: tanto com os atos originais quanto com a compulsão de conversar sobre eles, Franklin tinha determinado o próprio destino.

Fora do tribunal, Harlowe comentou: "Sou contra a pena de morte, mas o sr. Franklin coloca essa convicção à prova. Ele é uma criatura patética que será perigosa até o dia de sua morte."

16

Embora a lista de crimes de Joseph Paul Franklin tivesse crescido consideravelmente desde que tracei seu perfil inicial, revisar os acontecimentos de todo o seu tempo atrás das grades me preparou para encontrá-lo cara a cara pela primeira vez.

Como parte do projeto de parceria entre o Serviço Secreto e o FBI sobre personalidades assassinas, o agente especial do Serviço Secreto Ken Baker e eu pegamos um carro do FBI e dirigimos de Quantico até a Penitenciária Federal de Marion, em Illinois. Ken e eu nos conhecemos quando ele foi designado para atender ao programa de Fellowship do FBI. Era um treinamento de nove a doze meses em análise de perfis criminosos, incluindo técnicas de interrogatório, métodos investigativos e proativos e estratégias de acusação e de depoimentos de vítimas. Ken era um agente excepcional com um passado impressionante no Serviço Secreto e, após completar o programa, foi enviado permanentemente para nossa unidade. Nós também tínhamos o agente especial da ATF, Gus Gary, trabalhando conosco, e esses dois aumentavam incrivelmente nosso campo de aplicação e nossa especialidade.

Meu envolvimento com o Serviço Secreto começara em 1982, dois anos antes da avaliação do então fugitivo Franklin, quando um supervisor do Serviço Secreto me contatou para fazer a avaliação de um suspeito que assinava como C.A.T., enviara uma carta ameaçadora ao presidente

Carter e escrevera uma série delas para o presidente Reagan. A maior preocupação do Serviço Secreto era saber se aquele cara era perigoso, já que uma das cartas incluía fotografias que conseguira tirar com um senador de Nova York e um integrante do Congresso. Além disso, também era preocupante o fato de as cartas terem sido enviadas de todo o país, o que sugeria que C.A.T. era bastante móvel, como Franklin.

Depois que construí o perfil dele, publicamos um cuidadoso anúncio no *The New York Post*, ao qual C.A.T. atendeu, achando que estava respondendo ao editor do jornal. O "editor" era, na verdade, um agente do Serviço Secreto que treinamos para falar com o UNSUB ao telefone e desmascará-lo. Achei que ele fosse ligar de um telefone público de algum local aberto, como a Grand Central Station ou a Pennsylvania Station ou uma das grandes livrarias do país. Colocamos uma escuta para rastrear a linha e o mantivemos falando por tempo suficiente para a equipe conjunta do Serviço Secreto e do FBI localizar de onde ele ligava e detê-lo em uma cabine telefônica na Penn Station. Alphonce Amodio Jr. era um nova-iorquino de 27 anos que tinha rancor do mundo por achar que não recebia atenção suficiente. Ele não tinha histórico político. Foi enviado para uma instituição após o juiz de seu julgamento solicitar uma avaliação psiquiátrica. Logo de início, não achei que ele fosse perigoso, mas a grande preocupação com esse tipo de criminoso é quando as amarras da vida se tornam maiores do que o medo da morte.

Contudo, a primeira parada da nossa viagem foi para ver uma pessoa ainda mais convencida de sua suposta missão. A caminho de Marion, Ken e eu fizemos um pequeno desvio ao sul até a Penitenciária Estadual de Brushy Mountain, em Morgan County, Tennessee, na parte noroeste do estado. Nosso objeto de estudo lá era James Earl Ray, que assassinou o dr. Martin Luther King Jr. com tiros de longa distância em Memphis, no dia 4 de abril de 1968. Gostaria de poder dizer que conseguimos captar algumas perspectivas sobre ele, mas, nessa época, mais de vinte anos após a morte do dr. King, Ray estava tão envolvido em suas fantasias paranoicas que não sabíamos ao certo se ele de fato se lembrava do que

À SOMBRA DO SERIAL KILLER

fizera e não conseguimos entrar em sua mente para falar sobre o momento imediatamente antes, durante e depois do assassinato.

Descobrimos que uma personalidade assassina geralmente é delirante e paranoica, mas não no sentido de ser insana. Essas pessoas sentem raiva de tipos ou grupos específicos e de qualquer um cujo sistema de crenças seja diferente do delas. Só que Ray estava no extremo dessa teoria. Apesar de ter se declarado culpado, agora ele negava sua confissão e dizia que tinha percebido que servia de bode expiatório de uma complexa conspiração para matar ícones de direitos civis. Nada disso soava verdadeiro, mas no fim das contas não conseguimos obter um entendimento ou uma informação útil dele. Nem todas as entrevistas na prisão saem como esperamos.

Da mesma forma, eu não fazia ideia de como seria a entrevista com Franklin ou de como ele reagiria a nós. Assim, enquanto dirigíamos até Kentucky a caminho de Illinois, Ken e eu traçamos uma estratégia. Tínhamos feito uma pesquisa extensa em sua ficha criminal e lido todas as reportagens que encontramos. Sugeri a Ken que nos apresentássemos como oficiais de duas agências de aplicação de lei diferentes em busca de "feitos" criminais, e queríamos entender como ele tinha conseguido enganar a polícia por tanto tempo. Decidimos que seria melhor se usássemos nossos ternos escuros em vez da roupa mais descontraída que vestíamos quando entrevistávamos serial killers, numa tentativa de acalmá-los um pouco e de diminuir a distância. Com Franklin, achamos que uma abordagem diferente era necessária. Embora o objetivo da aparência formal fosse refletir nossa autoridade, deixaríamos que ele conduzisse o processo da entrevista. Também o incentivaríamos a fazer perguntas ou sugerir tópicos, se desejasse. Isso alimentaria seu ego frágil, porém inflado, e permitiria que ele sentisse o domínio e que, mais uma vez, estava no controle.

Entrevistar assassinos é um pouco diferente de entrevistar serial killers, estupradores ou outros criminosos violentos. Eles quase sempre se definem como pessoas numa missão, embora esta possa ser política, social ou profundamente pessoal. Embora David Berkowitz, por exemplo, não tivesse nenhum contato sexual com suas vítimas, seus crimes eram uma compensação por seu senso de inadequação sexual. Além da motivação de matar casais que mantinham relacionamentos que ele não conseguia ter, sua missão era alcançar fama e notoriedade. Ele tinha uma sensação de poder ao espalhar um medo mortal pela cidade de Nova York.

Nós sempre tentávamos fazer o uso mais eficiente do nosso tempo de viagem ao realizar as entrevistas nas prisões, portanto Franklin não era o único assassino aparentemente motivado por política que Ken e eu planejávamos entrevistar em Marion. Também queríamos conversar com Garrett Brock "Gary" Trapnell, que estava cumprindo uma pena de prisão perpétua na prisão federal por pirataria aérea, sequestro e assalto à mão armada.

Juntos, Trapnell e Franklin eram um estudo de contraste em quase todos os quesitos, exceto pelo fato de que ambos eram muito bons em roubo a bancos. Trapnell era um dos criminosos mais inteligentes e, atrevo-me a dizer, mais espertos e "charmosos" que já estudei, assim como o mais engenhoso. Ele tinha vivido como um charlatão, assaltante de banco e ladrão. Roubara vários bancos no Canadá, centenas de milhares de dólares em joias nas Bahamas, usara uma enorme variedade de pseudônimos e disfarces e se casara com pelo menos seis mulheres ao mesmo tempo. Em 1978, conseguiu convencer uma amiga de 43 anos, Barbara Ann Oswald, a sequestrar um helicóptero em St. Louis e fazer o piloto voar até Marion, pousar no pátio da prisão e resgatá-lo, talvez a fuga mais ousada de todos os tempos. Durante o pouso, o piloto Allen Barklage, veterano do Vietnã, conseguiu arrancar a arma de Oswald e matá-la, arruinando o plano.

Seu crime mais notório foi o que despertou meu interesse nele como objeto de estudo. Em 28 de janeiro de 1972, ele embarcou no Voo 2 da TWA em Los Angeles com uma arma calibre .45 escondida dentro de um gesso ortopédico no braço. No meio do voo para Nova York, ele sequestrou o avião e fez uma lista de exigências: 306.800 dólares em dinheiro vivo (ele tinha perdido exatamente essa quantia no tribunal), a soltura da professora e ativista política negra Angela Davis e o perdão oficial do presidente Richard Nixon.

Quando o avião pousou no Aeroporto JFK em Nova York, Trapnell soltou os 93 passageiros, mas reteve a tripulação diante de sua arma para conseguir negociar. Ele ameaçou bater a aeronave no terminal se suas exigências não fossem cumpridas. Após oito horas, concordou em trocar a tripulação e abastecer o avião. Durante a troca, a equipe do FBI se vestiu com a roupa da tripulação, embarcou e conseguiu atirar no braço de Trapnell. Quando estava sendo retirado, novamente pediu para libertarem Angela Davis.

Seu primeiro julgamento terminou num impasse, quando um dos jurados acreditou na sua defesa por insanidade, com base em uma alegação de transtorno dissociativo de identidade. Seu segundo julgamento resultou em uma condenação.

Conforme nos aproximávamos de Marion, Ken e eu esperávamos confrontar dois criminosos com mentes em lados opostos do espectro político. Trapnell se arriscou muito ao pedir a soltura da dra. Davis, risco ainda maior do que Franklin assumia toda vez que matava uma vítima negra. Mas eu não conseguia descobrir o motivo do pedido de Trapnell. Não consegui encontrar nada em seu passado que indicasse uma conexão com a esquerda política, direitos civis ou causas radicais. Havia rumores de que ele tinha uma obsessão romântica por Davis, mas esse seria um comportamento inconsistente com a personalidade dele. Então, qual era sua motivação? Queríamos ver se Trapnell e Franklin tinham mesmo personalidades similares com missões opostas. Caso tivessem, isso nos daria uma perspectiva importante sobre a personalidade criminosa com uma missão.

Marion é um complexo de prédios grande e sem graça, envolvido por duas fileiras paralelas de grade e circundado por uma pista perimetral. Fica no meio de um campo verde rodeado por uma floresta. O acesso é pela chamada pista da prisão. Nós paramos o carro no estacionamento do lado de fora do portão principal e entramos. Era curioso olhar para uma fileira de prédios, imaginar o pátio atrás deles e pensar em quantas maneiras Trapnell e Franklin já tinham pensado em fugir daquele lugar.

17

uando conhecemos Franklin, ele ainda estava na unidade protetiva K. Ele veio do pavilhão de celas por uma escada com corrimão de metal que Ken e eu podíamos ver pela porta da pequena sala onde esperávamos. Dava para ouvir o burburinho dos detentos debaixo de nós. Uma fofoca havia se espalhado de que dois agentes do FBI estavam na prisão. Ficamos surpresos pelo fato de Franklin subir sozinho, desacompanhado de um guarda.

Nossa sala tinha paredes bege, janelas cobertas com barras de ferro, uma mesa e algumas cadeiras de plástico espalhadas. Ken e eu estávamos vestindo nossos ternos escuros. Franklin usava óculos de hastes grossas, calça jeans e uma camiseta azul da penitenciária. Eu lembro que o cabelo castanho-claro dele, que se modificou ao longo dos anos, estava comprido e bagunçado. Ele parecia bastante cansado e grato por dois agentes federais irem vê-lo. Nós apontamos para uma cadeira, mas ele ficou de pé, e assim permaneceu a entrevista inteira.

Nós não estávamos ali para interrogá-lo nem para resolver caso algum, embora eu ficasse feliz se conseguíssemos. Estávamos ali para aprender mais sobre como a mente dele funcionava e como poderíamos aplicar esse conhecimento ao nosso estudo sobre assassinos, atiradores e tipos similares de agressores. Não é como um interrogatório de tribunal. Também não se parece em nada com o confronto de Clarice Starling e

Hannibal Lecter. A ideia é ter uma conversa calma e tranquila. Não queremos criar conflitos nem acusá-lo, pois não queremos que ele invente memórias falsas por ter se sentido encurralado. Isso seria contraprodutivo ao objetivo, que é entender seus sentimentos e suas motivações reais e como as duas coisas se correlacionam com o crime em si. Na maioria dos casos, estamos lidando com o que a filósofa judia alemã Hannah Arendt chamou de "banalidade do mal" ao reportar o julgamento de Adolf Hitler, em 1961, em Jerusalém. Apesar de, em nível pessoal, poder ser emocionalmente gratificante, nunca fui acusatório nem expressei indignação ou superioridade moral em uma entrevista na prisão. Se a situação ficar tensa demais da perspectiva do detento, eu não atingirei meu objetivo.

Nós tínhamos diversos objetivos, dentre eles ver o quanto Franklin correspondia à minha avaliação inicial e entender melhor suas reais motivações. Nove anos antes, em 1980, quando fiz a avaliação do fugitivo, traçar o perfil e fazer a análise comportamental ainda eram assuntos novos e experimentais. Para ser honesto, eu chutei bastante naquela ocasião. Com o programa estabelecido e um especialista na equipe trabalhando comigo, eu queria ver o quão certo ou errado eu estava sob diversos ângulos da situação.

Sabíamos que, antes de Franklin começar a cometer homicídios, ele havia saído de vários grupos aos quais era associado quando decidiu que falavam mais do que agiam. Mas uma das coisas que realmente esperávamos determinar era onde e quando tinha iniciado de fato seu movimento numa direção perigosa. Quais foram os eventos que precederam esse momento em sua vida? Quão organizado ele realmente era? Quanto de planejamento ele fazia? E o que se passava em sua cabeça enquanto cometia cada um dos crimes e nas horas seguintes? Até onde eu entendia, ele jamais assumia a responsabilidade por um crime que não cometera, então eu estava pelo menos confiante de que conseguiríamos alguma informação real e confiável dele.

Não posso reproduzir as falas de nossa conversa com Franklin nos mínimos detalhes porque, após nossa primeira entrevista, com Ed Kemper, paramos de gravar os detentos. Diferente de um interrogatório, onde se busca comprovar fatos e desmascarar mentiras, as entrevistas na prisão tinham o intuito de ser mais subjetivas e amplas, focar em emoções e sensações, e queríamos que os nossos objetos de estudo pensassem e falassem livremente, sem a preocupação de que suas palavras fossem usadas contra eles. Isso era muito importante para tipos paranoicos como Franklin.

Não importa por que foram presos ou quanto tempo suas sentenças poderiam durar, a maioria dos condenados nutre uma vaga esperança de algum dia sair da prisão, seja para abandonar de vez ou recomeçar sua carreira criminal. Portanto, eu começava com algum tipo de incentivo para eles cooperarem, como: "Não podemos garantir nada, mas, ao aceitar participar dessa entrevista, você estará ajudando os estudos de aplicação da lei, e deixaremos claro para os guardas e outras autoridades que você respondeu nossas perguntas de forma honesta e direta." Isso pode ser bastante efetivo com alguém como Franklin — como estudamos o passado dele, sabíamos que um dia ele quisera ser policial, então tentamos fazê-lo se sentir como um "parceiro" nesse trabalho.

Pelas minhas palavras e linguagem corporal, tentei deixar claro que a nossa abordagem era consensual e sem julgamentos. Assim como numa negociação de reféns, o objetivo é ouvir o que o sujeito está dizendo, ratificar o que foi dito e parafraseá-lo, para que ele saiba que estamos todos no mesmo nível. Se falarmos de volta o que achamos que eles estão dizendo, pode demorar muito até estabelecer confiança e ter certeza de que a mensagem foi compreendida.

Franklin era educado e quase afável. De certa maneira, isso não me surpreendeu. Se ele fosse rabugento e retraído, ou muito ameaçador ao lidar com situações interpessoais "desafiadoras", ninguém jamais teria entrado em seu carro para pegar uma carona. Ao mesmo tempo, era desconfiado, e seu olhar alternava entre mim e Ken, tentando nos examinar. Isso contrastava com as transcrições que eu tinha lido das sessões com os investigadores da polícia e agentes da ATF, quando ele se colocava comunicativo desde o início. Acho que a diferença era que, naquelas situações, ele havia solicitado a conversa, então se sentia no controle. Como fomos nós que solicitamos dessa vez, ele não sabia qual era a nossa intenção.

Ainda de pé, ele me perguntou de um jeito brincalhão se eu era um dos agentes do FBI que tinha se infiltrado na Ku Klux Klan, pois afirmou que a KKK provavelmente tinha mais informantes do FBI do que membros de verdade.

Quando esclarecemos que tínhamos analisado minuciosamente seu passado e histórico criminal, ele começou a se abrir um pouco mais. Explicamos nosso estudo sobre assassinos e falamos que, como ele tinha sido um assassino bem-sucedido e prolífico, achávamos importante incluí-lo na pesquisa. Ele assentiu e pareceu gostar dessa validação. Essa tática tende a funcionar melhor com criminosos que têm autoestima, aqueles que se levam muito a sério — que, sem dúvida, era o caso de Franklin.

Minha técnica nas entrevistas na prisão era contar ao sujeito a forma como eu o compreendia e ver como ele reagia. Isso costumava demonstrar ao sujeito, em forma de elogio, que eu tinha passado muito tempo estudando sua vida e também o fazia reagir como se tivesse bastante noção de sua autoimagem.

Revisitei sua infância e sua relação com os pais. Falei que, em meu entendimento, ele era um bom aluno, mas tinha perdido o interesse pela escola. Não gostava muito de equipes esportivas nem de atividades extracurriculares, e costumava ficar bastante sozinho. Ele ouviu sem falar nada, o que me demonstrou que estávamos no caminho certo.

Para testar o quanto podíamos falar sobre o aspecto assassino, começamos perguntando se ele estava ciente de que o presidente Carter ia fazer um comício de campanha perto dele na Flórida, em outubro de 1980. Ele admitiu que sabia. Mas, quando perguntamos, com base na carta que ele tinha escrito ao então candidato, se tinha planejado a tentativa de assassinato, ele pareceu se esquivar da possibilidade. Não que ele se importasse em atirar no presidente a distância, mas afirmou que, assim como Arthur Bremer, desde o assassinato de Kennedy ficou muito difícil matar um presidente, e que não achava que teria conseguido atirar de um local distante. Falou que não considerava Carter importante o suficiente para sacrificar sua vida, mesmo se conseguisse se aproximar dele.

Isso não significava que ele tinha repensado sua filosofia racista e antissemita. Assim como nos interrogatórios com os investigadores, ele foi firme em sua visão. Seu único arrependimento era não ter conseguido iniciar uma guerra racial em grande escala, embora soubesse que tinha inspirado outros que pensavam como ele.

O que nos impressionou foi a sinceridade de Franklin com relação a suas crenças, o quanto ele não tinha vergonha de quem era e como se importava tão pouco se era ou não popular, ou com o que o público achava dele. Não é que fosse indiferente à resposta das pessoas que pensavam como ele — Franklin se via como um herói para esse grupo e queria sua aprovação. E mais importante: ficou evidente que sentia como se estivesse escrevendo um roteiro a ser seguido. Isso é bastante incomum para um serial killer. Ou eles estão interessados somente em realizar sua própria fantasia soturna e se safar de cada crime, ou, assim como David Berkowitz, querem notoriedade e a sensação de poder causados por instigar medo nas pessoas. Franklin tinha uma distinção objetiva em sua mente sobre quem queria influenciar. Portanto, eu teria que caracterizá-lo como uma pessoa ponderada, pelo menos nos assuntos que o interessavam.

Perguntei sobre o ataque a Vernon Jordan — o único crime que ele nunca tinha admitido —, descrevi o cenário em Indiana e como eu achava que ocorrera. Em resposta, ele sorriu como o Gato do desenho *Alice no País das Maravilhas* e, com uma expressão que eu só poderia definir como orgulho, perguntou: "O que você acha?" Dei de ombros, indicando que ele devia continuar. "Só posso dizer que a justiça foi feita", disse ele. Percebi um conflito interno real ali. Quando Ken e eu conversamos sobre isso depois, acreditamos que Franklin estivesse com medo de, ao admitir esse crime, a notícia se espalhar dentro da prisão e os detentos negros darem um jeito de pegá-lo.

Por outro lado, ele admitiu ter atirado em Larry Flynt por ele publicar fotos de casais inter-raciais. Apesar do que considerava ser uma forte crença cristã, ele não era contra a pornografia — inclusive a consumia avidamente. Mas, ao ver a sessão de fotos de um casal inter-racial, ficou louco.

Originalmente, ele tinha ido à sede da *Hustler* em Columbus, Ohio, onde procurou os endereços da casa e do escritório de Flynt nas páginas amarelas. Mas, quando chegou lá, descobriu que Flynt estava na Geórgia enfrentando o julgamento por obscenidades, na casa da irmã evangelista do presidente Jimmy Carter, Ruth Carter Stapleton. Nós havíamos conferido essa informação antes da entrevista, e era verdade que os dois mantinham um relacionamento e que Stapleton até tinha virado pornógrafa durante um período. Franklin dirigiu até a casa dela, mas não viu nenhum sinal de que ele estivesse lá.

Mais tarde, em Atlanta, ele ouviu falar do julgamento em Lawrenceville e encontrou o local em um mapa. Quando descobriu que era perto, dirigiu até lá, hospedou-se num hotel e começou a vigiar o tribunal, em busca de um bom local de posicionamento para um atirador. Ele leu que Flynt gostava de almoçar na V&J Cafeteria, então caminhou até lá pela rua entre o estabelecimento e o tribunal, em busca do lugar ideal para se esconder. Encontrou uma casa abandonada nas proximidades. Quando atirou, ele achou que o tiro tivesse sido certeiro e matado Flynt, e ficou decepcionado quando soube que seu alvo tinha sobrevivido. Ele contou que até considerou entrar no hospital e terminar o trabalho, mas não conseguiu pensar numa forma de escapar com segurança.

Franklin descreveu em minúcias como planejava os crimes como atirador, como tentava visualizar cada detalhe com antecedência, como um ator ou um dançarino faz antes de entrar no palco. Afirmou que tentava pensar e planejar cada imprevisto que pudesse surgir, como um policial aparecer por perto ou alguém ouvir os tiros. Ele sempre tinha suas rotas de fuga mapeadas e sabia como iria descartar a arma usada. Quando só conseguia ferir a vítima, considerava sua missão fracassada.

Em muitas entrevistas, as pistas não verbais são no mínimo tão importantes quanto o que o entrevistado diz. De pé na nossa frente, Franklin agia de acordo com o que descrevia, demonstrando suas técnicas de tiro e suas habilidades em artes marciais. Tenho certeza de que ele achou que estava nos impressionando, mas Ken e eu nos entreolhávamos e tínhamos que nos controlar para não rir de suas artimanhas toscas. Eu ficava lembrando a mim mesmo que ele estava demonstrando com orgulho seus métodos para matar seres humanos inocentes.

O que é sempre muito interessante para mim sobre esses encontros, e com Franklin não foi exceção, é como o sujeito pode ser muito vago e alegar que não se lembra de certos acontecimentos de sua vida, ou até de períodos inteiros. Mas, na hora de descrever o crime em si, quando são transportados de volta para aquela mentalidade, eles conseguem se fixar nos mínimos detalhes. Podem recordar pouco a reação da vítima, a não ser que seja parte do aspecto da assinatura, mas com frequência conseguem recapitular cada movimento que fizeram enquanto cometiam o crime. E, em todas as instâncias com Franklin, ele conseguia dizer exatamente onde estava, lembrar o carro que dirigia, se e quando tinha saído do carro, o modelo da arma e o calibre da munição que usara, e onde pretendia disparar o tiro mais eficaz.

Quando eu trouxe à tona os assassinatos de Darrell Lane e Dante Evans Brown, os dois garotos de Cincinnati, e conduzi Franklin mentalmente ao cavalete do trilho, olhando de cima para eles pela mira, ele respondeu de um jeito frio e objetivo. Ele era capaz de recriar o exato momento em que apertou o gatilho em cada morte. Sim, estava esperando encontrar um casal inter-racial para matar, mas, quando os dois garotos apareceram, pelo menos era uma oportunidade de eliminar duas pessoas negras.

Eu estava ouvindo com atenção para ver se conseguia detectar algum indício de remorso pelo fato de as vítimas serem tão jovens. O luto das duas famílias deve ter sido inimaginável. E realmente acho que Franklin falou com um leve tom de arrependimento sobre esse crime, mas, na minha opinião, não o suficiente para tirar seu sono.

O mais revelador para mim não eram os detalhes de que ele tanto se lembrava, mas a maneira com que os associava. Não havia triunfo nem remorso. Se ele falasse sobre cometer um único assassinato com cinco tiros, era como se fosse um jogador de beisebol profissional descrevendo como tinha conseguido rebater somente uma bola de cinco no jogo do dia anterior. Embora fosse franco e passional sobre seu racismo e declarasse sinceramente achar que a sobrevivência da raça branca estava em perigo, sua descrição dos crimes era metódica.

Quando falamos sobre os assassinatos espontâneos de Manning e Schwenn em Madison, ele mudou de assunto e contou sobre como planejara matar o juiz Simonson. Mas, ao direcionarmos a conversa de volta para o estacionamento do East Towne, ele admitiu que seu humor não estava dos melhores e que se desviou do seu objetivo original. Reconheceu que fora um ato estúpido de sua parte e que ele deu sorte de conseguir escapar. Voltava o assunto a Simonson e dizia como fora cuidadoso ao planejar aquele crime, até se certificando de identificá-lo para não matar o indivíduo errado. A maioria dos criminosos violentos é um poço de contradição, e essas observações nos ajudavam a delimitar os elementos organizados e desorganizados da orientação criminal de Franklin. Quando ele conseguia manter intacta sua estrutura de crença sistematizada, era um criminoso organizado. Mas, quando ficava destemperado, embora retomasse a estrutura de crença e atingisse alvos do seu ódio, os aspectos organizados de sua personalidade criminal caíam por terra. E, apesar de admitir que ir atrás do casal no estacionamento tivesse sido inconsequente e arriscado, a forma como contou a história foi como se o casal tivesse se colocado em seu caminho e, portanto, carregado a culpa por ele não ter conseguido completar sua missão. Ele parecia sugerir que ser capaz de livrar o mundo de mais um casal inter--racial era, no mínimo, uma conquista.

Franklin não ficava apenas pessoalmente ofendido pelo fato de negros e brancos se relacionarem; ele tinha muito medo da miscigenação, por isso reagiu de forma tão revoltada às fotos da *Hustler*. "A miscigenação é o genocídio da raça branca", afirmou. Pelo seu tom e sua linguagem corporal, tivemos a impressão de que essa era uma de suas citações favoritas. Na verdade, tive a sensação de que as declarações e as reclamações racistas eram um tipo de escudo, uma forma de proteção para não precisar mergulhar nas razões de sua própria inadequação.

Assim como muitos serial killers cujos crimes são motivados por sexo em vez de uma missão, Franklin contou que estava sempre em busca de um alvo, sempre à caça. Isso ajudava a explicar por que continuou suas atividades, desde crimes muito bem planejados, como a bomba em Chattanooga, até os tiros no estacionamento em Madison, só porque um carro na frente dele não estava se movendo rápido o suficiente, ou atirar em dois primos adolescentes em Cincinnati após o fracasso de não conseguir encontrar um casal inter-racial para matar. A questão é que, em cada um dos casos, ele estava preparado para tirar a vida de alguém, estava pronto para a oportunidade que se apresentasse.

A diferença entre ele e um típico serial killer é que, em vez de retornar à cena do crime ou ao local de desova do corpo, ou de levar troféus das vítimas numa tentativa de reviver o poder, os prazeres e a satisfação do assassinato, assim que Franklin apertava o gatilho ou detonava a bomba, o crime estava encerrado e ele já pensava no próximo.

Com os tipos de predadores com que eu já tinha lidado, a distinção entre o M.O. e a assinatura é muito importante. O M.O. é o que o agressor faz para realizar o crime, tal como levar uma arma e uma exigência escrita para um banco que pretende roubar. A assinatura é o que ele faz para se satisfazer emocionalmente no crime. Por exemplo, com Dennis Rader, o Estrangulador BTK, era amarrar as vítimas e vê-las morrer lentamente.

É por isso que a descrição de Franklin de seus métodos foi tão reveladora. Um dos aspectos de sua carreira criminal que nos confundiria em qualquer análise de UNSUB era que ele usava tanto armas de fogo quanto explosivos e que tinha como alvo tanto afro-americanos quanto judeus. Isso é bastante incomum e provavelmente nos conduziria ao que chamamos de elo cego — a incapacidade de conectar dois ou mais crimes e atribuí-los ao mesmo indivíduo, seja ele conhecido ou UNSUB. Quando começamos a analisar o caso e o passado de Franklin, isso fez sentido. Após o acidente que o deixou cego de um olho, ele aprendeu de um jeito autodidata a atirar muito bem, o que o transformou em um atirador habilidoso. E, ao imergir na literatura extremista nazista e de direita, ele aprendeu a confeccionar bombas rudimentares, porém efetivas. Portanto, o M.O. não importava para ele, exceto na eficácia. Não consigo pensar em nenhum outro serial killer que se encaixe nessa descrição. Geralmente, quando descobrem um método que funciona, tomam para eles. E, é claro, se o meio para matar for parte da assinatura do agressor, isso nunca mudará, embora possa se tornar mais sofisticado com o tempo.

Contudo, Franklin não era nenhum Theodore Kaczynski, o Unabomber, que sentia a necessidade de mostrar sua habilidade intelectual ao criar bombas complexas e elaboradas e enviá-las pelo correio para seus alvos cuidadosamente escolhidos. Franklin não era, nem de perto, tão sofisticado. Ele tinha que montar suas bombas no local com dinamite e detonadores e estar presente para explodi-las. Não estava preocupado com a "arte" do método assassino, somente com o resultado.

Quando perguntamos como ele escolhia se ia usar uma arma ou uma bomba, ele não sabia responder. Disse que uma bomba tem potencial para matar mais pessoas, o que era seu desejo na sinagoga Beth Shalom, em Chattanooga, mas isso não explicava a decisão de explodir a casa de Morris Amitay em vez de simplesmente entrar escondido e atirar nele. Nós suspeitamos que, como tinha acabado de detonar uma bomba, ele estava se sentindo confortável com esse método.

O que parecia, como Franklin explicou, é que ele usava o que conseguia no momento, e em alguns lugares era mais fácil conseguir material explosivo. Em outras palavras, diferente de Ted Kaczynski, um homem com um QI de gênio que se orgulhava da sua arte de fazer bombas, para Franklin, tanto as armas quanto as bombas eram simplesmente um M.O. — meios para um fim. Essa versatilidade de M.O. não tinha nada a ver com seu nível de organização. Servia meramente para sua assinatura — acabar com negros, judeus e a miscigenação.

Ele também era prático de outras formas. Contou que nunca roubava um banco em um condado ou cidade onde pretendesse cometer um assassinato, ou vice-versa. Ele sabia que a maioria dos bancos tinha sistemas de monitoramento por câmeras e, mesmo que se disfarçasse, como costumava fazer, ele não correria o risco de ser reconhecido pelas vítimas e pela gravação de vigilância dos dois episódios.

Diferente de Rader ou mesmo de Kaczynski, Franklin não fantasiava o ato em si; não era isso que o excitava. Pelo contrário, era sobre a missão — portanto, para ele não importava se a ferramenta seria uma arma, um monte de dinamite amarrada ou algum outro explosivo. Contanto que matasse seus inimigos, ele estava satisfeito e podia seguir em frente.

O que senti ao ouvi-lo foi que essa não era uma explicação completa. Ao migrar de um local para o outro, ele levava algumas pessoas de carona. Meninas adolescentes e mulheres jovens, algumas delas prostitutas, mas a maioria não. Quando perguntei sobre isso, ele repetiu a fala de querer protegê-las do perigo, principalmente de predadores negros, embora não percebesse a ironia de ele provavelmente ser o maior predador nas ruas naquele momento.

Ao analisá-lo enquanto o ouvíamos, percebemos que, em sua própria maneira, Franklin era tão pesquisador de perfis comportamentais quanto nós. Toda vez que ele escolhia uma dessas mulheres, começava a conduzir o próprio protocolo de avaliação, fazendo perguntas para extrair o tipo de informação que achava relevante para o seu "trabalho". Ele deixava claro que se via como um justiceiro e estava observando a vitimologia, assim como eu fazia quando trabalhava em um caso. A diferença era que eu estava avaliando a vítima depois do acontecimento, tentando descobrir o risco em que a situação a tinha colocado e o que levara o agressor a escolhê-la para o seu crime. Franklin, por outro lado, tinha a vantagem estratégica de ter a jovem inocente dentro do seu carro e sob seu controle enquanto decidia se ela era um projeto de salvação ou uma vítima.

Porém, ao analisarmos organização *versus* desorganização, esses assassinatos que advinham de caronas não devem ser confundidos com os assassinatos no estacionamento do shopping East Towne. Enquanto cada carona era espontânea, a metodologia e a intenção criminal não eram. Ele poderia ter escolhido as pessoas para quem dava carona pela aparência ou pelo seu humor no momento, mas o que faria quando a jovem

À SOMBRA DO SERIAL KILLER

entrasse no carro já estava planejado, e ele sabia como iria qualificá-la de um ou do outro da sua segmentação pessoal de moral.

Ou, para situar em um contexto mais psicossexual, ele estava dando carona para essas mulheres e meninas porque elas o atraíam e, depois, como um pai severo porém carinhoso, ou um mestre dominante, ele tinha que decidir se elas eram merecedoras de recompensa ou punição — nesse caso, vida ou morte. Aqui ele retornava para minhas generalizações com predadores violentos em série. Como havíamos percebido, Franklin e seus irmãos eram submetidos a punições rigorosas físicas e psicológicas, muitas vezes quando sequer se davam conta de que tinham feito algo errado. Com essas meninas e mulheres, ele assumia o papel de seus pais e agia de acordo com seu próprio trauma de infância, mas em uma ordem de magnitude muito maior e mais mortal. Seu ponto de referência para o mau comportamento definitivo era a miscigenação. Portanto, se ele descobrisse que uma das mulheres tinha se envolvido nessa mistura, era privilégio e obrigação dele puni-la, ela reconhecendo ou não que tinha feito algo errado. E, para a maioria dos serial killers, mesmo se o componente sexual do crime for secundário, ter o poder de punir a vítima é um grande incentivador e motivo de excitação.

Embora ele não admitisse, eu suspeitava que Franklin oferecesse carona para mulheres na esperança secreta de que elas assumissem alguma associação com homens negros e ele pudesse, assim, aplicar sua lei de disciplina e justiça.

Chegamos à conclusão de que a família tem uma influência tremenda no desenvolvimento de quase todos os predadores criminosos. O que eles se tornam e fazem está profundamente enraizado na família. Quando começamos a falar dos seus anos de formação, ficou claro que Franklin foi muito infeliz. Além do abuso físico dos pais, ele descreveu como sua mãe insistia para que ele e seu irmão Gordon voltassem direto da escola todos os dias, sentassem no sofá e assistissem à televisão, em vez de permitir que fossem brincar na rua com outros garotos. Apesar de não ser uma violência explícita, isso era uma manifestação de controle extremo exercido por uma mulher instável. Franklin contou que achava que isso tinha dificultado seu crescimento emocional. Eu não discordaria dessa conclusão. Dormir com prostitutas, a quem não é preciso impressionar com charme, é uma manifestação típica dessa dificuldade de crescimento emocional em homens adultos. Ele também mencionou que sua mãe dizia que a mãe dela costumava bater nela quando pequena. Infelizmente, esse não é um padrão incomum, como percebemos quando ele começou a bater em sua segunda mulher, Anita.

Em determinado momento, ele se deparou com fotografias da família de sua mãe na Alemanha. Os meninos estavam vestidos com uniformes da Juventude Hitlerista. Podíamos ver após essa revelação, pela hesitação ao falar e pelo jeito que seu corpo ficou tenso, que os pontos de vista conflituosos de Franklin sobre sua família eram muito mais confusos e complicados. Ele odiava a mãe e não gostava muito do pai, então, em algum nível, ele teria certa predisposição contra as famílias dos dois. Por outro lado, saber que era descendente da raça pura ariana teria dado a ele um senso de orgulho de sua herança e fortalecido seu senso de missão e propósito ao cumprir seu destino nazista.

As memórias de Franklin do seu acidente na infância eram vívidas. A família morava em Nova Orleans na época. Embora tenha sido reportado como um incidente com uma arma de brinquedo e uma queda desastrosa de bicicleta, ele contou que o que realmente aconteceu foi que ele e Gordon estavam do lado de fora, nos fundos da casa, tentando arrancar as trepadeiras da esquadria de uma janela velha, cada um de um lado, quando de repente a planta ricocheteou e o acertou direto no olho direito. Se o acidente tivesse sido causado por uma arma de brinquedo, eu havia criado uma teoria de que sua preocupação em obter uma mira precisa poderia ser uma tentativa psicológica de controlar ou dominar o objeto que o havia machucado tanto, mas, quando ouvi a história real, tive que abandonar essa ideia.

Ele falou que, assim que foi atingido, sentiu uma dor imediata e tudo o que conseguia ver era vermelho. Foi levado às pressas para o Charity Hospital, onde passou uma semana na ala de recuperação. Quando teve alta, um dos médicos pediu que sua mãe o levasse de volta ao hospital depois de um determinado tempo para ser submetido a uma cirurgia para recuperar a visão. Ela nunca o fez e, quando ele tinha idade suficiente para lidar sozinho com esse problema, disseram para ele que o olho já estava todo tomado por catarata.

Ele contou que, às vezes, na prisão, sonhava que matava a mãe. Quando perguntamos se Franklin achava que seus assassinatos podiam ser um desvio da sua raiva pela mãe, como ocorrera com Edmund Kemper, ele respondeu que era uma possibilidade.

Essa era uma das pistas que eu procurava. Quase sempre existe um acontecimento desencadeador ou uma série deles que se unem para formar o catalisador que conduz à criminalidade e à violência. Nós tínhamos identificado as explosões da sinagoga Beth Shalom, em Chattanooga, e da casa de Amitay, em Maryland, como as primeiras intenções de matar de Franklin, embora tenha falhado em ambas. Então, houve o episódio no estacionamento, o evento que migrou Franklin da raiva e do ódio à vontade de aplicar uma força mortal às vítimas que estavam bem na sua frente. Mas, ao recordar o machucado no olho, ficou claro que o acidente e o que aconteceu depois não só levaram ao comportamento compensatório de Franklin como atirador, mas também solidificaram o ressentimento e o ódio que ele sentia pela mãe, que precisavam, portanto, de uma válvula de escape. Franklin parecia estar nos dizendo que, se não fosse por ela, seu olho poderia ter sido curado, ele teria tido a oportunidade de servir o Exército, ou de construir uma carreira nas agências de aplicação da lei e não teria precisado buscar poder daquele jeito.

É evidente que isso é uma resposta simplista demais e não justifica sua ira raivosa por afro-americanos e judeus. Mas diz bastante sobre o dilema natureza *versus* criação — com o qual estamos sempre lidando em nossos estudos e análises de personalidade criminosa —, que se aplica a Joseph Paul Franklin. Devido à sua relação difícil e aos efeitos da educação e do ambiente familiar, e principalmente à sua perspectiva de abuso e negligência da mãe, era como se a natureza tivesse carregado a arma e a criação tivesse apertado o gatilho.

Há inúmeras maneiras de as pessoas manifestarem seu passado e sua criação difíceis. Quando comecei a fazer esse tipo de pesquisa, na década de 1970, ficamos perplexos com o fato de quase todos os serial killers serem homens. Sim, os homens são cheios de testosterona, o que costuma ser entendido como um combustível para agressão, e tendem a ser mais fortes e a ter um equipamento físico mais propício para abusos sexuais do que as mulheres. Mas, quando pensamos no fato de que as meninas provavelmente sofrem com situações familiares tão ruins quanto os meninos, questionamos se as mulheres não seriam mais capazes de suprimir a raiva, a ira e o ressentimento do que os homens, ou se simplesmente não são tão prejudicadas pelo mesmo tipo de tratamento. Isso não parecia possível.

Como descrito anteriormente, descobrimos que a resposta é que as meninas são tão afetadas quanto os meninos, senão ainda mais. Mas, diferentemente deles, elas se tornam mulheres e tendem a internalizar o abuso sofrido e a descontar muito mais em si mesmas do que nos outros. Isso pode se manifestar em um comportamento autodestrutivo ou perigoso, prostituição, vício em drogas ou relacionamentos com homens que as tratam mal, porque cresceram achando que não merecem nada melhor.

Franklin seguia o padrão comportamental masculino. Ele externalizava sua raiva em vez de internalizá-la, primeiro ao procurar pessoas e grupos com crenças parecidas com as dele, depois se definindo como um homem de ação. É significativo perceber que, enquanto as quatro crianças Vaughn sofreram nas mãos dos pais, os dois meninos viviam se metendo em problemas quando adultos e as duas meninas cresceram e levavam vidas relativamente normais, livres do ódio e do preconceito que consumia seus irmãos.

Nós estamos sempre tentando conectar os pontos de desenvolvimento, e Franklin confirmou algumas dessas conclusões com a lembrança que relatou em seguida. Assim como muitos dos agressores que estudamos, Franklin tinha uma visão conflituosa sobre os órgãos de aplicação da lei. Quando era garoto, seus heróis eram caubóis e bandidos como

Jesse James, homens fortes e corajosos que agiam por conta própria. Mesmo depois de adulto, ele costumava usar um chapéu de faroeste. Mas gostava do poder e do heroísmo que um distintivo, um uniforme e uma arma representavam e, na adolescência, queria ser policial, como seu tio. Quando tinha dezessete anos, sua mãe estava conversando com um policial local e contou que seu filho queria seguir a mesma carreira. O oficial afirmou que não seria possível porque uma pessoa cega de um olho não se qualificava para a profissão. Franklin falou que esse foi o fim do seu sonho. Coincidência ou não, logo depois disso ele largou a escola, casou-se com Bobbie Louise Dorman, de dezesseis anos, e se associou ao Partido Nazista Americano. Tinha lido *Minha luta* dois anos antes.

Franklin era um rapaz que fora dominado por raiva, ira e ódio, por isso tivera que encontrar uma válvula de escape para esses sentimentos. Muito do que determina que tipo de criminoso uma pessoa assim vai se tornar são as circunstâncias da vida durante seus anos de formação. No caso de Franklin, a combinação dos pais desajustados e abusivos, a pobreza extrema da família, o racismo e a discriminação endêmicos no Sul de Jim Crow, onde ele cresceu, e a exposição a Hitler e à filosofia nazista contribuíram para moldar o adulto em que James Clayton Vaughn Jr. se transformou.

Ele deixou claro que tinha se associado aos nazistas no colégio porque se envolveu na filosofia, e só entrou na Ku Klux Klan quando estava por conta própria. Mas repetiu que não permaneceu na KKK por muito tempo porque estava convencido de que havia muitos informantes do FBI infiltrados. Ele percebeu que muitos dos membros eram um bando de bêbados como seu pai.

Expliquei a Franklin que predadores sexuais costumam usar pornografia violenta para acionar seus desejos e motivar seus crimes. Ele tinha algo similar que o induzia? Sim, eram os jornais de supremacia branca que detalhavam os crimes violentos que os negros cometiam contra os brancos. Ele ficava com raiva toda vez que lia uma notícia dessas e determinado a fazer alguma coisa.

Será que uma intervenção no meio de sua adolescência teria retrocedido e mudado o resultado? É possível que sim, se ele tivesse sido exposto a uma alternativa positiva ao nazismo e ao ódio racial, assim como uma maneira tangível de sair da pobreza e do desespero pessoal. Infelizmente, essa é uma pergunta sem resposta. Poderia ter significado, no mínimo, tirá-lo do seu ambiente familiar. E se não fosse possível desviá-lo do racismo do Sul, afastá-lo daquele lugar pelo menos poderia colocá-lo sob a influência de uma figura de autoridade mais velha ou um mentor que pudesse mostrar a ele uma alternativa. Ele também poderia ser exposto a afro-americanos de modo a gerar uma reação positiva. Com certeza, a maioria dos homens e mulheres que cresceram nessa época e região conseguiram sobrepujar o racismo que viram ao redor, mas Franklin foi machucado em tantos níveis que não poderia fazer isso sozinho, pelo curso normal da maturidade à vida adulta. Ele precisava se ater ao seu racismo porque não tinha outra coisa que despertasse um senso de identidade e propósito, muito menos o que culpar pela sua falta de sucesso. A questão é que a maioria dos homens que cresce em ambientes abusivos, pobres e hostis não se torna criminosa. Mas nós raramente vemos um serial killer ou um agressor violento que venha do que chamaríamos de uma criação normal e saudável.

Assim como muitos serial killers, Franklin admirava outros criminosos. Ele confirmou que a ideia de fomentar uma guerra racial tinha vindo de Charles Manson. Quando mencionei que entrevistara Manson em San Quentin, seu interesse se aprofundou. Ele quis saber como era Manson pessoalmente. Comentei que fiquei surpreso por ele ser muito baixo, mas que tinha desenvolvido a capacidade de chamar atenção com suas expressões, habilidades verbais e linguagem corporal, assim como Franklin havia feito para compensar sua deficiência visual com práticas incessantes de tiro.

Franklin ficou fascinado quando contei como Manson tinha subido e se sentado no encosto da cadeira para que pudesse dominar fisicamente Bob Ressler e eu. E que até convenceu Bob a lhe dar seus óculos escuros, assim poderia dizer aos outros detentos que tinha pego de um agente do

FBI. Poderia-se achar que Franklin não tinha muito em comum com um cidadão da contracultura como Manson. Mas ele admitiu que o idolatrava, principalmente a sua capacidade de ter seguidores que faziam o que ele mandava, algo que Franklin sabia ser incapaz de realizar. Convencer outras pessoas a sair e matar quem você sugere é o maior dos poderes para ele. Para Franklin, a única esperança que tinha de influenciar seguidores era pelo seu exemplo em ações violentas. A diferença, segundo ele — como se tivesse estudado o sujeito minuciosamente —, era que a estratégia de Manson era matar um monte de pessoas brancas ricas e colocar a culpa nos negros, enquanto Franklin era mais direto: ele matava o máximo de negros que conseguisse. Após entrevistarmos Manson, eu fiquei convencido de que se ele tivesse realizado sua ambição de ser uma estrela do rock, os assassinatos de Tate e LaBianca nunca teriam acontecido. Eu jamais acreditei que ele estivesse interessado na guerra racial que pregava para sua "família". Era uma causa meramente conveniente para que todos se concentrassem num problema em comum. E não havia possibilidade de Manson embarcar em uma carreira sendo um assassino solitário — isso não fazia parte da sua persona. Para ele, tudo era uma questão de reconhecimento, de viver através dos esforços dos outros e do poder que tinha sobre eles.

Mas Franklin falava sério com relação à guerra racial. Ele tinha esperanças de que outros supremacistas brancos vissem o que ele estava fazendo e copiassem suas ações, mesmo que não soubessem quem ele era. Na verdade, o que mais parecia incomodá-lo era o fato de não ser famoso nem notório como outros serial killers e assassinos, os quais ele não considerava, nem de perto, tão bem-sucedidos quanto ele. Apesar de todas as reportagens da mídia, ele achava que a imprensa não valorizava o significado de sua missão. Muitos serial killers com motivação sexual se comparam a outros pela fama e pelo número de mortes. Como BTK, Dennis Rader não achava que recebia atenção suficiente da mídia e invejava a atenção direcionada ao Filho de Sam. Franklin não era pretensioso nem se importava muito sobre essa questão. Ele achava que deveria ser óbvio para nós que o interesse dele era esse. E, apesar de achar que qualquer coisa sobre si mesmo, com exceção da sua missão, tendia ao fracasso, essa era uma das motivações para suas confissões, agora que sentia que não tinha mais nada a perder.

Ele também estava decepcionado, uma vez que, na KKK, a maioria dos racistas só reclamava e não fazia nada. Esse comentário foi um dos fatores psicológicos em que mais ficamos interessados. Tanto para o FBI quanto para o Serviço Secreto, é uma reflexão primordial o momento em que o criminoso começa a observar que seus pensamentos raivosos têm potencial para se transformar em violência. Diferente da maioria dos serial killers, que geralmente fantasiam sobre seus crimes sexuais durante anos antes de cometerem algum de fato, foi assustador perceber que alguém como Franklin podia sempre estar pronto para entrar em ação, fosse com uma conversa ou com um panfleto disseminando ódio. Tudo sobre o que reclamava ou insinuava confirmava minhas suposições originais e atuais sobre sua transição.

As tendências violentas surgiam da combinação dos seus traços de personalidade e fosse lá o que estivesse passando na sua cabeça que controlava a função executora. A hostilidade, a frustração, a raiva e o ressentimento sobre seus próprios fracassos o levavam ao limite e o transformavam numa pessoa violenta. Até onde eu sabia, com base na minha pesquisa e nos estudos desse caso, os alvos — afro-americanos e judeus — eram a justificativa para seus impulsos violentos e sua necessidade de agir. Terroristas podem ser bastante sinceros sobre seu senso de missão, mas até hoje não vi nem estudei um único criminoso que não tivesse questões psicológicas profundas e necessidade de provar seu valor por meio de suas ações. É o que líderes terroristas e estrategistas aprenderam a reconhecer e analisar nos perfis das pessoas ao recrutarem homens-bomba, atiradores e sequestradores. Assim, se tudo tivesse sido igual no passado de Franklin, exceto sua exposição ao nazismo e a sentimentos racistas, acho que ele ainda teria se transformado em um assassino, só que com alvos diferentes. A violência, para alguém como ele, torna-se a realização primordial, a grande autorrealização.

A maior diferença que percebi entre Franklin e outros tipos de terroristas e assassinos é que ele não era suicida nem tinha um complexo de mártir. Todo o risco que corria era calculado. Um componente-chave do seu planejamento minucioso era sua estratégia de saída ou de fuga de cada crime, algo em que a maioria dos assassinos não pensa muito. O ato histórico deles é o *grand finale* e, embora possa acabar com sua vida ou sua liberdade, eles acreditam que é este ato que vai garantir seu lugar na história. Franklin não tinha tais intenções. Portanto, quando mencionei sua primeira detenção e fuga em Florence, Kentucky, e perguntei se ele tinha algum plano de contenção ou dinheiro, roupa e outros recursos escondidos em algum lugar, ele respondeu que não — não planejara cometer um crime naquela noite, portanto não tinha se preparado para fugir.

Esse é um exemplo perfeito da confusão e da mistura de situações organizadas e desorganizadas que vemos com frequência em agressores que cometem crimes em série. Eles se acham racionais e planejadores, mas, quando não estão com essa mentalidade, ficam vulneráveis às próprias emoções e impulsos, assim como todos nós. Quando Franklin viu que outro carro bloqueava o dele no estacionamento daquele hotel, ficou com raiva e preocupado de não conseguir sair quando precisasse. No momento em que decidiu reclamar, revelou que sequer pensou no fato de que havia armas no Camaro, pois não achou que alguém olharia lá dentro.

A fuga da delegacia de Florence foi bastante habilidosa e com certeza uma questão de oportunidade, assim como seu breve escape no Metropolitan Hall of Justice, em Utah. Nenhuma das duas vezes fora planejada, e as habilidades de improviso de Franklin pararam por aí.

Isso nos levou a perguntar sobre o tempo em que esteve foragido. Era óbvio que ele precisava de dinheiro, e eu queria testar minha teoria sobre por que ele não tentara roubar um banco, algo que se sentia confiante para fazer. Ele confirmou todas as minhas suposições. Sabia que era um criminoso muito procurado e que os departamentos de polícia de todo o país deviam estar buscando por ele. Os bancos possuem câmeras de segurança e, mesmo que estivesse disfarçado, se roubasse um banco seria muito fácil que a polícia o pegasse antes que conseguisse fugir. Ele também tinha vivenciado uma experiência ruim com um lote de dinheiro explosivo em um roubo a banco e não queria voltar a se arriscar daquele jeito.

Será que ele pensou em cometer qualquer outro tipo de roubo ou furto? Vagamente, confessou, mas ficou evidente que sua paranoia já tinha avançado a um nível alto, e ele admitiu que não estava pensando com muita clareza. Queria voltar para casa, no Alabama, ou ir para algum lugar no Sul, e relatou que estava ficando um pouco desesperado. Já tinha vendido seu sangue antes e sabia que conseguiria dinheiro rápido dessa maneira.

Achou que ficaria vulnerável no banco de sangue, mesmo registrando um nome falso? Ele olhou para nós como se não estivéssemos entendendo. É claro que sim, fazia sentido quando estava ali sentado na prisão, pensando sobre isso. O problema é que, quando se é um fugitivo e cada olhar de um estranho pode significar uma denúncia, você não raciocina direito. Ele já estava no fim da linha. E, apesar de não ter usado esse termo, indicou que estava ficando descompensado. Precisava de um pouco de dinheiro para se fortalecer, encontrar um lugar melhor do que um abrigo municipal para dormir e planejar seu movimento seguinte. Ele era extremamente móvel, mas precisava de dinheiro para viajar.

Como havia feito nos interrogatórios com investigadores, ele descreveu os detalhes de suas crenças de ódio. Era evidente que Franklin não ia mudar sua forma de pensar, assim como nós não mudaríamos a nossa. Esse sistema paranoico e ilusório a que ele se submetia, no qual os judeus controlavam de maneira nefasta todos os mecanismos de governo e comércio e os negros eram seus colegas ignorantes e, de alguma forma, menos humanos, parecia lógico em sua própria estrutura de valores — e ele não estava disposto a abandoná-la. Com pessoas assim, quanto mais você tenta convencê-las da lógica real do seu pensamento, mais atenuado e desconectado fica o argumento delas. Mas vão sempre se agarrar às próprias ideias, pois mudar o seu modo de pensar significaria ter que reconhecer a própria inadequação. Na verdade, Franklin equiparava os três anos que passara assassinando antes de ser preso ao sacerdócio de três anos de Cristo antes de ser preso e crucificado — uma comparação que fazia para outras pessoas. Ele acreditava piamente que estava realizando a vontade de Deus e justificava seu objetivo dizendo que, se o Senhor desejasse a miscigenação, teria criado uma única raça.

O único momento em que quebramos a guarda de Franklin foi quando falamos de sua filha, Lori. Ela nascera durante os anos em que ele cometia sua onda de assassinatos e devia ter uns dez anos. Sabíamos que Franklin não a via desde que tinha sido preso, e ele contou que sua ex-mulher impedira que se comunicassem. Ele ficou desanimado ao falar da filha, algo que não acontecia quando descrevia todas as pessoas que tinha matado, incluindo os dois adolescentes.

Nesse aspecto, eu o achei bastante semelhante aos serial killers em geral. As vítimas que matava eram metas impessoais para ele, sujeitas a total objetificação. Os membros de sua família eram pessoas reais, dignas de emoções verdadeiras de sua parte. Embora ele tivesse abandonado a mãe de Lori quando a bebê estava para nascer, Franklin agora tinha envelhecido e talvez estivesse mais vulnerável emocionalmente. A filha não era mais um bebê abstrato, mas uma menina de verdade, de dez anos, e a tristeza que ele sentia por não fazer parte da vida dela era palpável. Ele parecia se apegar à fantasia de que, se tivesse estado presente, teria sido um pai bom e acolhedor, o oposto de como seus pais o tratavam.

Nesse caso, esse sentimento humano natural era somente mais uma manifestação de seu narcisismo e sua falta de empatia. Não era sobre Lori não ter tido um pai. Era sobre Franklin não ter tido a oportunidade de ser pai, como era seu direito. Tudo era sobre ele, e não sobre essa menina crescer com o estigma de ter um pai racista e serial killer.

Nós tínhamos uma câmera conosco, como costumávamos levar para as entrevistas na prisão, e ele pediu que tirássemos algumas fotos dele e as enviássemos para ela. Ele se posicionou no meio da sala e fez uma série de poses de artes marciais e fisiculturismo. Primeiro, achei que estivesse de brincadeira, mas ele parecia sério. Essa era a forma que ele queria que sua filha pré-adolescente o visse. Pela primeira e única vez, quase senti pena dele.

18

No caminho de volta para o hotel, paramos em uma loja de conveniência para comprar uma garrafa de rum e um engradado de doze latas de Coca-cola. Quando chegamos ao meu quarto, enchemos o balde de gelo na máquina do corredor, abrimos a garrafa de rum e os refrigerantes e começamos a segunda parte do nosso trabalho: preencher os dois formulários de avaliação. Eu nunca fazia anotações durante as entrevistas porque isso distraía o prisioneiro e interrompia a intensidade da conexão essencial entre nós. Então, assim que o trabalho do dia terminava, tentávamos recuperar da nossa mente tudo o que lembrávamos e colocar no papel. Eu tinha chegado ao ponto de, ao ouvir uma resposta importante de um detento, compor na minha cabeça como eu iria escrevê-la no formulário de avaliação. Nesse caso, conversamos sobre cada uma das questões do formulário e depois Ken os preencheu.

Primeiro, abordamos Trapnell.

Muito mais do que Franklin, Trapnell queria interagir e só concordou em especular sobre seus crimes na terceira pessoa, como se estivéssemos conversando sobre outro alguém. Isso me lembrou da maneira como Ted Bundy interagiu com os investigadores. Trapnell se gabava de como conseguia fingir qualquer condição do DSM de forma crível o suficiente para enganar um psiquiatra forense. Quando dissemos que "muitos psiquiatras testemunharam no tribunal que você era louco", ele riu e retrucou: "Quem sou eu para refutar as palavras de profissionais tão renomados?"

Nós debatemos se eu conseguiria ou não capturá-lo se ele fosse um fugitivo. Comentei que sabia que ele cortaria qualquer contato com a família porque os policiais federais estariam de olho nela, assim como fizeram com Franklin. Mas eu também sabia que seu pai tinha sido um oficial do alto comissariado da Marinha, a quem ele amava, respeitava e queria agradar. Gary começou a cometer crimes quando seu pai faleceu. Contei a ele que eu pediria que agentes escoltassem o túmulo no Cemitério Nacional de Arlington na noite de Natal, no dia do aniversário de seu pai e também no aniversário de sua morte.

Eu vi que a expressão de seu rosto mudou e, involuntariamente, ele deu um sorriso irônico. "Você me pegou!", admitiu ele.

Falei, então, do pedido para "libertar Angela Davis". Sorrindo novamente, ele contou que estava comprometido com a libertação dos negros e tentando corrigir os erros cometidos contra os afro-americanos desde que foram trazidos como escravos. Só que tudo parecia eloquente e ensaiado demais. Por fim, continuamos pressionando e ele confessou a motivação real, assim como aconteceu com David Berkowitz quando este admitiu que era uma grande invenção a história do cachorro do vizinho que ordenava que ele cometesse os assassinatos.

Trapnell disse algo como: "Eu sabia que o sequestro do avião era muito arriscado e poderia não dar certo. E, se não desse e eu fosse preso, pegaria bastante tempo de prisão. Eu conhecia a fama barra-pesada das prisões federais, e imaginei que, se os detentos negros pensassem que eu era um preso político, minhas chances de ser encurralado ou estuprado no chuveiro seriam reduzidas!"

Então estava explicado. Apesar do cinismo perverso da ideia, ele despertou meu respeito por sua sofisticação criminal. Esse homem estava cobrindo conscientemente suas contingências.

Essa acabou sendo uma perspectiva importante nos nossos treinamentos para policiais que fazem negociação de reféns — o que eu inclusive fizera um dia. Sempre que o sujeito faz uma exigência ou declaração que parece sem sentido pode ser extremamente importante. Pode significar que a dinâmica da negociação mudou e que você está mais próximo da resolução, que ele já seguiu para o estágio seguinte em sua mente e que o negociador deve reagir seguindo essa lógica. Isso pode evitar muita violência.

Comparemos, então, esse pensamento a Franklin, que bolava planos elaborados para prosperar em seus crimes, sabia com antecedência a rota mais curta para sair da cidade, dispunha das armas que usaria, trocava seus carros e mudava sua aparência física com perucas, comprimentos diferentes de cabelo e disfarces. O que ele não planejava era o que faria se fosse pego ou preso, em vez de tentar fugir. Seu ódio passional por pessoas negras impedia qualquer vivência com detentos negros, e, no seu terceiro dia em Marion, ele foi quase morto por detentos afro-americanos que conheciam sua reputação repugnante, enquanto Trapnell foi esquecido.

Na verdade, Trapnell não sentia nada além de desprezo por Franklin. Quando contamos que tínhamos acabado de entrevistá-lo, ele ficou ofendido. "Vocês vieram até aqui conversar comigo e desperdiçaram tempo falando com um racista idiota como ele?"

Enquanto Ken e eu estávamos sentados no quarto do hotel e voltamos nossa atenção para Franklin, concordamos que ele tinha uma ideia bastante concreta de seu caráter e condição psicológica. Basicamente todos os elementos importantes que eu tinha especulado na avaliação estavam corretos, e a descrição dele das semanas em que estava fugindo confirmou que aumentar seu nível de estresse o forçou a ficar em uma posição vulnerável. O curso de sua vida foi, de fato, determinado por uma combinação da condição fisiológica básica com a qual nasceu, sua infância disfuncional, abusiva e negligenciada, os hábitos e preconceitos sociais do ambiente em que cresceu e seu movimento na direção de grupos extremistas que ele achava que o ajudariam a compensar suas próprias inadequações, corroborado pela leitura de uma literatura de propagação do ódio.

O que concluímos também — Ken de sua perspectiva de proteção e tentativa de prever o perigo, e eu utilizando as pistas comportamentais para solucionar crimes e identificar suspeitos — é que alguém com esse perfil é difícil de se apreender e ainda mais difícil de antever.

Ken argumentou que, quando está estudando organizações extremistas que defendem ou apoiam a violência, como determina quais desses doidos vão, de fato, tornar-se violentos? Como se seleciona esses indivíduos específicos? Não parece haver nenhum padrão de comportamento preciso para procurarmos.

Franklin estava certo ao dizer que, quando era membro da KKK e do Partido Nazista, essas organizações tinham agentes infiltrados. Mas, até onde posso revelar, nenhum informante do FBI jamais comentou sobre Franklin ou imaginou que ele sairia por aí matando pessoas. Pelo que sei, o nome dele nunca apareceu em nenhum relatório dos informantes.

Concluímos que tentar mudar a cabeça de um adulto como Franklin era uma tarefa impossível. Teríamos que pensar em algo para substituir essas ideias — e isso requereria esforços de imersão total, como as táticas que os militares utilizam no treinamento básico para zerar um recruta e reconstruí-lo com a atitude e o pensamento desejados. Isso não seria possível com um homem como Franklin. Não só porque a pessoa tem que querer, mas porque não há locais ou mecanismos que pudéssemos usar para alcançar essa meta. Seu ódio era o que lhe dava forças, o que o norteava na vida. Com exceção da ideia de intervenção intensiva quando ainda era jovem, como mencionamos anteriormente, não havia uma maneira de transformar o Franklin adulto em um membro útil e produtivo da sociedade, com uma perspectiva positiva e uma sensação de pertencimento.

O fato de isso ser algo difícil de fazer, o que determinamos dos nossos estudos com assassinos em geral e especificamente da nossa entrevista com Franklin, não é uma rendição ao problema nem uma falha da ciência comportamental. De uma perspectiva de proteção do Serviço Secreto, se você não consegue prever de onde a ameaça está vindo, precisa proteger mais o alvo. Por exemplo, da década de 1940 à de 1960, era comum que presidentes e outros políticos passassem em carros abertos pelas multidões que se aglomeravam em ruas e prédios. Após a terrível tragédia do assassinato de John F. Kennedy em Dallas, em 22 de novembro de 1963, foi determinado instantaneamente que não era possível proteger um presidente daquele jeito, e essa prática foi suspensa. É uma pena quando uma figura política precisa ser separada do seu público, mas é a realidade que precisamos enfrentar.

Isso não significa que o Serviço Secreto devia parar de acompanhar as ameaças, somente que camadas adicionais de segurança são essenciais.

Minhas necessidades e meus objetivos como agente do FBI são um pouco diferentes. Eu adoraria poder eliminar assassinos em potencial antes de eles matarem pessoas, mas essa não é a nossa função. FBI é a sigla para Agência Federal de Investigação (*Federal Bureau of Investigation*, em inglês), e não Agência Federal de Prevenção. Nós costumamos dizer que, se você está confiando em nós como órgão de aplicação da lei para resolver seus problemas com a sociedade, você está bem atrasado. Nossos esforços na ciência comportamental têm o intuito de aprender mais sobre como capturar os criminosos depois que eles agiram e, como desejamos, antes de agirem de novo. E, desse ponto de vista, a entrevista com Franklin foi útil e esclarecedora.

Joseph Paul Franklin definiu um tipo diferente de serial killer e de personalidade assassina. Ele vinha de um passado similar, senão pior, a outros criminosos que havíamos estudado, mas seus crimes não tinham motivação sexual. Embora ele estivesse compensando suas próprias inadequações, não buscava sua glória e lugar na história tanto quanto tentava mudar a sociedade para se encaixar em sua própria visão de mundo, por meio de seus esforços e exemplos a outras pessoas. Ele se arriscava de maneira calculada, mas não queria ser preso nem tinha complexo de mártir. E, apesar de suas ideias serem abomináveis, ele acreditava sinceramente que o que estava fazendo tinha motivação religiosa. Ele achava mesmo que a combinação do seu plano com a sorte era trabalho de um Deus que queria que ele prosperasse em sua missão. Franklin se movia livremente pelo país usando diversas alcunhas, identidades falsas, disfarces, carros diferentes, armas distintas e endereços variados. Não era limitado a uma única forma de matar. Ele cometeu a maioria de seus crimes atirando a distância, então havia pouca evidência física e comportamental no local dos assassinatos — e, portanto, a cena do crime tinha que ser consideravelmente expandida. Por todos esses motivos, um criminoso desse tipo é muito difícil de ser capturado, a não ser que cometa um erro. Assim como é muito difícil determinar quem irá emergir da multidão como o próximo Joseph Paul Franklin.

Felizmente, não tivemos muitos assassinos com a mente tão fechada, versáteis, móveis e engenhosos como Franklin. Mas talvez a lição mais importante da entrevista foi expandir nossos horizontes investigativos em termos de coligação de mortes e padrão de reconhecimento. Precisávamos coordenar melhor nossas atividades com as agências de aplicação da lei nas áreas em que os crimes eram cometidos e compartilhar e comparar evidências e relatórios; e quando um UNSUB de certo tipo estava em ação, precisávamos traçar estratégias proativas para conduzi-lo a fazer um movimento em que pudesse ser identificado e colocá-lo sob a maior pressão e estresse possíveis, até ele ceder.

Nós não fomos os únicos que seguiram interessados em Franklin.

QUANDO FRANKLIN JÁ TINHA PARADO DE CONFESSAR SEUS CRIMES, EM MEADOS DOS ANOS 1980, ainda havia assassinatos não solucionados que possivelmente envolviam seu nome — crimes dos quais ele era somente suspeito. E um, especificamente, provou-se crucial para o seu destino.

Logo depois de ele chegar a Marion, em 1982, Lee Lankford, investigador do departamento de polícia de Richmond Heights, em St. Louis, começou a escrever para ele dizendo que queria conversar sobre os tiros na Congregação Israelita Brith Sholom, em 1977. Quando Franklin foi acusado em Salt Lake City, Lankford acompanhara o caso, e os detalhes o levaram a contatar o Departamento de Justiça, em Washington, para pedir que eles compartilhassem os arquivos de investigação. Enquanto ele revisava os arquivos, tudo apontava para Franklin como o atirador da sinagoga, mas a evidência não era óbvia. O que Lankford precisava realmente era de uma confissão.

Ele começou, então, a tentar falar com Franklin diretamente, primeiro enviando pequenas quantias de dinheiro para o comissário da prisão e revistas para aliviar o tédio, na tentativa de construir algum tipo de empatia. Em determinado momento, ele dirigiu duzentos quilômetros até Marion, apareceu na penitenciária e pediu para ver o detento, mas Franklin recusou a visita.

Lankford jamais desistiu e continuou trabalhando no caso durante anos. Ele falava com a mãe de Gerald Gordon toda semana. Quando foi promovido a chefe do departamento, em 1988, levou uma grande caixa com os arquivos do caso para sua sala e continuou tentando entregar aos procuradores o que eles diziam que precisavam para fazer uma acusação formal do assassinato de Gordon. Ele nunca desistiu de se encontrar com Franklin. "Eu quero olhar para ele olho no olho", declarou para o *St. Louis Post-Dispatch*.

Em outubro de 1994, Franklin entrou em contato com o FBI e afirmou que ele era o atirador do assassinato na Congregação Israelita Brith Sholom Kneseth, que ocorrera quase dezessete anos antes. O FBI passou a informação para a polícia de Richmond Heights. Lankford tinha se aposentado havia dois anos, mas ninguém ficou mais feliz do que ele com a possibilidade de finalmente chegar a um desfecho desse caso e por poder cumprir a promessa que fizera à mãe de Gerald Gordon tantos anos antes. Ele chegou, inclusive, a ir até Irving, Texas, para visitar a loja de armas onde Franklin disse ter comprado o rifle. Franklin tinha roubado um banco em Oklahoma, de onde fugiu com uma bolsa que explodiu com um pacote de notas tingidas. Franklin colocou duas notas de cem dólares dentro da meia, imaginando que o suor dos pés faria com que a tinta saísse. O dono da loja de armas relatou a Lankford que Franklin pagou o rifle com duas notas de cem dólares amassadas e úmidas que tirou de dentro do sapato.

Os investigadores Richard Zwiefel e John Wren foram a Marion entrevistar Franklin no mês seguinte. "Ele disse que queria ficar com a consciência limpa. Foi uma conversa calma, quase casual", afirmou Zwiefel. "Ele não foi arrogante. E continua sendo racista."

À SOMBRA DO SERIAL KILLER

Por um lado, era surpreendente que Franklin resolvesse confessar àquela altura, mas parecia ter um motivo. Em 1983 e 1984, quando Franklin tinha entrado em contato com as autoridades da Geórgia, do Tennessee e do Wisconsin, jamais mencionara o crime, apesar de os investigadores suspeitarem dele. Um motivo possível era que Missouri era um estado com pena de morte e, como falou, ele "não estava ansioso para ser enviado à câmara de gás".

Então, o que tinha mudado nesses dez anos?

Ele revelou que teve um sonho no qual alguém lhe dizia para confessar e que, como era adepto da Bíblia, acreditava fielmente em sinais e presságios. Sendo mais prático, embora ainda estivesse sendo mantido na unidade protetiva K em Marion, Franklin seguia convencido de que tanto os detentos negros quanto os guardas queriam matá-lo. Mesmo se ele fosse condenado e recebesse a sentença de execução, imaginou que viveria muito mais tempo no corredor da morte de uma prisão estadual, já que a máquina da justiça girava lentamente, do que se permanecesse um alvo em Marion.

E havia outro fator, que deve ter pesado em sua decisão: 1994 foi o ano em que o pai de Franklin, James Clayton Vaughn Sr., faleceu na ala psiquiátrica de um hospital em Biloxi, Mississippi.

Depois de ser indiciado, Franklin foi transferido de Marion para a prisão de St. Louis County. Na época de sua confissão, o caso de Richmond Heights era apenas seu terceiro assassinato descoberto cronologicamente, após as mortes de Alphonce Manning Jr. e Toni Schwenn no estacionamento do shopping East Towne dois meses antes. Mas, de muitas formas, foi seu crime mais arquetípico — um ataque bem planejado de franco-atirador, de muito longe, sem nenhum alvo específico em mente; somente um ódio doentio generalizado por um grupo particular. É como se tivesse sido o ato de violência fatal mais importante para Franklin, que representava sua perspectiva de vida e sua noção de propósito. Às vezes, a despeito dos grandes esforços das agências de aplicação da lei, não basta simplesmente saber quem é o assassino para trazê-lo à justiça em função de um crime específico.

No fim, eu imagino, o assassinato na sinagoga Brith Sholom era tão importante na cabeça de Franklin que, embora o Missouri fosse um estado com pena de morte, ele não conseguiu guardá-lo para si — sua compulsão era forte demais. Todos os outros motivos que ele dava, de tempos em tempos, para fazer uma confissão, incluindo a vontade de sair de Marion, na minha opinião, eram secundários.

DEMOROU MAIS DE DOIS ANOS PARA ELE IR A JULGAMENTO EM ST. LOUIS. ENQUANTO ISSO, EM 20 de abril de 1995, o investigador de Chattanooga, Tim Carroll, recebeu um telefonema da prisão de St. Louis County dizendo que um detento queria confessar um crime antigo.

Na noite do dia 29 de julho de 1978, William Bryant Tatum, de vinte anos, foi baleado e morto no estacionamento de um Pizza Hut. Sua namorada de dezoito anos, Nancy Diane Hilton, ficou ferida. Tatum, calouro da Universidade do Tennessee em Chattanooga, conhecido pelo sobrenome, era negro. Hilton, que trabalhava no Pizza Hut, era branca. Os dois planejavam se casar em novembro. Carroll se lembrava bem do caso. Foi o único assassinato não solucionado de Chattanooga naquele ano.

Franklin disse que era o responsável e pediu que Carroll fosse encontrá-lo. Carroll perguntou por que ele tinha decidido confessar depois de tanto tempo. Franklin respondeu que queria esclarecer o máximo possível de casos de pena de morte contra ele. A resposta se encaixava com o que entendi nas minhas entrevistas: ele continuava com sede de reconhecimento e ainda comparava sua imagem à de outros serial killers conhecidos.

Carroll concordou em ir até a prisão e, cinco dias depois, chegou com o investigador Mike Mathis. Quando Franklin chegou à sala de conferências, com a cabeça raspada, viu Mathis e exigiu que ele saísse da sala. Franklin argumentou que nunca tinha falado com Mathis e, portanto, não confiava nele. Na tentativa de conseguir uma confissão, Mathis concordou em sair.

"Eu estava numa missão de busca e destruição de pessoas que misturavam as raças", admitiu Franklin para Carroll enquanto descrevia o momento em que viu e seguiu o casal. Ele estacionou o carro e encontrou um local com grama alta ali perto. Era próximo ao Ford Mustang 1974 de Hilton. Dez minutos depois, o casal saiu do restaurante. Franklin mirou e disparou sua espingarda pump calibre .12. Ele atingiu Tatum no peito, e a bala atravessou o coração e um pulmão. Hilton foi atingida do lado direito.

"Se ele não tivesse confessado, é provável que o caso nunca fosse solucionado", publicou a AP, citando Carroll. "O telefonema dele foi para nos avisar que ele havia cometido o assassinato, não para dizer: 'Eu sinto muito por ter feito aquilo.' Não havia remorso algum."

O júri indiciou Franklin por homicídio no dia 1º de março de 1996. Quando um juiz do Tribunal Criminal de Hamilton County, Tennessee, marcou uma data para o julgamento no ano seguinte, Franklin comentou: "Legal."

Procuradores disseram que iam lutar por mais uma condenação de pena de morte, só para garantir.

19

nquanto esperava o julgamento em Missouri, Franklin começou a falar novamente.

Ele tinha admitido para um repórter do St. Louis Post-Dispatch, em novembro de 1995, ter atirado em Vernon Jordan, mas não deu detalhes nem contou nada mais. Em abril do ano seguinte, em uma entrevista ao repórter R. Joseph Gelarden, do Indianapolis Star, publicada no domingo, 7 de abril de 1996, ele revelou que primeiro tinha pensado em matar o líder da luta pelos direitos civis Jesse Jackson, em Chicago, mas mudou o foco para Jordan quando descobriu que ele faria um discurso em Fort Wayne.

Ele confessou que não tinha certeza, na escuridão, se o homem em sua mira era Jordan ou não. De qualquer forma, como era um homem negro com uma mulher branca, parecia um alvo ideal.

Franklin também assumiu o assassinato de dois homens afro-americanos em Indianápolis, em janeiro de 1980 — Lawrence Reese e Leo Thomas Watkins. "Eu gosto de Indianápolis", afirmou Franklin. "Eu me diverti lá. Os policiais não gostaram do que fiz, mas eu me diverti. As ruas em Indianápolis são o sonho de qualquer franco-atirador." Ele disse que decidiu matar pela segunda vez lá depois de não ver nenhuma cobertura da mídia após o primeiro assassinato. Mais uma vez confirmando que ele, assim como muitos psicopatas, seguia as reportagens da mídia para ver seus crimes retratados.

À SOMBRA DO SERIAL KILLER

Após o assassinato de Watkins, os dois casos apareceram nos jornais. Foi quando ele contou que destruiu o rifle e espalhou os pedaços em lugares diferentes.

Na mesma edição de domingo do *Star*, Gelarden publicou uma entrevista feita comigo pelo telefone, na tentativa de responder o que transforma uma pessoa em um serial killer. Ele citou um trecho do Manual de Classificação Criminal, no qual Franklin servia de exemplo na categoria Homicídios Políticos Extremistas, e depois elaborou algumas das minhas ideias sobre os efeitos de uma criação abusiva e negligente em certos tipos de personalidade vulnerável.

"Franklin decidiu que, quando adulto, não seria privado da necessidade de pertencimento e de ser especial que lhe fora negada na infância", Gelarden citou minha fala. "A consequente falta de atenção e o sentimento de insignificância exigiram que ele tomasse medidas especiais para dar valor à sua vida e comunicar o tema central dela: a limpeza dos Estados Unidos."

"Franklin decidiu que sua mensagem seria levada a sério se fosse dita com sangue derramado."

Quando repórteres entraram em contato com três jurados do julgamento do ataque a Vernon Jordan e contaram a confissão de Franklin, eles disseram que não ficaram surpresos, mas que os procuradores federais não tinham apresentado evidências para condená-lo que fossem mais do que uma grande suposição.

Além dessas confissões, Franklin admitiu um crime no Mississippi que outra pessoa tinha assumido. Por volta das nove e meia da manhã de 25 de março de 1979, duas pessoas que lavavam seus carros em um lava-rápido em Jackson encontraram o corpo de um homem afro-americano que a polícia local identificou como Johnnie (algumas vezes com a grafia Johnny) Noyes, de 25 anos, que morava próximo dali, estendido ao lado de seu veículo. Ele tinha levado um tiro no peito, aparentemente enquanto dirigia. Noyes era o filho mais velho de oito irmãos, estudante da Jackson State University, que tinha resolvido seguir uma carreira médica após a faculdade. Divorciado recentemente, ele tinha duas filhas pequenas.

Sua mãe, Emma, sabia que havia algo errado quando ele não apareceu para almoçar em sua casa em Hallandale, a cerca de 145 quilômetros dali. Ela tinha preparado bagre, sua comida favorita.

A tia de Johnnie, que morava em Jackson, ligou para dar a notícia terrível.

A polícia não conseguiu determinar uma motivação. Não conseguiu encontrar uma arma. Não havia testemunhas nem suspeitos.

O caso permaneceu aberto sem pistas significativas até 1984, quando Henry Lee Lucas, um serial killer de 47 anos, um crápula sem moral de Blacksburg, Virgínia, começou a confessar suas centenas de homicídios pelo país quando estava preso em Georgetown, Texas. As agências de aplicação da lei correram até lá, na tentativa de encerrar qualquer um de seus crimes não solucionados.

O investigador da polícia de Jackson, David Fondren, foi um deles. Ele viajou até o Texas para entrevistar Lucas, que declarava ser responsável por três assassinatos em Jackson, incluindo o de Noyes. Lucas afirmou que avistou Noyes quando este estava dirigindo na direção sul da Interestadual 20, em Mississippi, onde a estrada passa perto da interseção entre a Rodovia 80 e a Valley Street, onde ficava o lava-rápido. Ele contou a Fondren que atirou nele com um revólver Magnum .357.

Quando Fondren retornou com essa informação, a história parecia crível e a polícia foi motivada a dar o caso como solucionado. Eles avisaram a Emma Noyes que o encerramento poderia estar próximo. No entanto, quanto mais investigavam, mais a história de Lucas começava a parecer improvável. Fondren conseguiu confirmar que Lucas estava em outro lugar na data do crime. O provérbio sobre "honra entre os ladrões" parece se aplicar aqui, e cada um tem o próprio entendimento disso. Lucas — que, assim como Franklin, tinha um pai alcoólatra, havia machucado gravemente o olho em um acidente na infância e passara grande parte de sua vida nas ruas — assassinara provavelmente entre três e onze vítimas, embora alegasse ter cometido mais de cem homicídios. A motivação devia ser uma combinação de tédio e notoriedade, já que ele não tinha nenhuma outra conquista na vida. Franklin, tão imoral quanto ele, possuía certo senso de honestidade em relação a seus crimes.

À SOMBRA DO SERIAL KILLER

É um fato dentro da aplicação da lei que confissões não solicitadas e espontâneas são comuns, e é parte do trabalho do investigador separar as declarações legítimas das falsas. É por isso que é tão importante saber o máximo de informação possível sobre um suspeito para determinar sua credibilidade. Embora Franklin brincasse com o sistema e muitas vezes negasse declarações que ele mesmo fizera, nunca soube de ele admitir um crime que não havia cometido.

E assim as coisas permaneceram até o início de maio de 1996, quando Franklin saiu de sua cela na prisão do Missouri e reivindicou o crédito por mais esse homicídio. O detetive Chuck Lee investigou a declaração e disse que Franklin dera detalhes que somente o assassino poderia saber. "Nós estamos convencidos, assim como a procuradoria estadual, de que ele é o assassino", declarou Lee para o *Clarion-Ledger*, de Jackson.

Ele debateu com o promotor sobre ir ao Missouri entrevistar Franklin, assim como Fondren fizera com Lucas, mas chegaram à conclusão de que não fazia sentido iniciar mais um processo legal e decidiram, por fim, encerrar o caso e dar à família de Noyes a certeza que buscaram durante dezessete anos. Emma Noyes faleceu em novembro de 1997, depois de saber finalmente quem tinha matado seu filho.

O JULGAMENTO DO HOMICÍDIO DE GERALD GORDON COMEÇOU NA SEGUNDA-FEIRA, 27 DE JANEIRO de 1997, quase vinte anos depois do crime. Douglas J. "Doug" Sidel assumiu a acusação. Atuando como seu próprio advogado, Franklin foi assistido pelos defensores públicos Karen Kraft e Richard Scholz, mas ele não deixou que os dois interviessem nem protestassem nenhuma das perguntas feitas às testemunhas de Sidel. O júri era formado apenas por homens brancos. Franklin declarou que havia excluído as mulheres porque elas tinham mais compaixão do que os homens e ficariam menos propensas a impor a pena de morte, que ele alegava querer.

Apesar de Franklin já ter confessado o homicídio de Gerald Gordon e o ferimento de William Ash, a acusação apresentou uma linha do tempo cuidadosamente construída, que mostrava como Franklin havia comprado o rifle Remington .30-06 em Dallas com dinheiro obtido no roubo ao banco em Little Rock, já com a intenção de matar judeus. Ele considerou diversas áreas possíveis no Centro-Oeste até decidir que St. Louis tinha a maior população judaica. Encontrou a Congregação Israelita Brith Sholom Kneseth nas páginas amarelas, junto com outras inúmeras sinagogas. Deu uma volta de carro para dar uma olhada e escolheu aquela pelo acesso fácil até a estrada para sua fuga.

William Ash, que tinha perdido um dedo no ataque, e Steven Goldman, que estava perto de Gerald Gordon no estacionamento da sinagoga e tinha levado um tiro de raspão, foram testemunhas. Era a primeira vez que os dois viam Franklin pessoalmente.

Uma das pessoas sentadas no tribunal todos os dias era Richard Kalina, de 32 anos, já casado e pai de dois filhos. Era do bar mitzvah de Kalina que Gerry Gordon estava saindo no dia em que fora assassinado. Kalina fez terapia durante anos para lidar com o estresse pós--traumático que sofreu no dia em que perdera sua inocência, como ele definia, e que sua "vida inteira mudara numa fração de segundos".

A acusação mostrou para os jurados uma entrevista gravada, na qual Franklin, referindo-se aos judeus, declarava: "Eu acredito que eles sejam responsáveis por todo o mal do mundo, direta ou indiretamente."

Quando o delegado Zwiefel perguntou se ele lamentava algum de seus atos, ele respondeu:

— Eu só lamento não ser legalizado.

— O que não ser legalizado?

— Matar judeus.

Franklin, que usava um macacão laranja da prisão e algemas de tornozelo por cima dos tênis preto de cano alto, interrogou as testemunhas de acusação, mas não chamou nenhuma do lado do réu e sequer apresentou uma defesa.

— Foi uma morte premeditada e intencional, e ele queria ter matado mais pessoas — afirmou Sidel em sua argumentação final. Franklin não fez declaração inicial nem final.

Na quinta-feira, dia 30 de janeiro, o júri levou menos de quarenta minutos para voltar com o veredito culpado para a acusação de homicídio doloso qualificado pela morte de Gerald Gordon e para as duas tentativas de homicídio doloso qualificado. Quando o veredito foi lido, Franklin fez um sinal de positivo com o polegar para o júri e sussurrou:

—Muito bom!

No dia seguinte, os jurados voltaram ao tribunal para decidir a sentença. Sidel começou falando:

—Esse ato é absolutamente doentio e depravado. E, por causa dele, três meninas cresceram sem o pai, jamais terão o pai para conduzi-las ao altar quando se casarem. A morte é a única consequência apropriada.

Na vez de Franklin, ele olhou para Sidel e disse:

—O que ele acabou de declarar é verdade. Logo depois que cheguei à prisão de St. Louis County, conversei com um detento que me falou: "Sabe, Franklin, se você não receber a pena de morte aqui, você tem que matar outra pessoa para garantir que eles façam isso da próxima vez."

"E pensei sobre essa afirmação, sabe? E decidi que, se não votarem pela pena de morte, é isso o que vai acontecer. Eu já estou cumprindo seis penas consecutivas de prisão perpétua. E seria simplesmente uma farsa se vocês não me condenassem à pena de morte. Então, é isso que eu peço. Não tenho muito o que argumentar. Obrigado. É só isso."

Eles deliberaram por pouco mais de uma hora e entenderam que o crime atendia aos parâmetros legais para a punição da pena de morte. Também recomendaram mais duas penas de prisão perpétua por atirar nos outros dois homens. A pena de morte, então, passaria à frente das seis penas consecutivas de prisão perpétua que Franklin já estava cumprindo pelos homicídios em Madison e em Salt Lake City.

Ao optar pela pena de morte, segundo os relatórios do julgamento, "o júri entendeu a existência de três circunstâncias estatutárias agravantes: 1) que Franklin tinha um histórico substancial de condenações por agressões sérias; 2) que Franklin, pelo ato do homicídio cometido, criou conscientemente um grande risco de morte de mais de uma pessoa em local público com uso de arma; e 3) que o assassinato era um ato vil ultrajante e arbitrário, terrível e desumano no que dizia respeito à perversidade da mente".

No dia 27 de fevereiro, o juiz Robert L. Campbell aplicou oficialmente a sentença e, no dia 10 de março, os defensores públicos de Franklin recorreram da sentença. No dia 16 de junho de 1998, o Tribunal Superior do Missouri confirmou a condenação e a sentença. Após quase duas décadas na prisão, Franklin ia encarar a perspectiva do corredor da morte, e tudo em consequência de sua própria confissão voluntária.

A Congregação Israelita Brith Sholom Kneseth homenageou Lee Lankford por sua busca dedicada por justiça e mandou plantar um bosque em seu nome em Israel.

Quando repórteres pediram comentários, tanto Hal Harlowe, o procurador que tinha feito a acusação de Franklin pelos homicídios no shopping East Towne, quanto Archie Simonson, o juiz que Franklin pretendia matar em Madison antes de se distrair, disseram que não acreditavam na pena de morte, mas que não conseguiam mais sentir empatia pelo réu.

Ele tinha finalmente atingido um de seus objetivos: após a sentença formal do dia 27 de fevereiro, Franklin foi transferido para a Penitenciária de Potosi, em Mineral Point, Missouri. Ele não voltaria mais para Marion.

20

Muitos dos predadores mortais que ajudei a capturar e que estudei receberam sentenças de pena de morte. Toda vez que isso acontece, sou confrontado por meus sentimentos com relação a essa punição definitiva. Nunca acreditei que a execução fosse um "assassinato legal", pois essa equação ignora a distinção crucial entre a vítima e o assassino, o que na minha opinião demonstra um vácuo moral. Embora eu não acredite que a pena de morte seja adequada para todos, ou mesmo necessária na maioria dos casos de homicídio, para os tipos de monstro com que costumo lidar, considero fundamentalmente moral a sociedade poder dizer que não irá tolerar a convivência com pessoas que cometeram tamanhos absurdos.

Para mim, Joseph Paul Franklin se encaixa nessa categoria. Ele destruiu a vida de homens, mulheres e crianças para atender aos seus propósitos cruéis e satisfazer a própria autoimagem. Até onde entendo, ele perdeu o direito de fazer qualquer pedido de misericórdia na terra e, se havia alguma misericórdia esperando por ele em outra vida, bem, aí já não é da minha alçada.

Ainda assim, contemplar o fim da vida de alguém é ou deveria ser uma experiência de seriedade. Eu tinha um ritual toda vez que a pena de morte era anunciada para um dos "meus" assassinos ou quando ele encarava a execução iminente. Eu ia para a minha sala, pegava o arquivo do caso e sentava na minha mesa. Ficava olhando para as fotos das cenas dos crimes. Revisava todos os protocolos de autópsia. Lia os relatórios dos investigadores. E tentava imaginar o que cada vítima tinha passado no momento de sua morte. Meus últimos pensamentos se voltavam sempre para as vítimas.

Enquanto eu começava a pensar no impacto que esse encontro com o assassino teria em mim, Franklin ainda não tinha acabado de revelar o quão prolífico ele havia sido ou, da minha perspectiva, de glorificar seus atos de devastação e ruína. Franklin podia ter recebido uma sentença de morte, mas ainda queria ser reconhecido por cada assassinato que cometera. E eu não podia encerrar a pesquisa dentro da mente dele.

Após o julgamento do assassinato de Gordon, Franklin mais uma vez contatou a mídia. Em uma entrevista para o programa de televisão sindicalizado *Inside Edition*, em março de 1997, enquanto ainda estava na penitenciária de St. Louis County, ele assumiu que matou Raymond Taylor, o gerente negro de 28 anos do Burger King de Falls Church, Virgínia, no dia 18 de agosto de 1979. Ele nunca foi suspeito nesse caso de dezessete anos.

Um mês depois, em abril de 1997, a promotora-assistente de Hamilton County, Ohio, Melissa Powers, foi entrevistar Franklin sobre a morte dos dois rapazes afro-americanos, Darrell Lane e Dante Evans Brown, em 1980. Powers fez um trabalho magistral de encenação na entrevista com Franklin, fazendo-o se sentir no controle, mesmo enquanto ela o induzia a uma confissão. Ela conduziu a conversa desde o início, explicando para ele que, na época dos dois assassinatos, Ohio estava entre estatutos sobre a pena de morte. Portanto, ele não encararia a execução no estado se fosse condenado pelos homicídios. Essa informação se mostrou crucial. Ele, então, inclinou-se na direção dela por cima da mesa e disse:

—Você sabe que fiz aquilo. Eu matei aqueles dois garotos.

Ele contou a Powers que estava muito frustrado por ninguém ter reparado em seu grande plano, o que fez com que aumentasse a escala de assassinatos.

—Eu estava ficando muito chateado porque as mídias local e nacional não estavam cobrindo o que eu estava fazendo. Acho que tinham medo de começar uma guerra racial ou algo assim. E era isso o que eu estava tentando fazer.

Ele explicou depois o por que nunca quis confessar aquele crime, mas o que Powers lhe contou sobre a pena de morte abriu seus olhos.

"Eu não queria ficar no corredor da morte em Ohio", contou ele para Kristen DelGuzzi, do *Cincinnati Enquirer*, em uma entrevista pelo telefone. "Eles têm cadeira elétrica lá. Eu não quero morrer na cadeira elétrica."

Enquanto conversava com Powers, Franklin também confessou os assassinatos de Arthur Smothers e Kathleen Mikula, em 15 de junho de 1980, quando os dois atravessavam a pé a ponte de Washington Street, em Johnstown, Pensilvânia. Powers achou que ele ficou muito mais animado e "excitado" ao falar sobre esse crime, e especulou que, além da missão definida por ele mesmo, o assassinato de casais inter-raciais tinha um componente sexual adicional. É comum que haja um fator motivacional secundário em crimes violentos, pois criminosos violentos tendem a equiparar poder com potência sexual, como vimos no caso de David Berkowitz. E então há o fato básico, que Franklin admitiu, de que estar na prisão o privava de qualquer tipo de interação com mulheres. Portanto, quando uma mulher atraente queria visitá-lo, ele se aproveitava da oportunidade. Por isso permitiu que Powers usasse sua aparência e charme de forma inteligente em prol de sua própria vantagem investigativa.

Na terça-feira, dia 15 de abril de 1997, Powers e seu colega promotor Joseph Deters fizeram uma coletiva de imprensa na qual anunciaram a intenção de apresentar evidências e conseguir uma acusação formal do grande júri para que pudessem levar Franklin de volta a Cincinnati para o julgamento dos assassinatos de Lane e Brown. Deters vivia assombrado por esses homicídios. Ele crescera a menos de um quilômetro do cavalete da ferrovia de onde o assassino atirou e estava na faculdade de direito quando o crime aconteceu. Não tinha passado pela cabeça de nenhum dos investigadores e delegados que trabalharam com tanta persistência no caso que o intervalo entre os assassinatos e a confissão era de três anos a mais do que o tempo de vida do garoto mais velho. Deters, que já tinha uma reputação sólida de procurador engajado, disse que devia um julgamento à cidade e às famílias. "Esses dois garotos eram cidadãos do nosso condado quando esse delinquente invadiu nossa comunidade e arrancou-lhes a vida", afirmou ele com raiva. "Suas famílias ainda estão em luto. Elas ainda merecem e precisam de justiça."

Powers repassou a informação sobre os assassinatos de Johnstown para os oficiais de Cambria County, Pensilvânia, e então a procuradora-assistente Kelly Callihan e a delegada de Johnstown Jeannine Gaydos entraram em contato com ele por telefone. Tiveram várias conversas durante três meses, estabelecendo um relacionamento harmonioso e um laço de confiança. Na sequência, Franklin concordou em encontrar Callihan e Gaydos pessoalmente. Durante a entrevista, na qual ele estava algemado com oito carcereiros por perto, ele concordou em gravar a confissão dos assassinatos de Smothers e Mikula. O promotor-assistente David Tulowitzki e o delegado Robert Huntley acompanharam o caso e estavam convencidos de que Franklin estava dizendo a verdade. Tulowitzki relatou que Franklin soava cada vez mais animado ao descrever os homicídios.

"Enquanto explicava o crime", disse Callihan a Tom Gibb, do *Pittsburgh Post-Gazette*, "podíamos ver a excitação dele ao falar." Ela especulou publicamente que a motivação dele talvez fosse a transferência para uma penitenciária de onde pudesse tentar fugir outra vez.

Por fim, o Cambria County decidiu não indiciá-lo devido aos custos, aos riscos, aos desafios para transportá-lo novamente, considerando seu histórico de fugas, e à impossibilidade de acrescentarem algo significativo às sentenças de vida e morte a que ele já estava condenado.

NEM TODAS AS CONFISSÕES DE ASSASSINATO DE FRANKLIN EVOLUÍRAM OU PUDERAM SER CORRE-lacionadas com as evidências. As autoridades começaram a especular

À SOMBRA DO SERIAL KILLER

que, como sabia que ficaria atrás das grades pelo resto da vida, ele estava tentando aumentar seu número de mortes em nível recorde.

Em julho de 1997, autoridades de Nashville, Tennessee, comunicaram que não conseguiam conectar Franklin à morte de uma mulher chamada Mary Jo Corn, cujo corpo em decomposição fora encontrado por caçadores no rio Harpeth em 28 de agosto de 1977, embora ele tivesse declarado a um repórter do *Post-Dispatch* ser responsável pelo crime. Franklin dissera que tinha dado "carona para uma mulher branca que estava numa parada de caminhão na Interestadual 65, perto de Nashville". Ele contou que decidiu matá-la depois de ouvi-la dizer que tinha dormido com um caminhoneiro negro. Ele a levou para uma "área de floresta perto de um córrego, empurrou-a e atirou" na cabeça dela com um revólver Smith and Wesson calibre .41, uma arma bem rara. Só que Corn na verdade fora estrangulada. Era possível que Franklin estivesse falando de uma vítima diferente, cujo corpo nunca fora encontrado ou que estivesse em outra jurisdição, e o investigador da polícia metropolitana, Brad Putnam, afirmou que enviara uma mensagem de teletipo perguntando a outros departamentos de polícia se tinham algum caso não solucionado de assassinato de mulheres brancas a partir de 1977.

Alguns dias depois, os investigadores de Robertson County, ao norte de Nashville, concluíram que a descrição de Franklin parecia corresponder ao assassinato não solucionado de Deborah R. Graham, cujo corpo amarrado, enforcado e com marcas de tiros fora encontrado boiando no córrego Sulfur Fork por um pescador, em 17 de novembro de 1977.

"Com base na informação divulgada no jornal, parece que corresponde", afirmou o capitão Bill Holt, que tinha trabalhado no caso como oficial da Agência de Investigação do Tennessee (TBI, na sigla em inglês) quando o corpo fora encontrado. Ele confirmou que Graham tinha sido baleada com um revólver calibre .41 e ajudou a liberar o principal suspeito do caso, um caminhoneiro que fora visto com Graham em uma parada de caminhão na Interestadual 65 muitos dias antes da morte dela. Mas isso deixara os órgãos de aplicação da lei com um caso de assassinato não solucionado.

No fim do mês, Franklin assumiu a culpa. "Ele não quer ser entrevistado desta vez", anunciou Bill Holt. Havia rumores de que Franklin estava insatisfeito com o tratamento que estava recebendo em Potosi.

O próximo da lista de Franklin era DeKalb County, Geórgia. Ele contou à procuradoria que tinha matado o gerente do Taco Bell de Doraville Harold McIver, em 12 de julho de 1979, e uma prostituta de quinze anos chamada Mercedes Lynn Masters, em 5 de dezembro do mesmo ano. McIver estava aproveitando seu primeiro dia de folga em três semanas quando teve que ir ao trabalho numa tarde de domingo para consertar um problema no caixa. Ele levou dois tiros ao sair da loja, um do lado esquerdo do peito e outro debaixo do ombro direito. A polícia rapidamente excluiu a possibilidade de roubo — ele fora baleado a distância e o dinheiro não foi levado. Começaram a considerar Franklin um suspeito por volta de 1981, quando outros ataques de franco-atirador surgiram. Mas, assim como muitos dos seus crimes, não havia evidência suficiente para prosseguir com a acusação.

O corpo de Mercedes Masters foi encontrado no dia do Natal de 1979, perto de Lithonia, no leste de Atlanta. Ela estava estirada no jardim dos fundos de uma casa abandonada e foi encontrada por possíveis compradores que visitavam a propriedade. Tinha desaparecido havia três dias quando sua mãe ouviu relatos de um par de botas próximo ao corpo, marcado na parte de dentro com as iniciais MM. Levara um tiro na parte de trás da cabeça. A polícia não tinha pistas.

De volta aos antigos truques, Franklin disse que só confessaria os crimes pessoalmente a "uma investigadora mulher, branca e atraente". Portanto, em março de 1998, o procurador de DeKalb County, J. Tom Morgan, designou a procuradora-assistente Carol Ellis para ir ao encontro de Franklin e pediu à policial Pam Pendergrass que a acompanhasse. A Associated Press divulgou que Morgan comparou "o papel de Ellis ao de Jodie Foster no filme *O silêncio dos inocentes*, no qual ela interpreta uma agente do FBI enviada para entrevistar o assassino demoníaco Hannibal Lecter". Ellis era perfeita para o trabalho. Atraente e competente, ela, que já tinha sido policial em DeKalb County, trabalhava nas Unidades de Crimes contra Crianças e Crimes contra Mulheres na procuradoria e tinha a reputação de ser uma pessoa objetiva sob pressão.

Ela e Pendergrass sorriram para Franklin e agiram como se estivessem impressionadas enquanto ele falava. No fim, conseguiram uma confissão dele gravada em vídeo, na qual ele dizia que passara muitos dias com a jovem Mercedes e que ela lhe contara que já tinha feito sexo com homens negros. "Ela saía com homens gays. Mas, quando me contou que tinha [feito sexo com homens negros], foi o momento em que decidi matá-la", disse Franklin às duas investigadoras. Ele falou que a levou para um terreno baldio e atirou na cabeça dela. E resolveu matar McIver porque garotas brancas trabalhavam para ele e tinha certeza de que o gerente afro-americano tinha tentado se aproveitar delas.

Franklin foi indiciado pelos dois homicídios na quinta-feira, dia 3 de abril de 1998.

Morgan se referiu a Franklin como "o indivíduo mais perverso com quem já me deparei". Para ele, não fazia sentido acusar Franklin porque os crimes não seriam qualificáveis para a pena de morte sob as leis da Geórgia e porque ele já tinha uma sentença de pena de morte em Missouri. "Nós só queremos solucionar esses crimes", afirmou o procurador. "Entramos em contato com os membros das famílias e eles estão aliviados. Isso estava corroendo a todos há dezenove anos."

No fim de outubro de 1999, da sua cela em Potosi, Franklin contou ao chefe da Divisão de Homicídios do departamento de polícia de Atlanta, Keith Meadows, e ao investigador Tony Volkodav que ele era o atirador do caso de Johnny Brookshire e sua esposa Joy Williams, ocorrido no nordeste de Atlanta por volta das oito da noite de 2 de fevereiro de 1978. Johnny foi assassinado com um tiro. Joy, que estava grávida, foi ferida e acabou paralisada da cintura para baixo. Johnny, de 22 anos, era negro. Joy, de 23, era branca. O caso tinha permanecido aberto por mais de vinte anos. Para Franklin, era uma motivação muito familiar — ele disse que não gostava de ver um homem negro e uma mulher branca andando juntos na rua. O assassinato aconteceu um mês antes de Franklin atirar em Larry Flynt, perto de Lawrenceville.

"Ele sabia detalhes que somente o assassino poderia saber", afirmou Meadows ao repórter da televisão local. "Sabia dizer exatamente o que as vítimas vestiam na hora em que os tiros foram disparados."

Novamente, não havia sentido em incorrer as despesas e a complicação de levar Franklin de volta à Geórgia para mais um julgamento que interromperia o processo que o aproximava da execução no Missouri.

AINDA ASSIM, APESAR DE TODAS AS SUAS CONFISSÕES, HAVIA OUTRO CASO PARA RESOLVER: UM duplo homicídio que Franklin tinha mencionado pela primeira vez quando iniciou suas acrobacias confessionais em 1984, um crime ao qual voltara a se referir quando foi entrevistado por Melissa Powers em 1997, e outra vez quando conversou com Carol Ellis em 1998. Sua afirmação de que havia matado duas jovens para quem dera carona — mulheres brancas que mencionaram já ter namorado homens negros ou que estavam abertas à ideia — e deixado os corpos no acostamento de uma via rural em West Virginia só ficara mais insistente com o tempo.

Mesmo assim, foi só em 2000 que o caso foi finalmente resolvido e permaneceu como a investigação criminal mais complexa e confusa associada a Franklin, assim como a que causou o maior dano legal a outras pessoas. Muitas das confissões de Franklin tinham sido de casos em que ele já era suspeito ou em que a polícia não tinha nenhuma pista significativa. Os homicídios em West Virginia eram diferentes: demonstravam como é fácil uma investigação seguir por um caminho equivocado, como vi acontecer tantas vezes na minha carreira.

Na tarde de quarta-feira do dia 25 de junho de 1980, um homem a caminho de casa passou pelos corpos de duas mulheres, estirados lado a lado, em um terreno perto de Droop Mountain, em West Virginia. Quando ele parou o carro para conferir se elas estavam bem, descobriu que tinham sido baleadas. Ambas estavam vestidas e o médico-legista não encontrou nenhuma evidência de agressão sexual. Elas não puderam ser identificadas imediatamente, mas, debaixo do casaco, uma delas usava uma camiseta com um desenho de arco-íris, o que levou os investigadores a acreditar que estavam indo às reuniões da Família Arco-íris, uma espécie de encontro de contracultura que esperava atrair mais de dez mil participantes de 1º a 7 de julho, na Floresta Nacional de Monongahela, a cerca de 65 quilômetros dali. Desde 1972, o grupo se reúne anualmente para passar uma semana no meio da natureza. Esse era o primeiro encontro desse tipo no leste do Mississippi.

Nem todo mundo queria a Família Arco-íris por perto. O governador de West Virginia, Jay Rockefeller, declarou desejar que o grupo ficasse longe, e o secretário de Estado A. James Manchin reclamou publicamente que os membros pareciam "um monte de ciganos". Parte do que as pessoas eram contra era a nudez total e constante nesses encontros, algo que as autoridades não achavam que agradaria à comunidade indígena Apalache. Os membros da Família Arco-íris tinham relatado diversos tiros disparados no acampamento em que estavam antes, provavelmente de moradores, e talvez algum deles tivesse ido longe demais.

O médico-legista de West Virginia, dr. Irvin Sopher, informou ao procurador de Pocahontas County, J. Steven Hunter, que as duas vítimas haviam sido atingidas no peito e que uma delas também tinha levado um tiro na cabeça. A arma parecia ter sido um rifle de alta potência.

O encontro da Família Arco-íris prosseguia conforme planejado, um retorno ao "verão do amor" e aos *flower children* [filhos das flores] dos anos 1960. Mas o assassinato de duas mulheres ainda não identificadas fez uma pausa nas festividades.

As reuniões chegaram ao fim no momento em que as duas vítimas foram identificadas, na sexta-feira, dia 11 de julho. Elas eram Nancy Santomero, uma jovem de dezenove anos de Huntington, Nova York, e Vicki Durian, de 26, de Wellman, Iowa. A irmã de Nancy, Kathy, e o irmão de Vicki, Joseph, identificaram os corpos depois que Kathy viu um retrato falado que lembrava sua irmã, segundo ela própria. Na verdade, Kathy ia encontrar a irmã no evento e as duas voltariam juntas para casa. Quando Nancy não apareceu, Kathy imaginou que ela tivesse mudado de ideia em cima da hora. Após o encontro, quando Nancy não tinha entrado em contato com ninguém, Kathy olhou o retrato falado e fez a terrível viagem de volta a West Virginia para confirmar que a polícia havia encontrado sua irmã. Kathy contou à polícia que sua irmã e Vicki estavam viajando juntas para a Reunião do Arco-íris, possivelmente com outra mulher que ela só conhecia pelo nome de Liz. Isso levantou a questão: havia uma terceira vítima em algum lugar?

Junto com a identificação dos corpos veio o grande impacto das mortes violentas. A mãe de Nancy, Jeanne, afirmou que sua filha era apaixonada por causas ambientais e queria que sua vida fizesse diferença. Vicki era enfermeira e queria ajudar as pessoas.

Alguns dias depois, a terceira mulher que se acreditava estar viajando com Nancy e Vicki foi identificada como Liz Johndrow, de dezenove anos, que se separou das duas amigas em uma parada de caminhão perto de Richmond, Virgínia, após ter uma premonição de que não deveria ir à Reunião do Arco-íris. A última coisa que Nancy e Vicki disseram para ela antes de pegarem uma carona foi: "Tenha cuidado!" Liz voltou para sua casa em Northford, Connecticut, uma área nobre em New Haven, na esperança de encontrar as duas — que descreveu como "almas livres" — após o evento, na casa do pai e do irmão em Vermont. Ela entrou em contato com a polícia depois de ouvir sobre a morte de suas amigas e ficar com medo de ser assassinada também.

Em dezembro, no último dia da temporada de caça de cervos, caçadores encontraram as mochilas das duas mulheres debaixo de um arbusto próximo a Clifftop, em Fayette County, West Virginia, a cerca de 130 quilômetros de onde os corpos estavam. Isso confirmou a suposição dos investigadores de que o agressor (ou agressores) devia ser uma pessoa local que conhecia muito bem a área. Isso se encaixava na teoria de que a Família Arco-íris não era bem-vinda e que os assassinatos eram o passo seguinte após os tiros de aviso que tinham sido disparados no acampamento.

O que se seguiu foi um espetáculo que durou vinte anos, no qual um grupo de pessoas foi acusado e julgado pelo assassinato. A teoria se baseava no que pareciam, em retrospecto, declarações duvidosas de supostos

À SOMBRA DO SERIAL KILLER

participantes, um acusando o outro, e declarações bem-intencionadas porém questionáveis de testemunhas oculares. Segundo estas, sete homens da região, divididos em várias picapes e uma van, souberam das duas "meninas hippies" pedindo carona para chegar à Reunião do Arco-íris, deram carona a elas na van, levaram-nas até a entrada do Droop Mountain Battlefield Park e exigiram que fizessem sexo com eles. Elas se recusaram, ameaçaram ir à polícia e foram, então, levadas a uma clareira na floresta, obrigadas a sair da van e baleadas.

Não consigo pensar em nenhum outro caso que investiguei que tenha sido tão complicado e envolvido tantos criminosos juntos. Há um princípio na filosofia e na ciência conhecido como Navalha de Ockham, que profere que, quando todos os fatores são iguais, hipóteses mais simples tendem a ser mais consideradas do que as mais complexas. Isso também se aplica à criminologia. Se você precisa descartar diversos conceitos lógicos e supor diversas conexões, sua explicação provavelmente esbarrará mais na conspiração do que na verdade.

Investigadores e procuradores locais estavam cientes do início das confissões de Franklin em 1984, mas as descartaram porque se convenceram de que o criminoso tinha que ser da região, que ele tinha lido sobre o crime nos jornais e assumido a responsabilidade por motivos próprios. Diziam que a declaração dele estava repleta de inconsistências e que ele tinha apontado alguns detalhes de forma equivocada ao desenhar um mapa da área e o lugar onde afirmou ter desovado os corpos.

Em julho de 1992, retirou-se a acusação contra sete homens locais, uma vez que "procedimentos investigativos irregulares" aplicados pela polícia "comprometiam seriamente o caso e estavam afetando a credibilidade e a sustentabilidade da evidência a ser obtida", de acordo com o procurador.

Em janeiro do ano seguinte, cinco desses homens foram indiciados novamente, incluindo o suposto matador, Jacob Beard, conhecido como "Jake". O julgamento de Beard começou no dia 18 de maio de 1993. Ele próprio testemunhou no tribunal e negou todas as acusações. Disse que não fazia ideia de quem tinha matado as meninas que iam ao encontro da Família Arco-íris.

Beard foi condenado em junho e sentenciado em julho a duas penas de prisão perpétua sem possibilidade de condicional. Ao longo do ano seguinte, as acusações contra os outros homens foram retiradas. O advogado de Beard pleiteou à Suprema Corte de West Virginia um novo julgamento, com base nas confissões de Franklin, mas foi negado a ele.

Só que nem todos em West Virginia estavam convencidos de que tinham capturado o homem certo. Uma investigadora acreditava que Franklin era o real culpado: Deborah E. DiFalco, uma detetive excelente e a primeira policial do sexo feminino do estado. Ela entrevistou Franklin em Marion. Após negar algumas vezes, ele contou a ela que tinha matado as meninas do caso Arco-íris. Em um relatório do dia 2 de janeiro de 1986, DiFalco escreveu: "Acho que o sr. Franklin tinha a motivação, a oportunidade e a capacidade de ser o responsável pelos crimes contra as vítimas Nancy Santomero e Vicki Durian."

DiFalco não era a única que acreditava na culpa de Franklin. Deborah Dixon, uma repórter talentosa da WKRC-TV de Cincinnati, estava seguindo os rastros de Franklin desde os assassinatos dos adolescentes Darrell Lane e Dante Evans Brown, em 1980. Ela fora até Mobile, Alabama, conhecer mais sobre a vida do criminoso, e depois até a Flórida quando ele foi preso. Mais tarde, ela o entrevistou duas vezes na prisão. Em uma dessas entrevistas, ele contou que havia um homem preso em West Virginia pelos assassinatos do caso Arco-íris, que Franklin admitia ser o responsável. Seu trabalho investigativo chegou aos produtores do programa *60 Minutes II*, da CBS, que transmitiu uma reportagem sobre a conexão estabelecida por Dixon entre Franklin e os homicídios de Santomero e Durian, e como Jacob Beard provavelmente era inocente. Esse documentário despertou um novo interesse e atenção nacional para as mortes do caso.

O investigador principal não abandonou sua teoria, que o júri reafirmara com a condenação. Durante uma audiência que pleiteava um novo julgamento, o investigador principal disse que tentou falar com Franklin em 1984, embora não tivesse provas disso. Ele também admitiu que minha avaliação original do fugitivo tinha chegado até ele, mas não a lera. Após saber disso, conferi minhas anotações e vi que tínhamos consultado o caso em março de 1984, recebido detalhes da polícia estadual e repassado a eles toda a informação que possuíamos. Eu duvido que ele teria mudado de ideia mesmo que tivesse lido minha avaliação. Porém, junto ao relatório de DiFalco e à entrevista de Dixon, talvez todo o material o fizesse perceber que os assassinatos do caso se enquadravam bastante no escopo dos crimes de Franklin.

Em janeiro de 1999, o juiz Charles Lobban revisou diversas confissões de Franklin, principalmente a que fora feita a Melissa Powers, exceto as que ele já havia sido condenado, e decretou que não havia razão para conceder a Beard um novo julgamento. Beard foi libertado sob fiança, e o procurador teria até o dia 11 de fevereiro para decidir se iria ou não adiante. O procurador e o delegado ainda acreditavam que Beard fosse o assassino e seguiram com uma nova acusação.

O novo julgamento de Beard começou em 16 de maio de 2000, em Braxton County. Os jurados assistiram a um depoimento em vídeo de Franklin de duas horas. "Uma delas me contou que já tinha saído com caras negros... e a outra disse que se tivesse oportunidade também sairia, então resolvi acabar com elas ali mesmo", declarou Franklin. A veracidade foi questionada quando ele disse que tinha desovado os corpos "a menos de quinze minutos" da Interestadual 64, quando na verdade eles foram encontrados a mais de uma hora de distância. O depoimento do vídeo também contradizia testemunhas que viram Beard atirar em duas mulheres. Mas diversos policiais, ao testemunharem pela defesa, disseram que testemunhas se contradizem o tempo todo.

O julgamento durou pouco mais de duas semanas. No dia 31 de maio, depois de menos de três horas de deliberação, o júri retornou com o veredito de "não culpado".

O advogado de Beard, Stephen Farmer, apresentou queixas contra a polícia estadual de West Virginia, o departamento de polícia de Pocahontas County e os procuradores, dizendo que os direitos civis de seu cliente foram violados por coerção de testemunhas e por ignorarem as evidências físicas que iam contra o caso. Beard recebeu um acordo de dois milhões de dólares. Ele disse aos repórteres que quantia nenhuma podia compensar os quase seis anos que passara na prisão.

Essas mesmas autoridades não viam motivo para levar Franklin a julgamento pelos assassinatos. Ele nunca foi julgado pelos homicídios do caso Arco-íris, e o investigador principal e o delegado continuaram acreditando na culpa de Beard, assim como o procurador, até o dia de sua morte.

De minha parte, acredito que Franklin se encaixava nos homicídios. Havia ali sua assinatura de dar carona a mulheres e categorizá-las com base nos relacionamentos que tinham e seu M.O. de matar a tiros em áreas remotas quando falhavam em seu teste de pureza racial. Ao longo de anos, Franklin confessou crimes com detalhes precisos a Melissa Powers, Carol Ellis e Deborah Dixon, entre outras pessoas, e era mais provável que ele negasse crimes que havia cometido do que admitisse crimes que não havia cometido.

O elo cego, como falamos, é um desafio recorrente para investigadores, assim como o viés de confirmação — atitude e abordagem que uma pessoa entra em um caso, englobando as evidências que apoiam essa tendência e depreciando aquelas que não correspondem à sua visão. E, quando isso acontece, alguém sempre paga o preço — nesse caso, Jacob Beard e as famílias e amigos dele e das vítimas.

Os assassinatos do caso Arco-íris são uma tragédia e uma história de terror jurídico de duas décadas, um exemplo arrasador de como uma investigação e uma acusação mal conduzidas podem arruinar vidas. Mas um dos motivos por Franklin ter me afetado tão profundamente é que esse foi só um pequeno detalhe em sua carreira assassina — só mais uma incidência em que deu carona para alguém e decidiu que a pessoa não merecia viver. Ao avaliar crimes, pensamos em meios, motivação e oportunidade. Franklin era tão versátil e adaptável que conseguia mudar seus meios e se aproveitava de diversas oportunidades. Sua motivação nunca mudava.

Ao olhar para trás, o reinado de terror que Franklin executara era maior do que qualquer um podia ter imaginado inicialmente, inclusive eu. Uma das coisas que sabíamos sobre Franklin quando o analisamos pela primeira vez é que ele era um assassino móvel. No fim, isso se provou ser sua maior habilidade. Ele tinha cometido homicídios em uma área bem abrangente, durante um período de tempo tão longo que muitos de seus crimes e métodos foram difíceis de conectar, com toda a certeza devido aos seus diferentes métodos e à vitimologia.

Conforme minha aposentadoria do FBI se aproximava, eu estava pronto para finalmente tirar Franklin da minha cabeça.

Ele, porém, tinha outras ideias em mente.

21

Quando eu já estava fora do FBI havia alguns anos, fazendo consultoria independente em alguns casos e escrevendo livros sobre perfis comportamentais e análise investigativa criminal com Mark, eu já não pensava em Franklin havia um tempo, a não ser quando li que ele tinha abandonado sua visão racista e antissemita. Desejei que fosse verdade. Sentado na cela de uma prisão ano após ano, a única coisa que se tem é tempo para pensar.

Ele tinha escrito elogios para mim e Mark sobre a análise que fizemos do perfil dele em nosso livro *The Anatomy of Motive*. Depois, por volta do início de 2001, recebi uma carta dele, enviada para a caixa postal que mantínhamos. Era a respeito de uma seção do nosso livro anterior, *Obsession*, sobre o caso de 1931 dos Garotos Scottsboro no Alabama, no qual nove adolescentes afro-americanos foram presos por estuprar duas garotas brancas em um trem de carga, apesar de não haver evidência alguma contra eles além do relato das meninas, que não demonstravam nenhum sinal de violência física e usaram as acusações como uma forma de não ficarem encrencadas.

De todas as alternativas, foi essa narrativa em nosso livro pela qual Franklin se interessou. A carta fora escrita com esmero e a gramática era perfeita. Embora tenhamos suprimido o termo ofensivo "preto", ele não fizera o mesmo. Franklin escreveu:

Caro John,

Saudações. Já faz um tempo que não tenho notícias suas. Um detento aqui me deixou dar uma olhada num exemplar de Obsession dele, e fiquei puto com a posição que você está tomando com relação às duas jovens brancas estupradas por um monte de p****s em Scottsboro, AL. Um teste bom e fácil para você seria deixar a sua filha, que imagino que tenha 21 anos agora, entrar num vagão vazio de um trem de carga com o mesmo número de p****s que estupraram aquelas meninas, e deixá-la seguir viagem com eles por algumas centenas de quilômetros, para ver se eles vão estuprá-la. E você pode deixar uma das amigas da sua filha ir com ela, para tornar tudo mais semelhante ao primeiro caso. Você poderia selecionar estudantes negros, trabalhadores negros ou o que quiser, eles não precisariam necessariamente ser p****s de rua como os Garotos de Scottsboro. Veja o que acontece. Você estaria disposto a fazer isso? Se não, você é uma das maiores farsas que eu já conheci, e o que está dizendo é pura mentira!

Atenciosamente,

Joseph P. Franklin

Obs.: Uma curiosidade — por que você acha que duas mulheres brancas inventariam uma história sobre terem sido estupradas por p****s só para evitar serem presas por vadiagem, como afirmou em seu livro? Não faz sentido nenhum. Como elas teriam sido capturadas pela polícia?

Ele sempre assinava seu nome com uma estrela no lugar do pingo do "i" de Franklin.

Ao ler a carta e compartilhá-la com Mark, uma realidade dura me acometeu: eu nunca ficaria livre de Joseph Paul Franklin. Ele tinha invadido minha psique e sua intenção era residir lá dentro. Lembrei-me no mesmo instante de uma citação do filósofo alemão Friedrich Nietzsche que tinha se tornado um lema e um lembrete na minha Unidade de Apoio

Investigativo: *Quem combate monstruosidades deve tomar cuidado para que não se torne um monstro. E se você olhar longamente para um abismo, o abismo também olha para dentro de você.*

Embora ele estivesse preso, bem longe, eu sentia que Franklin violara a mim e à minha família, que ele ainda estava desafiando meus valores e minha percepção de decência, assim como tentara fazer com toda a nação. Ele estivera presente na minha vida profissional praticamente desde o início da minha carreira como analista de perfil comportamental até minha aposentadoria do FBI e além.

Mas, quando tentei levar minha mente de volta para o modo investigador, o que achei interessante na carta — após tentar abstrair meu sentimento de ser assombrado pela ideia de Joseph Paul Franklin estar sequer *pensando* na minha filha — foi como ele reagira à narrativa em *Obsession*.

Qualquer um que tenha estudado o caso Scottsboro chegaria à mesma conclusão a que eu e Mark chegamos — que os réus foram acusados falsamente, eram todos inocentes e vítimas do preconceito racial da época. É um fato estabelecido, baseado em evidências sólidas. Só que, ao ler os detalhes, Franklin impôs sua própria visão: qualquer situação em que uma menina ou mulher branca acusar um menino ou homem negro de agressão sexual, a versão dela é vista como verdade absoluta, e o afro-americano deve ser culpado por isso. Essa era a mitologia em que ele crescera, era a narrativa que moldara sua vida e dera sentido a ela, e ele não estava disposto a abandoná-la a essa altura. De certa forma, era como um serial killer sexual se sustentar emocionalmente na prisão revivendo a adrenalina e o poder de seus crimes dentro da sua cabeça. Eu representava a autoridade da aplicação da lei e o FBI para ele, a agência contra a qual lutou durante toda a vida. E, se eu tinha uma opinião sobre esse sujeito tão racista, ele também teria a dele. Eu sempre digo que podemos prender o corpo, mas não a mente.

Não tive notícias de Franklin de novo até abril de 2004, quando ele escreveu pedindo ajuda para encontrar sua primeira mulher, Bobbie Louise Dorman. Se já tinha pedido ajuda a alguém antes, eu não sabia, mas ele falou que tinha acessado um relatório do FBI de 1980 ou 1981 em que constava seu novo nome de casada. Chequei o arquivo do caso e ele estava certo — aquela informação seguia uma linha do tempo que fora alimentada por mim quando montei a avaliação de fugitivo dele em 1980. Eu não fazia ideia de que Franklin tinha uma cópia.

Não era incomum que assassinos encarcerados entrassem em contato comigo por e-mail. Em parte, porque tinham ouvido falar das entrevistas na prisão que eu conduzira, o que demostrava que eu estava disposto a ouvi-los quando quase ninguém estava. Em parte, pelos livros que eu e Mark havíamos publicado, que alcançaram um público amplo, inclusive na prisão, aparentemente.

Franklin disse que queria retomar o contato com Bobbie, embora tenha acrescentado: "John, por favor, deixe claro para ela que não estou tentando reatar um relacionamento sério. Eu só quero meio que... retomar o contato, ok?"

O mais patético disso tudo era que, conforme sua vida se aproximava do fim, Franklin deve ter percebido que não tinha lhe restado mais nada, nenhuma conexão humana. Se eu era a melhor opção que ele tinha para ajudá-lo a encontrar sua ex-mulher, ele devia estar realmente desesperado. Mesmo nos criminosos mais insensíveis, descobri que geralmente há algum cerne sentimental. Com Franklin, eram sua filha, de quem ele nunca havia sido um pai presente, e a mulher, de quem tinha sido um marido presente por um curto período. Mas mesmo elas vinham em segundo lugar em sua busca pelo ódio homicida.

É difícil imaginar uma vida mais vazia do que essa.

COMO COSTUMA ACONTECER EM CASOS DE PENA DE MORTE, O PROCESSO DE APRESENTAÇÃO DE recursos foi longo. Enquanto o caso passava pelos vários níveis estaduais e federais, Franklin começou a expressar remorso pela primeira vez. Ele disse que estava mentalmente doente na época do assassinato de Gordon, e explanou para quem quisesse ouvir que tinha abandonado suas crenças racistas e antissemitas e que agora acreditava na igualdade de todos os filhos de Deus. Desejei que essa mudança fosse sincera, apesar de meus encontros com ele ao longo dos anos terem me feito preservar uma dose saudável de ceticismo.

Por fim, em 14 de agosto de 2013, o tribunal marcou a data da execução de Franklin, então com 63 anos, por injeção letal para o dia 20 de novembro, quarta-feira. Ele tinha trinta anos quando foi preso em 1980 e passara mais da metade de sua vida na prisão.

A determinação da data da execução de Franklin coincidiu com uma decisão do Departamento Prisional do Missouri de trocar o protocolo de execução para uma única droga, o pentobarbital, um sedativo de barbiturato de curta duração que antigamente era vendido como remédio para dormir sob o nome de Nembutal. Até então, o estado usava o trio de drogas padrão — tiopental sódico, brometo de pancurônio e cloreto de potássio —, que eram cada vez mais difíceis de adquirir. Portanto, o estado do Missouri decidiu trocá-lo para uma dosagem alta de profopol, muito comum em anestesias. Mas a União Europeia, que se opunha à pena de morte, ameaçou suspender o suprimento do medicamento aos Estados Unidos se fosse utilizado em protocolos de execução. Em doses altas, o pentobarbital para o coração e o sistema respiratório, levando à morte.

Conforme a data da execução se aproximava, Larry Flynt pronunciou-se contra, dizendo que não acreditava na pena de morte e achava que uma sentença de prisão perpétua seria uma punição muito melhor e mais efetiva, "muito mais dura do que o alívio rápido de uma injeção letal".

Franklin entrou em contato por telefone com inúmeros repórteres com quem já tinha conversado ao longo de tantos anos, afirmando que era um homem mudado, que não odiava mais os afro-americanos nem os judeus e que tinha se arrependido perante Deus. Tinha conhecido negros na prisão e os viu como indivíduos. Também não era mais antissemita, e sim pró-semita. "Isso só mostra que você pode estar convencido de que algo em que acredita é verdade, quando não pode estar mais longe da verdade."

Em fevereiro de 1997, enquanto esperava a formalização da sua sentença na Penitenciária de St. Louis County pelo homicídio de Gerald Gordon, que o levaria à sentença de morte que ele alegava querer, Franklin contou a Kim Bell, do *Post-Dispatch*, seu desprezo por assassinos condenados que tentavam escapar da execução: "Sinto repulsa por esses caras tentarem salvar suas vidas deploráveis."

Sua advogada, Jennifer Herndon, disse: "Ele acredita que deveria continuar vivo para poder ajudar outras pessoas a superar suas visões racistas."

Há uma espécie de justiça cármica em suas últimas tentativas de escapar da injeção letal. A verdade é que Franklin nunca declarou que queria morrer. Ele preferia morrer mais velho em uma prisão estadual a morrer jovem, como achou que aconteceria, pelas mãos dos carcereiros de Marion ou dos detentos negros. O que preferia, de fato, era ser libertado da prisão, fosse fugindo ou quando a guerra racial finalmente vencesse e ele fosse considerado um herói da revolução.

Ele foi conduzido pela curta distância de Potosi até o Centro Penitenciário de Recepção e de Diagnóstico, em Bonne Terre, onde as execuções ocorriam. Seus advogados e a União Americana de Liberdades Civis (ACLU, na sigla em inglês) criticaram o protocolo, afirmando que não se sabia o suficiente sobre os efeitos do pentobarbital para garantir que ele não sofreria "uma execução torturante e dolorosa", como os advogados de Franklin definiram, e que possivelmente violasse a 8ª Emenda, que bania punições cruéis e incomuns.

"São muitas perguntas sem resposta para justificar a morte de alguém", escreveu o diretor-executivo da ACLU de Missouri, Jeffrey A. Mittman, em um e-mail na sexta-feira, 15 de novembro.

Autoridades enfatizaram que o pentobarbital era muito comum para fazer eutanásia em animais doentes. Franklin fez uma comoção com isso também, mas não pelos mesmos motivos de seus advogados ou da ACLU. Ele declarou ao repórter Jeremy Kohler, do *Post-Dispatch*: "É humilhante levar uma pessoa à morte com uma droga como essa. É humilhante colocar alguém como eu na mesma categoria de um animal. É contra a moral matar alguém usando esse tipo de droga. Não acho que isso seja certo." Acho que a ironia fala por si.

Na segunda-feira, dia 18 de novembro, o governador Jay Nixon negou o pedido de clemência. Ele pediu que os cidadãos do Missouri concentrassem pensamentos e preces em Gerald Gordon, em sua família e em todas as outras vítimas e sobreviventes dos ataques de Franklin.

Lee Lankford, delegado aposentado do departamento de polícia de Richmond Heights que havia acompanhado o caso do início ao fim, comentou: "Quantas vidas ele tirou nesse terror que espalhou pelo país inteiro? Ser colocado para dormir é a saída mais fácil." Por ter visto tantas fotos de cenas de crimes e lido tantos relatórios de médicos-legistas, eu costumava pensar o mesmo.

Franklin se recusou a fazer sua última refeição. Pediu que a dessem a uma criança faminta ou a um morador de rua. Na manhã do dia 20 de novembro, ele foi levado de sua cela de espera até a câmara de execução e amarrado a uma mesa. Não resistiu nem falou nada.

Às 6h05, o governador Nixon autorizou que a execução se iniciasse.

Franklin não fez nenhuma declaração final. Às 6h07, ele tomou uma injeção de cinco gramas de pentobarbital em uma solução de 5%. Quando a química letal começou a correr em suas veias, ele foi visto engolindo com dificuldade, com a respiração ofegante durante um tempo, e então ficou imóvel. Três testemunhas da imprensa relataram que ele não pareceu sentir dor. Todo o processo levou cerca de dez minutos.

Talvez tenha sido Hal Harlowe, o ex-procurador de Dane County responsável pela acusação dos homicídios do caso Manning-Schwenn em Madison, Wisconsin, que tenha dado a Franklin seu epitáfio mais verdadeiro. Ao saber, em 1997, que os jurados de Missouri o tinham sentenciado com a pena de morte, Harlowe disse: "Ele era medíocre e não muito inteligente. Não era, nem de perto, tão especial quanto as tantas pessoas que matou."

EPÍLOGO

"Para onde ele irá agora, esse fantasma de outros tempos, esse espírito ressuscitado de um pesadelo anterior — Chicago; Los Angeles; Miami, Flórida; Vincennes, Indiana; Syracuse, Nova York? Para qualquer lugar, para todo lugar onde houver ódio, preconceito, intolerância. Ele está vivo. Ele está vivo enquanto o mal existir. Lembre-se disso quando ele for à sua cidade. Lembre-se disso quando ouvir a voz dele através de outras pessoas. Lembre-se disso quando ouvir um homem ser chamado, quando uma minoria for atacada, quando houver qualquer ataque sem motivo contra grupos de pessoas ou contra qualquer ser humano. Ele está vivo porque, através dessas coisas, nós o mantemos vivo."

—Rod Serling, monólogo de fechamento
de "Ele está vivo", *Além da imaginação*

Quando eu soube que Joseph Paul Franklin fora executado, senti que a justiça tinha sido feita nesse caso, embora eu não possa dizer que passei a descansar em paz. Ele estava morto, mas o legado de ódio, intolerância e ressentimento que ele desejava encorajar ainda estava vivo, e assim continua até hoje.

E é por isso que o caso Franklin continuou a me assombrar e é por isso também que compreender um assassino como Franklin é tão importante

— e urgente. O ódio sempre tem um antecedente e um alvo — vem de algum lugar e vai para algum lugar. Em todos os serial killers que estudei, nós nos confrontamos com a pergunta constante: eles nascem assim ou se transformam? É natureza ou criação? A resposta, como vimos, é: *ambas* — na verdade, uma interação dinâmica entre as duas. Apesar de seu sucesso pavoroso como serial killer, Franklin não é único, e a sombra que ele representa é extensa.

Em 1978, no meio do reinado do terror homicida de Franklin, um livro para lá de prolixo, de fanatismo racista e antissemita, intitulado *O diário de Turner* foi publicado. A história se passa em um futuro próximo. Descreve a vida de Earl Turner, um revolucionário branco que se associa à "Organização", um grupo de supremacia ariana, para travar uma guerra contra o governo norte-americano repressor, a que se refere como "o Sistema". Como parte de sua campanha, a Organização estabelece o "Dia da Corda" em Los Angeles, durante o qual os "traidores da raça" são enforcados publicamente. Turner morre como herói quando conduz um avião pequeno equipado com uma ogiva nuclear e explode o Pentágono. Um epílogo conta como a Organização, ao longo do século seguinte, triunfa e elimina todas as raças não brancas, assim como todos os judeus.

O livro vendeu mais de meio milhão de exemplares e, entre outros atos de terror doméstico, foi fonte de inspiração de um grupo escuso de supremacia branca conhecido como a Ordem, que causou o assassinato do apresentador liberal de *talk show* Alan Berg, em Denver, em 1984, e o bombardeio de um prédio federal em Oklahoma City por Timothy McVeigh, em 1995, que imitava o bombardeio da sede do FBI no livro. Páginas do livro foram encontradas no carro de fuga de McVeigh.

O autor de *O diário de Turner* é conhecido como Andrew Macdonald, um pseudônimo para William Luther Pierce III, um profissional da área de física que dera aula na Universidade Estadual do Óregon. Contudo, o trabalho da vida de Pierce era como disseminador profissional de ódio. Tinha sido membro da John Birch Society e do Partido Nacional Socialista de Pessoas Brancas. Fundou a Aliança Nacional de supremacia branca em 1974. Como John Sutherland escreveu no *London Review of Books*, "*O diário de Turner* não é trabalho de um negacionista do Holocausto (embora Pierce nos proporcione bastante disso), e sim de um potencial repetidor do Holocausto".

O livro seguinte de Pierce, *Hunter* [Caçador], também escrito sob o pseudônimo de Andrew Macdonald, foi lançado em 1989. Ele conta a história de Oscar Yeager, que lança uma campanha para assassinar casais inter-raciais e defensores de direitos civis e resolver de uma vez por todas "a questão dos judeus". Não há muita dúvida em quem o livro *Hunter* é baseado. Pierce o dedicou a Franklin, "o caçador solitário, que viu sua missão como homem branco e fez o que um filho responsável de sua raça deve fazer, com o melhor de suas capacidades e sem se preocupar com as consequências pessoais". Assim como o primeiro livro, *Hunter* é considerado um clássico do movimento.

Em virtude dos avanços excepcionais na tecnologia da comunicação, vivemos numa época em que é muito mais fácil radicalizar e inspirar o ódio do que antes. A internet e as mídias sociais tornaram muito mais simples espalhar filosofias como as de Franklin do que era no meu tempo, e ele, sem dúvida, ficaria orgulhoso em ver seu rosto aparecer com frequência em sites como o YouTube. Com a tecnologia de hoje, conversas que ficavam restritas a porões e salas secretas, os tipos de diálogo e de encontro que ajudaram a radicalizar Franklin, agora tinham dezenas de milhares de participantes on-line. Ideias corrosivas, discursos de ódio, conspirações e até potenciais crimes têm um endereço on-line, diferente de tudo o que já se viu antes. Em 2000, o Southern Poverty Law Center identificou cerca de quinhentos sites de ódio racial, um número que explodiu desde então, invadindo também as plataformas de mídias sociais.

A proliferação e o alcance desses espaços virtuais hoje me fazem lembrar de como Franklin me dizia que usava os jornais supremacistas brancos da mesma forma que muitos predadores sexuais usam a pornografia violenta, para incitar tanto sua fantasia de violência racial como sua crença de que ele tinha um papel heroico a executar dentro de um movimento maior. A internet hoje é repleta de espaços que fazem exatamente a mesma coisa, incubando e disseminando mentiras e conspirações fomentadas pelo ódio.

E é claro que há um momento em que o discurso perigoso se transforma em perigo real, quando um botão é acionado e, de repente, a fala não é mais suficiente. Assim como Franklin se cansou das conversas nos grupos de ódio dos quais fazia parte, o mesmo acontece com os supremacistas brancos de hoje.

Na tarde do dia 15 de junho de 2015, um rapaz de 21 anos chamado Dylann Storm Roof, forte e de cabelo bagunçado, que tinha abandonado a escola e estava desempregado, adentrou a histórica Igreja Episcopal Metodista Africana de Emanuel, localizada no número 110 da Calhoun Street, em Charleston, na Carolina do Sul, associada havia muito tempo aos movimentos de direitos civis. Ele vestia camiseta cinza e calça jeans e perguntou para um dos paroquianos onde estava o pastor, Clementa C. Pinckney. Quando soube que o reverendo Pinckney estava conduzindo um estudo dirigido da Bíblia, Roof entrou na sala e se sentou ao seu lado. Ele participou do encontro durante um tempo e disse que os outros participantes foram muito legais com ele, como contou depois.

Aproximadamente às 21h05, Roof levantou, pegou um revólver Glock 41 semiautomático calibre .45 da sua mochila e saiu atirando pela sala. Ele matou nove pessoas — seis mulheres e três homens —, todos afro-americanos com idades entre 26 e 87 anos, incluindo Pinckney, de 41 anos, um membro democrata do Senado. Sua esposa e as duas filhas estavam dentro da igreja na hora do tiroteio.

Roof fugiu do local e foi preso na manhã seguinte, parado em um semáforo em sua cidade natal, Shelby, Carolina do Norte, a quatrocentos quilômetros de distância. Ele cedeu à transferência e foi levado de volta para a Carolina do Sul. Em uma audiência de fiança por videoconferência, sobreviventes e familiares de cinco das vítimas disseram que o perdoavam e que estavam rezando pela sua alma. Em setembro, ele concordou em se autodeclarar culpado por múltiplas acusações estaduais de assassinato em troca de uma sentença de prisão perpétua sem direito a condicional, em vez da pena de morte apoiada pela governadora Nikki Haley.

Em 15 de dezembro de 2016, no final de um julgamento federal, no qual um dos procuradores não aceitou a declaração de culpa para evitar uma possível pena de morte, Roof foi declarado culpado pelas 33 acusações de assassinato e crime de ódio contra ele. Ele foi condenado à morte em 10 de janeiro de 2017. Àquela altura, assim como Franklin, ele tinha dispensado seus advogados e optado por atuar em defesa própria.

Em janeiro de 2020, uma nova equipe de defesa registrou uma monção de 321 páginas na Corte de Apelações do 4º Circuito dos Estados Unidos solicitando a revogação da condenação federal e sentença de morte, alegando que Roof não devia ter recebido permissão de representar a própria defesa porque ele era "desconectado da realidade" e sofria de "transtorno do espectro da esquizofrenia, autismo, ansiedade e depressão".

Isso ocorreu em oposição à declaração que ele havia feito na audiência, contradizendo seus advogados, assim como Franklin fizera algumas vezes, e pedindo que a corte o dispensasse: "Não tem nada psicologicamente errado comigo."

Em um diário escrito na prisão, depois do ataque, ele escreveu: "Eu não estou arrependido. Não derramei uma única lágrima pelas pessoas inocentes que matei."

O que algumas pessoas acham difícil de conceber é que alguém faça uma declaração como essa não por ser maluco, mas porque é nisso que acredita. Roof é tem problemas psicológicos? Eu diria que sim, assim como pensava sobre Franklin. Mas ele conseguia diferenciar certo e errado e tinha controle sobre suas atitudes? Assim como Franklin, tinha.

E eis o cerne de tudo: seus advogados disseram que Roof não estava preocupado nem com a condenação de prisão perpétua sem direito a condicional nem com a pena de morte, porque ele tinha matado as pessoas com a ideia de iniciar uma guerra racial. E após ser bem-sucedido nessa guerra, ele seria libertado pelos supremacistas brancos vitoriosos. Franklin acreditava na mesma coisa.

"Eu fiz o que achei que despertaria a maior onda possível", escreveu Roof da prisão, "e agora o destino da nossa raça está nas mãos dos meus irmãos que continuam vivendo livremente."

Como publicado em dezembro de 2019 em uma reportagem minuciosa sobre crimes de ódio no *The Washigton Post*, "Roof tornou-se um líder de seita entre os supremacistas brancos, principalmente entre aqueles que defendem a violência racial". Assim como Franklin fora antes dele.

Tanto Franklin quanto Roof eram delirantes no sentido de esperar que uma guerra racial ocorresse, depois da qual seriam considerados heróis. Mas esses dois cretinos inúteis eram sãos e racionais dentro do próprio sistema de crenças, quando tiraram a vida de pessoas que consideravam inferiores.

No dia 20 de março de 2017, James Harris Kackson, de 28 anos, um veterano do Exército desempregado mais conhecido pelo nome do meio, esfaqueou até a morte Timothy Caughman, de 66 anos, pouco depois das onze da noite, na Ninth Avenue, em Manhattan. Filmado por uma câmera de segurança, Jackson declarou aos investigadores do departamento de polícia de Nova York, no dia seguinte, que tinha sido inspirado pelos atos de Dylann Roof e que o esfaqueamento fora um "teste" para um massacre racial maior na Times Square. Na noite anterior ao ataque, ele tinha escrito um manifesto intitulado "Declaração de Guerra Total aos Negros".

Diferente de outros extremistas de direita, Jackson vinha de uma família liberal e progressista de Baltimore, que apoiara Barack Obama para a presidência, além de ter frequentado a escola religiosa Quaker Friends. Seu avô foi peça fundamental para acabar com a segregação do sistema escolar de Shreveport, Louisiana. Talvez o ódio racial de Jackson tenha sido uma forma de rebelião.

Eu vejo Dylann Roof como filho espiritual de Franklin — um jovem cujos ódio e ressentimento do próprio destino eram tão fortes que ele não só teve que culpar os outros, como também precisou transformar seu ódio em ação. E vejo Harris Jackson como um pupilo de Roof. Como no caso de Franklin, talvez uma intervenção intensa ao longo da vida pudesse ter salvado os dois. Mas agora é tarde demais para isso.

Joseph Paul Franklin gerou muitos filhos espirituais.

Nos dias 11 e 12 de agosto de 2017, supremacistas brancos marcharam pela cidade universitária de Charlottesville, na Virgínia, em um protesto que chamaram de Unite the Right [União da Direita]. Carregando tochas acesas, eles gritavam "Os judeus não irão nos substituir!" e "Sangue e

Solo", um slogan originado na Alemanha nazista. Alguns dos manifestantes exibiam bandeiras nazistas, enquanto outros vestiam bonés vermelhos a favor de Donald Trump, que dizia *"Make America Great Again"* [Torne a América grande de novo]. O propósito ostensivo da manifestação era protestar a favor da retirada da estátua do general confederado Robert E. Lee de um parque da cidade.

No segundo dia, James Alex Fields Jr., um rapaz de vinte anos que se identificava como um supremacista branco, acelerou seu carro intencionalmente sobre uma multidão que manifestava contra a Unite the Right, matando Heather Heyer, uma assistente jurídica de 32 anos, e ferindo mais dezenove pessoas.

David Duke, ex-líder da Ku Klux Klan, chamou o protesto de uma "reviravolta". O site Vox.com o citou: "Nós vamos realizar as promessas de Donald Trump. É nisso que acreditamos. Foi por isso que votamos nele, porque ele disse que vai tomar nosso país de volta."

Da parte dele, o presidente Trump, frequentemente acusado de fomentar a segregação e de encorajar o discurso de ódio, comentou sobre os manifestantes: "Havia algumas pessoas muito más naquele grupo, mas também havia algumas muito boas, dos dois lados."

Pouco antes das dez da manhã de sábado, 27 de outubro de 2018, Robert Gregory Bowers, de 46 anos, entrou na Congregação Árvore da Vida, no pacífico bairro de Squirrel Hill, em Pittsburgh, durante uma cerimônia de Shabat em que havia 75 judeus. O homem branco grande e barbudo disparou uma espingarda Colt AR-15 semiautomática e três pistolas Glock .357 semiautomáticas. Durante o ataque que durou vinte minutos, ele matou onze pessoas com idades entre 54 e 97 anos e feriu outras seis, incluindo quatro policiais de Pittsburgh.

Segundo o *USA Today*, ele gritava "Todos os judeus têm que morrer!" enquanto atirava aleatoriamente.

Ele se rendeu à polícia depois de ser ferido pela equipe da SWAT, não antes de atingir dois de seus agentes, quando estes invadiram o prédio.

Bowers era um supremacista branco e neonazista que acreditava que os judeus eram "filhos de Satanás". Ele estava particularmente chateado com a Sociedade de Ajuda a Imigrantes Judeus (HIAS, na sigla em inglês), entidade com mais de 130 anos de existência, por "trazer invasores que matam o nosso povo".

Na sexta-feira, 1º de novembro de 2019, o FBI prendeu um homem no Colorado e o acusou de ameaçar explodir a sinagoga Templo de Emanuel, em Pueblo. Em uma mensagem privada do Facebook interceptada por agentes infiltrados, ele escreveu: "Eu queria que o Holocausto realmente tivesse acontecido. Os judeus têm que morrer." Alguns dos membros da congregação eram filhos de sobreviventes do Holocausto.

Infelizmente, a lista parece crescer a cada mês, e no momento em que você estiver lendo essas páginas provavelmente estará maior ainda. O que todos esses indivíduos têm em comum com Joseph Paul Franklin é que eles são "lobos solitários", homens que aderem a uma filosofia coletiva do grupo do ódio, mas levam as ideias um passo adiante e as transformam em ação. Homens para quem as palavras não bastam. Aqueles que carregavam as tochas e gritavam slogans racistas em Charlottesville talvez falem a mesma língua ou até ajam em conformidade uns com os outros, mas um deles, James Fields, tomou a causa para si e lançou seu carro em cima de um grupo pacífico de pessoas.

Pensamentos e palavras importam. Têm poder — para o bem e para o mal. Inspiram alguns à violência, e estes inspiram outros. A boa notícia é que a mesma visibilidade virtual que permite que as mensagens de ódio se espalhem também possibilita que identifiquemos aqueles que podem estar no limite e intervenhamos antes que partam para a ação. E é um alento que, no meio da pandemia da Covid-19, pessoas de todas as raças, fés e etnias estivessem dispostas a se reunir para demonstrar, em todo o país, o apoio aos direitos civis e humanos que pessoas como Franklin tentam negar.

A jornada para contar a história dilacerante de ódio, intolerância e discriminação raciais nos Estados Unidos nunca acaba, e não há um lado neutro nessa batalha. A sombra disseminada por Joseph Paul Franklin e suas convicções é extensa e obscura. Portanto, a luz do sol para erradicá-la deve ser ainda mais brilhante e forte.

AGRADECIMENTOS

Mais uma vez, nossos agradecimentos especiais e sinceros vão para: Nosso maravilhoso e minucioso editor, Matt Harper, cujo talento, visão e perspectiva nos guiou em cada passo do caminho; e à equipe inteira da família HarperCollins/William Morrow/Dey Street, incluindo Anna Montague, Andrea Molitor, Danielle Bartlett, Bianca Flores, Kell Wilson e Beth Silfin.

Nossa pesquisadora sensacional Ann Hennigan, que trabalha conosco desde o início e é parte integral da nossa equipe. Ela foi essencial para nos ajudar a manter essa história complicada no prumo, e suas percepções foram acréscimos potentes.

Nosso agente sempre incentivador e engenhoso, Frank Weimann, e sua equipe da Folio Literary Management.

Os colegas de John em Quantico, em especial o falecido agente especial Roy Hazelwood e o também falecido agente especial do Serviço Secreto Ken Baker, dois dos melhores.

A esposa de Mark, Carolyn, que entre muitos outros atributos, é nossa chefe de equipe do *Mindhunter* e nossa conselheira interna.

Também devemos muito à nossa amiga britânica Mel Ayton, cujo livro *Dark Soul of the South: The Life and Crimes of Racist Killer Joseph Paul Franklin* [Alma obscura do Sul: A vida e os crimes do assassino racista Joseph Paul Franklin] provou-se uma fonte inestimável. Assim como o histórico jornalístico volumoso de um período de quarenta anos, com agradecimento especial à Associated Press, à United Press Internacional e ao antigo jornal em que Mark trabalhava, o *St. Louis Post-Dispatch.*

Por fim, embora esse livro seja dedicado a todas as vítimas assassinadas conhecidas de Franklin, também queremos prestar nossa homenagem respeitosa aos seus nobres e corajosos sobreviventes, famílias e amigos. O tiro, a facada ou a bomba de um assassino sempre atinge uma multidão de alvos, e os efeitos dessa tragédia seguem em círculos concêntricos por diversas gerações. Eles sempre terão um lugar fixo no fundo dos nossos corações.

SOBRE OS AUTORES

JOHN DOUGLAS é ex-agente especial do FBI, pioneiro em análise de perfis comportamentais da agência, chefe-fundador da Unidade de Apoio Investigativo na Academia do FBI em Quantico, Virgínia, e um dos criadores do *Manual de Classificação Criminal*. Ele perseguiu alguns dos criminosos mais notórios e sádicos de nossos tempos, incluindo o Assassino das Trilhas de São Francisco, o Infanticida de Atlanta, o Assassino de Tylenol, o Unabomber e o Assassino do Green River de Seattle, caso que quase acabou com sua vida. Ele é doutor em educação, com base em métodos comparativos de classificação de crimes violentos para a polícia. Hoje, é palestrante e especialista em análise investigativa criminal. Foi consultado no assassinato de Jon Benet Ramsey, no caso civil contra O. J. Simpson e nas tentativas de exoneração para o Trio de West Memphis, Amanda Knox e Raffaele Sollecito. É autor, junto com Mark Olshaker, de outros sete livros, incluindo *Mindhunter: o primeiro caçador de serial killers americano*, número um na lista de best-sellers do *The New York Times* e que serviu de base para a famosa série da Netflix.

MARK OLSHAKER É ROMANCISTA, AUTOR DE NÃO FICÇÃO E CINEASTA GANHADOR DO EMMY. TRABALHA com John Douglas há muitos anos, desde o documentário *A mente de um serial killer*, transmitido pela PBS e indicado ao Emmy. Escreveu e produziu diversos documentários sobre uma gama de assuntos, incluindo as séries da PBS ganhadoras do prêmio Peabody *Building Big* e *Avoiding Armageddon*. É autor de romances muito aclamados, como *Einstein's Brain* [A mente de Einstein], *Unnatural Causes* [Causas não naturais] e *The edge* [A margem]. No outro reino dos mistérios que ameaçam a vida, ele é coautor com o dr. C.J. Peters de *Virus Hunter: Thirty Years of Battling Hot Viruses Around the World* [O caçador de vírus: trinta anos lutando contra vírus mortais ao redor do mundo] e, com o dr. Michael Osterholm, de *Deadliest Enemy: Our War against Killer Germs* [O inimigo mortal: nossa guerra contra germes assassinos]. Seus textos já foram publicados em jornais e revistas como *The New York Times*, *The Wall Street Journal*, *USA Today*, *St. Louis Post-Dispatch*, *Newsday*, *Time*, *Fortune* e *Foreign Affairs*.

Os dois autores vivem com suas mulheres nos arredores de Washington, D.C.

Este livro foi impresso pela Lisgráfica, em 2021, para
a HarperCollins Brasil. O papel do miolo é pólen soft
80g/m², e o da capa é cartão supremo 250g/m².